《桃花扇》传播研究

单永军 著

中国社会科学出版社

图书在版编目(CIP)数据

《桃花扇》传播研究/单永军著. —北京：中国社会科学出版社，2019.10
ISBN 978-7-5203-5618-3

Ⅰ.①桃… Ⅱ.①单… Ⅲ.①传奇剧(戏曲)—戏剧文学—文学研究—中国—清代②传奇剧(戏曲)—戏剧文学—文化交流—研究—中国 Ⅳ.①I207.37

中国版本图书馆 CIP 数据核字(2019)第 246518 号

出 版 人	赵剑英
责任编辑	陈肖静
责任校对	刘 娟
责任印制	戴 宽

出　　版	中国社会科学出版社
社　　址	北京鼓楼西大街甲 158 号
邮　　编	100720
网　　址	http://www.csspw.cn
发 行 部	010-84083685
门 市 部	010-84029450
经　　销	新华书店及其他书店
印　　刷	北京明恒达印务有限公司
装　　订	廊坊市广阳区广增装订厂
版　　次	2019 年 10 月第 1 版
印　　次	2019 年 10 月第 1 次印刷
开　　本	710×1000　1/16
印　　张	17
插　　页	2
字　　数	200 千字
定　　价	88.00 元

凡购买中国社会科学出版社图书，如有质量问题请与本社营销中心联系调换
电话：010-84083683
版权所有　侵权必究

目 录

绪论 …………………………………………………………（1）

第一章 《桃花扇》的舞台传播 ………………………（22）
  第一节 舞台传播动机 ………………………………（23）
    一 舞台媒介的特征 ……………………………（23）
    二 舞台传播主体的动机 ………………………（26）
  第二节 舞台传播方法 ………………………………（32）
    一 舞台化的表演 ………………………………（33）
    二 舞台化的景物造型 …………………………（42）
    三 舞台调度 ……………………………………（49）
  第三节 舞台传播效果 ………………………………（54）
    一 舞台媒介与戏剧形态 ………………………（54）
    二 舞台空间与传播局限 ………………………（57）
    三 剧场传播与场效应 …………………………（72）

第二章 《桃花扇》的电影传播 ………………………（81）
  第一节 电影传播动机 ………………………………（82）
    一 电影媒介的诉求 ……………………………（82）

二　电影主体的动机……………………………………（85）
　第二节　电影传播方法……………………………………（88）
　　一　活动光影影像…………………………………………（89）
　　二　音乐的电影化…………………………………………（100）
　　三　表演的电影化…………………………………………（110）
　第三节　电影传播效果……………………………………（120）
　　一　电影媒介与艺术形态…………………………………（120）
　　二　机械复制与大众传播…………………………………（123）
　　三　影院传播与接受效果…………………………………（132）

第三章　《桃花扇》的电视传播……………………………（141）
　第一节　电视传播动机……………………………………（142）
　　一　电视媒介的诉求………………………………………（142）
　　二　电视传播主体的动机…………………………………（146）
　第二节　电视传播方法……………………………………（149）
　　一　活动电子影像…………………………………………（149）
　　二　音乐的电视化…………………………………………（156）
　　三　表演的电视化…………………………………………（161）
　第三节　电视传播效果……………………………………（167）
　　一　电视媒介与艺术形态…………………………………（167）
　　二　电视媒介与大众传播…………………………………（174）
　　三　家庭传播与接受效果…………………………………（180）

第四章　《桃花扇》的网络传播……………………………（187）
　第一节　网络传播动机……………………………………（187）
　　一　网络媒介的诉求………………………………………（188）

二　网络主体的动机 …………………………………（191）

第二节　网络传播方法 ……………………………………（195）

　　一　网站传播 ………………………………………（195）

　　二　网络论坛 ………………………………………（198）

　　三　博客传播 ………………………………………（202）

　　四　播客传播 ………………………………………（206）

第三节　网络传播效果 ……………………………………（210）

　　一　网络载体与艺术形态 …………………………（210）

　　二　数字复制与分众传播 …………………………（212）

　　三　在线传播与接受效果 …………………………（217）

第五章　《桃花扇》传播的思考 ……………………………（223）

第一节　艺术形式与媒介 …………………………………（223）

　　一　艺术形式与媒介 ………………………………（224）

　　二　艺术形式创造与媒介间性 ……………………（229）

　　三　传统和现代的关系 ……………………………（231）

第二节　艺术生存的媒介视角 ……………………………（235）

　　一　艺术危机的思考 ………………………………（236）

　　二　艺术生存的媒介建构——以非物质文化
　　　　遗产为例 ………………………………………（238）

　　三　艺术媒介生存的反思 …………………………（245）

结论 ……………………………………………………………（249）

参考文献 ………………………………………………………（253）

后记 ……………………………………………………………（266）

绪 论

一 问题的缘起

技术的进步推动了媒介形态的变化。从口语媒介到印刷媒介，再到电子媒介和新媒介，媒介的进步不断改变我们的生活。媒介作为一种工具，成为生产、生活密不可分的中介。人类从借助文字、纸张的生活进入图像时代，又从图像时代逐步过渡为数字化时代。

艺术也经历着因媒介变革而引发的变化。每一次的媒介变革都将带来深刻的艺术变革。媒介形态变化改变了艺术的生产方式，带来了批量化的艺术生产；改变了艺术的创作和传播方式，艺术不再是孤芳自赏，而是和现代传媒紧密相连。新的媒介正在改变艺术的存在方式、艺术形式，催生着新的艺术品种，改变着传统的艺术观念，影响着传统艺术的命运。

艺术与媒介传播的问题逐渐引发艺术研究者的重视，成为现阶段艺术研究的热点问题。2011年4月，清华大学、凤凰卫视召开"华语媒体高峰论坛——迎接全媒体时代"。2011年5月，中国传媒大学举行"戏曲的媒介传播研究"博士论坛。2011年6月，中国艺术研究院电影电视艺术研究所主办"全媒介语境下的大电影观念"研讨会。2011年11月，中国电影博物馆召开以"全媒体传播视野下的电影生态"为主题的2011中国（北京）电影学术年会。媒介传播语境中的艺术变革越来越引起学术界的关注。

　　传统艺术的发展和现代传播媒介结下了不解之缘。中国文学四大名著多次被改编成影视剧。《红楼梦》改编成多部电影，如1944年上海中华联合股份公司出品、卜万仓导演的电影《红楼梦》，其中周璇扮演林黛玉，袁美云扮演贾宝玉；1984年，北京电影制片厂拍摄了8集的系列故事片《红楼梦》，导演是谢铁骊，主要演员有夏钦、陶慧敏、刘晓庆、赵丽蓉等。20世纪80年代电视剧《红楼梦》和《西游记》的轰动效应至今还存在。因此，传统艺术借助传播媒介走进了人们的生活。

　　当前，艺术和媒介的联系如此紧密，给我们提供了思考媒介与艺术关系的契机。那么，艺术怎样借助媒介来传播，媒介怎样影响艺术，改变艺术形式和艺术命运的呢？

二　研究对象

　　本书将以《桃花扇》为例，思考自孔尚任的剧本起，《桃花扇》故事是如何借助不同媒介进行传播的，并探讨媒介如何影响艺术。

　　《桃花扇》的传播是借助媒介的传播。不同媒介有不同的传播特性和优势，由此产生了不同的存在方式和艺术形式，也产生了不同的传播范围和传播效果。媒介不是孤立存在，媒介之间存在关联，媒介间性恰恰是艺术形式变革的基础。本书中的《桃花扇》不仅是指孔尚任的《桃花扇》，而且是各种媒介载体形态的舞台《桃花扇》、电影《桃花扇》、电视《桃花扇》和网络《桃花扇》。

　　与媒介有关的研究也统称为媒介分析，媒介分析有微观和宏观的区分。宏观的媒介分析主要是从历史的角度考察媒介的社会作用，揭示媒介给人类的生存、发展乃至生活各个方面的影响，在更为广阔的政治、经济、文化等背景中来考察媒介。微观的媒介分析是研究各种媒介本身的传播特性，在比较中阐述媒介特性及其各自的传播优势。"微观研究具体说来，应该是从媒介的工具本性（物质手段）入手，研究其特点、优势和局限，传播符号如何表达传播内容，如何扬长避短，探求最具电视'个性'的传播方式和表达方式。运用符合媒介本性的传播艺术适应受众需要，同时影响受众。"[①] 本书的研究属于微观媒介研究，通过分析各种传播媒介的特性、优势和局限，考察其《桃花扇》故事在媒介传播发生的变化，从而为艺术如何借助媒介进行传播提供借鉴。

（一）传播学与传播

传播学兴起于20世纪三四十年代，传播学是关于人类传播本质和规律的一门科学。传播学研究人类的传播现象、传播的活动、传播关系。传播包含内在传播、自我传播、大众传播、组织传播等。传播学是一门综合性的学科，它和新闻学、社会学、心理学、符号学、语言学、信息论等都有密切的联系，传播学以其他学科的知识作为营养。艺术传播学是艺术学与传播学之间的交叉学科。按照邵培仁的说法，"艺术传播学的研究对象就是艺术传播的内在机制和外在联系以及各种因素之间的相互关系。艺术传播学是指从动态的艺术传播系统的整体出发，以人类的艺术传播行为为核心，综合地开放性地研究艺术信息传播的本质和规律的科学。"[②] 艺术传播学采用符号学、媒介学、接

[①] 叶家铮：《电视媒介研究》，北京广播学院出版社1997年版，第4页。
[②] 邵培仁：《艺术传播学》，南京大学出版社1992年版，第5页。

受美学等学科的知识不断丰富自身。艺术传播学还是一门比较年轻的学科。

传播的内涵也有多种说法。张国良说："作为传播学最基本概念的传播（communication），其主要含义是精神内容的传播。"①传播的含义较为广泛，概括起来有共享说、影响说、互动说以及交流、沟通、交往等。简单来说，传播（communication）是指信息传递。传播的目的在于传递信息，是人与人之间、人与社会之间借助符号而进行的信息传递、接受和反馈。

（二）传播媒介

在拉斯维尔的《传播在社会中的结构和功能》中，传播的基本过程可以分为五个基本的环节，一个完整的传播过程包含传播者、传播对象、传播内容、传播媒介，传播效果。在本书中，我们将媒介传播的过程简化为传播动机、传播方法和传播效果三个方面。这个传播过程都受到媒介的制约，媒介是传播研究的核心元素。

关于媒介有种种解释。施拉姆说："媒介就是插入传播过程中，用以扩大并延伸信息传递的工具。"②邵培仁在《传播学》中列举了媒介的种种不同解释。媒介的含义是使事物发生关系的介质或工具。邵培仁区分了传播媒介与传播符号、传播媒介与传播形式、传播媒介与传播渠道，在此基础上，邵培仁指出了传播的要素即物体、符号、信息。媒介具有实体性、中介性、负载性、还原性、扩张性的特点，并提出了媒介分析的标准，即时空偏倚性、传播速度、参与程度、保存时间和传播过程等。③戴元光、

---

① 张国良：《传播学原理》，复旦大学出版社1996年版，第2页。
② ［美］威尔伯·施拉姆、威廉·波特：《传播学概论》，陈亮等译，新华出版社1984年版，第144页。
③ 邵培仁：《传播学》，高等教育出版社2007年版，第145—150页。

邵培仁、龚炜在《传播学原理与应用》中说:"媒介指承载并传递信息的物理形式,包括物质实体和物理能。前者如文字、各种印刷品、记号、有象征意义的物体、信息传播器材等;后者如声波、光、电波等。"① 赵建国指出:"传播媒介有两种含义:第一是信息传递的载体、渠道、中介物、工具或技术手段;第二是从事信息的采集、加工制作和传播的组织结构,即传媒机构。"② 国内学者陈鸣教授在《艺术传播教程》中对艺术媒介进行了界定:"艺术媒介是艺术生产再生产的载体和工具,是艺术传播的基本介质。它既是艺术生产中使用的文本媒介,又是艺术公共传递运用的传媒媒介。"③ 施旭升教授在《中国戏曲审美文化论》中区分了"载体"和"媒体"概念。他指出:"'载体'着眼于对象的呈现与表达,而'媒体'则对应于对象的传播与交流。从传播的角度看,我们不妨将两者统称为'传播媒介'。"④ 综合以上对传播媒介的理解,我们简要将传播媒介理解为艺术传播的载体和中介。

从传播史的角度看,人类媒介的发展经历了口语传播、文字传播、电子传播和网络传播阶段。文字传播能长久保存信息,并能打破空间的界限,拓展了传播的空间。文字传播使信息的保存更准确,突破了语言传播的时空局限。电子传播阶段是随着电影、广播电视、录像等出现的一个阶段,其特点是传播的大众性,影响面大,感染力强,单向传播、传播速度更为快捷。网络传播是继电子传播阶段之后出现的,它克服了电子传播的局限,

---

① 戴元光、邵培仁、龚炜:《传播学原理与应用》,兰州大学出版社1988年版,第221页。
② 赵建国:《传播学教程》,郑州大学出版社2008年版,第90页。
③ 陈鸣:《艺术传播教程》,上海大学出版社2010年版,第24页。
④ 施旭升:《中国戏曲审美文化论》,北京广播学院出版社2002年版,第258页。

具有超文本性、互动性、多媒体性等特征。

本书主要研究《桃花扇》在舞台、电影、电视和网络等媒介中的传播情形，借此思考媒介对艺术的影响规律。为了论述的直接，我们把舞台媒介和电影、电视、网络等传媒统称为媒介或传播媒介。为了避免歧义，我们结合陈鸣教授在《艺术传播教程》中对媒介的划分方法，并综合其他学者对媒介的理解，将传播媒介分为质料介质、形式介质、工具介质等介质和传媒机构、传媒介质等。与本书相关的概念及其内容见下表。

媒介	质料介质	工具介质	形式介质（符号）	传媒机构	传媒介质
剧本	纸	笔（毛笔、钢笔等）	文字	出版社	书本
舞台	人体、布景等	舞台演示工具：照明、音响等	音乐、言语、动作	剧院或剧团	人体、剧院
电影	胶片、放映机、银幕	影像、摄影机、剪辑、配音和洗印刷设备	影像	电影公司	电影光碟、银幕、电影院
电视	磁带、电视机	摄影机、影像、音乐	影像	电视台	荧屏、家庭
网络	比特	键盘、光标、制作软件	超文本、多媒体	传媒机构、网民	电脑屏幕、家庭或其他地点

（三）《桃花扇》

《桃花扇》是本书的研究对象。本书所指的《桃花扇》不仅仅是孔尚任的剧本《桃花扇》，还包括在《桃花扇》故事传播中形成的舞台剧、影视剧和网络等形态的《桃花扇》。

《桃花扇》是清初作家孔尚任写成的传奇剧本。它主要讲述侯朝宗和李香君的爱情故事，借离合之情，写兴亡之感，展示了南明弘光王朝的灭亡，抒发了兴亡之感。全剧共44出，流传下来的主要为《访翠》《寄扇》《题画》《沉江》等几折。《桃花扇》突出了李香君的形象,赞扬了下层市民柳敬亭、苏昆生等的品格,刻画了明朝末年的腐朽生活,揭示了明朝灭亡的原因,对后世产生了重要的影响。20世纪初,王国维赞扬了《桃花扇》在描写人物上的突出成就;吴梅赞扬了《桃花扇》可做信史的特征,并称其为传奇之尊;梁启超则揭示了《桃花扇》的民族主义精神实质,指出《桃花扇》让人油然而生民族主义思想。《桃花扇》与《长生殿》《牡丹亭》《西厢记》一起,成为中国四大名剧。

《桃花扇》和各种传播媒介结合,形成不同的艺术形态。《桃花扇》的舞台演出起初是昆曲传奇,而后被改编为话剧、京剧、各种地方戏曲。抗战时期,《桃花扇》还被改编为电影,20世纪60年代有梅阡、孙敬的电影《桃花扇》,20世纪90年代则有粤剧电影《李香君》。电视剧《桃花扇》有胡连翠导演的黄梅戏音乐电视剧《桃花扇》、台湾歌仔戏电视剧《秦淮烟雨》和电视剧《桃花扇传奇》等。

三 研究现状综述

(一) 国外研究现状

西方学者认识到了媒介是艺术之间相互区分的标准。亚里士多德《诗学》中指出了媒介可以区分艺术,各门艺术之间的区别主要在媒介、对象和模仿方式的不同。"史诗和悲剧、喜剧和酒神颂以及大部分双管箫乐和竖琴乐——这一切实际上是模仿,只是有三点差别,即模仿所用的媒介不同,所取的对象不同,所采的方式不同。"[①] 莱辛认识到了媒介和艺术的关系。在谈论诗与画

---

① [古希腊] 亚里士多德:《诗学》,罗念生译,人民文学出版社1962年版。

的界限时，莱辛指出二者所用的媒介或手段不同，他从媒介、题材等方面比较了诗歌与雕刻的不同，指出了文学与绘画的本质区别，为艺术分类提供了借鉴。黑格尔在《美学》中将艺术分为象征型、古典型、浪漫型三种形态，并用媒介特性来界定艺术样式。

  西方现代学者从技术、文化等角度探讨媒介对艺术产生的影响。主要分为以下几个层面：一是肯定复制技术对艺术生产的革命性变革。在机械复制时代，由技术变革引发的机械复制使得艺术作品能够大批量生产。现代媒介技术成为艺术变革的核心力量。电影作为机械复制时代的艺术，对当代艺术和社会产生了重要的影响。二是从技术反思的角度思考媒介技术与艺术的关系，对技术一般持批判的态度。在《启蒙辩证法》一书中，阿多诺提出"文化工业"的概念。他认为电子媒介造成了传统艺术的消亡。他认为，艺术是引领人类进入真理的途径。大众传媒改变了艺术，毁灭了艺术。总之，阿多诺对大众媒介持批判的态度。[①]三是麦克卢汉是媒介理论研究的著名学者，他虽然明确提出媒介变革对艺术有肯定影响，但是它的理论对我们理解媒介与艺术的关系有重要的作用。他的媒介理论主要分为四个方面：其一，媒介是人的延伸。麦克卢汉认为，媒介就是内容，就是信息。其二，媒介是一种新的尺度，带来了对生活的新的感知。每一种媒介的产生是新的尺度，新的感知方式的变化。其三，麦克卢汉将媒介划分为冷媒介和热媒介。热媒介指那些具有高清晰度的、参与程度低的媒介，冷媒介是清晰度低、参与程度高、具有包容性的媒介。在此基础上，麦克卢汉将电视、电话视为冷媒介，将广播、

[①] 阿多诺：《启蒙辩证法——哲学短片》，上海人民出版社2003年版。

电影等视为热媒介。其四,提出"地球村"的认识。麦克卢汉认为,电视和卫星等技术,将使地球变得越来越小,信息的瞬间传递使地球变成了小村庄,也就是所谓的地球村。麦克卢汉的媒介论给我们理解艺术提供了新的视角。总的来说,西方学者对媒介与艺术关系的认识主要来自技术批判和肯定媒介对艺术的变革意义两个角度,其中技术批判占据着主流地位。

(二) 国内研究现状

随着媒介文化在中国的兴起,国内学者开始从媒介视角来研究艺术。国内学者对艺术与媒介思考体现在总体和具体两个方面。

从总体方面对艺术与媒介关系的思考。首先,国内学者提出了从媒介视角研究艺术的构想,并指出了媒介对艺术的重要性,呼吁开展媒介与艺术关系的研究。刘家亮先生的《关于艺术学理论的新维度——媒介论研究的思考》一文提出从媒介视角研究艺术学理论的方法。[①] 隋岩教授的《媒介改变艺术——艺术研究的媒介视角》从整体上论述了媒介对艺术的改变,提出艺术研究的媒介视角。新媒介正在改变传统意义上艺术的存在方式、传播方式和接受方式,使其原有的样式、风格、类型乃至整个形态和传播活动都发生了变化。[②] 该论文呼吁从媒介视角研究艺术,可以说是一篇纲领性的文章,其中涉及的媒介主要还是电视。在《全球化时代电子媒介的发展及其对文学、艺术的影响》一文中,杜书瀛先生指出:全球化时代,电子媒介、互联网等对文学、艺术产生了重大的冲击。文艺学、美学必须在承认电子媒介巨大冲击的基础上,在承认生活与审美、生活与艺术关系发生变化的基础

[①] 刘家亮:《关于艺术学理论的新维度——媒介论研究的思考》,艺术学编委会《艺术学第4卷 第1辑 角度创新:艺术学研究的新途径》,学林出版社2009年版,第174页。

[②] 隋岩:《媒介改变艺术——艺术研究的媒介视角》,《现代传播》2007年第6期。

上，研究这些现象，作出理论上的调整。① 赵建国在《媒介即艺术》一文中指出了媒介和艺术关系非常密切，提出媒介即艺术的说法。他认为：任何艺术都依存于媒介，媒介的性质决定着艺术的特征、艺术的形式和传播方式。对艺术的驾驭应该以掌握媒介为前提。艺术的地位和发展取决于媒介的传播力。② 赵建国教授的论文肯定了媒介与艺术的联系，但是媒介与艺术之间的确有不同，而且同一种艺术在不同的媒介中也会产生变化。其次，传统艺术与现代传播媒介的研究。傅谨在《大众传媒时代的传统艺术》一文指出大众传媒与艺术的关系研究的空间很大，超出人们的想象，作者从中国戏曲的角度讨论了大众传媒时代传统艺术生存与发展的关系。大众传媒因注重传统艺术的传播而日益强盛，传统艺术也因为大众传媒影响愈益广泛。但是，大众传媒异于传统的传播方式，会在很大程度上影响传统艺术的表达与发展。③ 李晓宇、吕秀峰在《现代媒介对传统艺术的影响》一文中指出电影、电视、互联网等新的传播媒介影响传统艺术。现代媒介导致了传统艺术传播范围的扩大，同时消解了传统艺术的思想性、深刻性和价值性。在大众心理层面，现代艺术媒介造就了大众的娱乐心理，使传统文化走向俗化。④ 该论文辩证地分析了现代媒介对传统艺术的影响，但是论述相对粗略，缺乏具体的艺术形式变革与媒介的关系的探索。最后，对于艺术命运与现代传播媒介的关系的思考。董春晓的《艺术的命运与现代媒介技术的变迁》从媒介技术变迁的角度思考艺术命运的问题。他认为艺术的命运与现代媒介技术发展息

---

① 杜书瀛：《全球化时代电子媒介的发展及其对文学、艺术的影响》，《陕西师范大学学报》2009 年第 6 期。
② 赵建国：《论媒介即艺术》，《新闻界》2005 年第 6 期。
③ 傅谨：《大众传媒时代的传统艺术》，《天津社会科学》2008 年第 1 期。
④ 隋岩：《媒介改变艺术——艺术研究的媒介视角》，《现代传播》2007 年第 6 期。

息相关。现代社会中的技术变革，使艺术的命运发生了变化，艺术越来越处于边缘的地位。① 董春晓的论文肯定了媒介技术变迁对艺术命运的影响，但是对艺术怎样利用媒介技术，媒介与媒介之间的关系摆脱边缘的地位，求得生存的途径缺乏思考。

在具体门类与艺术的关系上，学者们也进行了探索。王一川在《论媒介在文学中的作用》一文中讲的媒介是文学传播过程中的纸质媒介，或者说还限制在文学内部，并未涉及文学在影视、网络等媒介中的传播。此论文也未涉及不同的媒介在文学演变中的作用。施旭升教授对于戏曲与传播媒介给予了更多的关注，在《中国戏曲审美文化论》② 一书中特辟"传播的界域"一章，从传播媒介、戏曲传播的形态类型、传播媒介与戏曲传播类型等角度，具体探讨了传播媒介与戏曲的关系。书中主要谈的是戏曲，其他艺术形式也存在与传播媒介的关系，而且同一种类型在不同的媒介传播存在差异和补充的关系。在戏曲与传播媒介的关系上，周华斌先生的《广场戏曲——剧场戏曲——影视戏曲》从广场、剧场和影视等载体特性出发研究了戏曲的艺术变迁，突出载体特性对戏曲艺术的影响，该文是较早的从媒介特性出发研究戏曲艺术的论文。③《戏曲的记录、传播与再创》以载体和媒体为视角，阐释了中国戏曲从演员中心、剧本中心到导演中心所体现的艺术历程；论述了音像的记录与传播功能对戏曲艺术原创、继创、再创的积极意义和重要作用。不论戏曲怎样变，艺术本体的把握和载体功能的发挥是最重要的。④《戏曲的本体、载体与媒体》是从媒介特性的视角研究戏曲的一篇典型文章。周华斌先生

---

① 董春晓：《艺术的命运与现代媒介技术的变迁》，《江西社会科学》2007年第8期。
② 施旭升：《中国戏曲审美文化论》，北京广播学院出版社2002年版。
③ 周华斌：《广场戏曲——剧场戏曲——影视戏曲》，《现代传播》1987年第1期。
④ 周华斌：《戏曲的记录、传播与再创》，《现代传播》2003年第1期。

谈到了载体与媒体对于戏曲的重要性。艺术的载体一旦发生变化，艺术本体也就发生变化，如果没有媒体的传播，艺术难以普及。载体的功能变化带来戏曲的变化，艺术之间的差异在很大程度上是因为载体的不同。[①] 焦福民的《后戏台时期的戏曲传播论略》指出戏曲本身在新媒介面前呈现出新的特点，将戏曲的发展分为三个时期：前戏台时期、戏台时期和后戏台时期，后戏台时期是脱离实际舞台而借助媒体传播的时期。论文梳理了后戏台时期戏曲在电影、电视、网络中的传播。[②] 论文对于戏曲电影、戏曲与电视的整体史料梳理比较详细，但对于媒介如何改变艺术形式，怎样改变艺术存在方式的探讨略显不足。总而言之，国内对于艺术与媒介关系的研究成果相对较少，尤其是缺乏从具体个案出发的翔实的研究。

具体到《桃花扇》的媒介传播研究，前人也有涉及。《桃花扇》作为戏曲名著，其研究取得了突出成就。《桃花扇》的研究情况可以从以下的综述文章中反映出来。邓黛的《近十年〈桃花扇〉研究综述》[③]、朱伟明的《二十世纪〈桃花扇〉研究》[④]、仲冬梅的《二十世纪前半叶的〈桃花扇〉研究》[⑤]、汪龙麟的《清代〈桃花扇〉研究述评》[⑥]、孟庆丽的《新时期以来孔尚任及其〈桃花扇〉研究述略》[⑦]、吴新雷的《孔尚任和〈桃花扇〉研究的

[①] 周华斌：《戏曲的本体、载体与媒体》，《中国戏剧史新论》，北京广播学院出版社 2003 年版，第 252—262 页。

[②] 焦福民：《后戏台时期的戏曲传播论略》，《上海大学学报》2006 年第 3 期。

[③] 邓黛：《近十年〈桃花扇〉研究综述》，《戏曲研究》2001 年第 2 期。

[④] 朱伟明：《二十世纪〈桃花扇〉研究》，《戏剧》2002 年第 2 期。

[⑤] 仲冬梅：《二十世纪前半叶的〈桃花扇〉研究》，《齐齐哈尔大学学报》（哲学社会科学版）2001 年第 2 期。

[⑥] 汪龙麟：《清代〈桃花扇〉研究述评》，《克山师专学报》2000 年第 4 期。

[⑦] 孟庆丽：《新时期以来孔尚任及其〈桃花扇〉研究述略》，《辽宁大学学报》（哲学社会科学版）1999 年第 4 期。

世纪回顾》①等文章总结了《桃花扇》的研究状况。

与《桃花扇》传播相关的研究主要有以下几个。

第一，《桃花扇》的剧本改编研究。《桃花扇》的剧本改编研究主要来自于文本流变、结局变异和哲学、美学等视角。张阿利的《〈桃花扇〉的不同文本流变之探析》②列举了《桃花扇》的诸多改编本，部分地阐释了这种文本流变。梁燕的《〈桃花扇〉改编本的结局模式》③在搜集了多种《桃花扇》改编本的基础上，对其不同的结局进行了归纳，阐发了形成这种不同结局的原因。梁燕的《历史剧的哲理品格——漫论〈桃花扇〉及其改编的哲理性》④和《论〈桃花扇〉及其改编的美学意蕴》⑤则分别从哲学和美学的角度对《桃花扇》的改编进行了研究。

第二，《桃花扇》的舞台演出研究。《桃花扇》的舞台传播研究主要探讨其在舞台上的演出记录和近期改编本的排演情况，缺少对舞台传播形式本身的研究。蒋星煜先生的《〈桃花扇〉并未绝迹于清代舞台》、《〈桃花扇〉从未被表演艺术所漠视——二百多年来〈桃花扇〉演出盛况述略》等描述了《桃花扇》舞台传播状况。民国时期，话剧、京剧和一些地方戏的《桃花扇》曾经风靡一时，其舞台传播资料散见于人物传记、回忆录、报刊、论文中。顾骏的《舞台表演空间扩展的回归——对〈1699·桃花扇〉整体呈现的再度认识》⑥、张艳的《浅析昆剧〈1699·桃花扇〉八

---

① 吴新雷：《孔尚任和〈桃花扇〉研究的世纪回顾》，《南京大学学报》（哲学人文科学社会科学版）1999年第2期。
② 张阿利：《〈桃花扇〉的不同文本流变之探析》，《人文杂志》2003年第4期。
③ 梁燕：《〈桃花扇〉改编本的结局模式》，《戏曲研究》1994年第8期。
④ 梁燕：《历史剧的哲理品格——漫论〈桃花扇〉及其改编的哲理性》，《剧本》1993年第8期。
⑤ 梁燕：《论〈桃花扇〉及其改编的美学意蕴》，《戏剧之家》1996年第5期。
⑥ 顾骏：《舞台表演空间扩展的回归——对〈1699·桃花扇〉整体呈现的再度认识》，《剧影月报》2010年第2期。

艳主题音乐》①、张宇的《错位——〈桃花扇〉原著与舞台演出的冲突》②、柯军的《"桃花绽放会有期"——江苏省昆剧院〈桃花扇〉排练侧记》③等从不同角度涉及了《桃花扇》舞台传播的一些方面，但是缺乏从舞台戏曲媒介特性出发的表演、布景、舞台调度等的研究。

第三，《桃花扇》的电影、电视媒介和网络传播目前的研究成果很少。《桃花扇》在电影中形成了梅阡、孙敬的《桃花扇》，楚原的粤剧电影《李香君》，苏舟的电视电影《桃花扇》。《桃花扇》的电视剧有黄梅戏音乐剧《桃花扇》、台湾歌仔戏电视剧《秦淮烟雨》、大陆的电视剧《桃花扇传奇》。因为各种原因，目前学界很少有专门研究论文出现。《桃花扇》故事的影视传播中必然存在戏曲与电影、戏曲与电视剧的差异与融合，寻找艺术在不同媒介的转化、融合不仅可以寻找艺术形式变化的规律，而且可以寻找艺术借助媒介生存的方法。

综上所述，《桃花扇》的传播研究有其必要性。第一，以往的《桃花扇》研究单一的《桃花扇》作品为研究对象，如孔尚任的《桃花扇》、欧阳予倩的话剧《桃花扇》等，但是缺乏对它们之间相互关系的研究。无论是孔尚任的《桃花扇》，还是欧阳予倩的话剧《桃花扇》，还是电影、电视形态的《桃花扇》，它们都有一个共同的"桃花扇"故事，在传播演变中却形成不同的传播形式或艺术形式。这些不同的传播形式或艺术形式的《桃花扇》之间有怎样区别，又有怎样的联系，这是学术界研究很少，却又值得去深思的一个问题。第二，以往的《桃花扇》研究多从文

---

① 张艳：《浅析昆剧〈1699·桃花扇〉八艳主题音乐》，《大舞台》2009年第3期。
② 张宇：《错位——〈桃花扇〉原著与舞台演出的冲突》，《戏剧文学》2007年第6期。
③ 柯军：《"桃花绽放会有期"——江苏省昆剧院〈桃花扇〉排练侧记》，《剧影月报》2005年第6期。

学、历史等角度研究，缺乏从不同媒介特性的视角去探讨《桃花扇》的艺术形式变化与传播媒介的关系。第三，不同形态的《桃花扇》之间不仅有不同，还存在相互之间的关联。这种关联既包含媒介间相互的传播，也包含艺术形式的相互借鉴、融合等。第四，以《桃花扇》为个案的传播研究有助于我们由点及面思考艺术尤其是传统艺术在存在方式、艺术形式乃至艺术生存方面的变化与传播媒介的关系。因此，《桃花扇》传播研究是很有必要的。

（三）《桃花扇》文本传播概况

自孔尚任的《桃花扇》起，《桃花扇》的文本传播一直存在。《桃花扇》的文本传播研究成果相对较多。本书把文本传播作为基础和参照物，主要研究以舞台为起点的媒介传播。我们对《桃花扇》的文本传播概况简要作一梳理。

《桃花扇》的文本传播可分为抄本、刻本和其他印刷本等。《桃花扇》的刊刻版本有：康熙四十七年戊子本、海陵沈氏刻本、兰雪堂本、西园本、暖红室本，还有梁启超校注本，王季思、苏寰中、杨德平的校注本，刘叶秋注释本《孔尚任诗和桃花扇》等。此外，《桃花扇》的众多序跋体现了那个时代的传播意识。《桃花扇》传播中，咏剧诗是一种独特的形式。

剧本是《桃花扇》传播的重要组成部分。孔尚任的《桃花扇》，昆曲《1699·桃花扇》[1]，郭启宏的《桃花扇》（京昆合演）[2]，郭启宏的《桃花扇》（京昆梆合演）[3]，杨毓珉、郭启宏的《桃花扇》[4]，

---

[1] 江苏省演艺集团：《1699·桃花扇：中国传奇巅峰》，江苏美术出版社2006年版。
[2] 郭启宏：《郭启宏文集 戏剧卷 2》，文化艺术出版社2006年版。
[3] 郭启宏：《桃花扇》（京昆梆合演），见《郭启宏文集 戏剧卷 2》，文化艺术出版社2006年版。
[4] 杨毓珉、郭启宏：《桃花扇》，见王蕴明、丛兆桓《新缀白裘》，华龄出版社1997年版。

张弘、王海清的《桃花扇》①，李寅、胡仲实、刘斌的《桃花扇》（九场桂剧）②，曾永义的《桃花扇》（新编昆剧）③，杜建春、王明坤、陈道庭、李炳今的《桃花扇》（古装豫剧）④，李炳今的《孔尚任（豫剧）》⑤，洪隆、丁叔的越剧《桃花扇》⑥，粤剧《李香君》，欧阳予倩的京剧《桃花扇》⑦，欧阳予倩话剧《桃花扇〈三幕话剧〉》⑧，周彦的《桃花扇》⑨，周贻白的《李香君》⑩，纪乃咸的《新桃花扇》⑪，张惠良的《桃花扇（楚剧）》⑫，余青峰《侯朝宗与李香君（十折古装戏曲）》⑬，戈振缨的《桃花扇〈大型戏曲〉》⑭等。

《桃花扇》的图像传播。戏曲插图有清王府彩绘本《桃花扇》，上海大成书局民国二十年（1931）石印本线装《绘图桃花扇影词》，扬州广陵古籍刻印社1979年版的暖红室汇刻传奇本《增图校正桃花扇》。当代版本的《桃花扇》也有插图。齐鲁书社

---

① 张弘、王海清：《桃花扇》，见刘俊鸿《江苏省十年获奖剧本选》，中国戏剧出版社2008年版。
② 李寅、胡仲实、刘斌：《桃花扇》（九场桂剧），见蓝怀昌《李寅剧作集》，漓江出版社2008年版。
③ 曾永义：《桃花扇》（新编昆剧），见周秦、汤钰琳《中国昆曲论坛2008》，古吴轩出版社2009年版。
④ 李炳今：《桃花扇〈豫剧〉》，《戏剧丛刊》2001年第5期。
⑤ 李炳今：《孔尚任（豫剧）》，《剧本》2003年第1期。
⑥ 洪隆、丁叔：《桃花扇〈越剧〉》，上海文化出版社1957年版。
⑦ 欧阳予倩：《京剧〈桃花扇〉》，《中国京剧院演出剧本选集》第一集，中国戏剧出版社1959年版。
⑧ 欧阳予倩：《桃花扇〈三幕话剧〉》，《欧阳予倩全集》第2卷，上海文艺出版社1990年版。
⑨ 周彦：《桃花扇》，建国书店1946年版。
⑩ 周贻白：《李香君》，国民书店1940年版。
⑪ 纪乃咸：《新桃花扇》，《上海戏剧》2007年第3期。
⑫ 张惠良：《桃花扇（楚剧）》，见楚剧艺术研究学会编《湖北戏曲丛书》第19辑，长江文艺出版社1984年版。
⑬ 余青峰：《侯朝宗与李香君〈十折古装戏曲〉》，《上海戏剧》2004年第8期。
⑭ 戈振缨：《桃花扇〈大型戏曲〉》，《山东文学》1962年第9期。

2004年版的《绘图四大古典爱情悲喜剧 桃花扇》，万卷出版公司2009年版的孔尚任《桃花扇》，华东师范大学出版社2006年版《桃花扇》以及谷斯范的小说《新桃花扇》中都配有插图。《桃花扇》的插图本有：辽宁美术出版社1983年版，于东方改编、王丽铭绘画的连环画《李香君》；山东美术出版社1988年版，王肇岐、周申绘的《桃花扇》；人民美术出版社2006年版，赵健明改编、张令涛、胡若佛绘图的《桃花扇》。《桃花扇》的图像传播还出现了电影连环画。中国电影出版社1979年版，沙鸥改编的电影《桃花扇》连环画；青海人民出版社1981年版，培根、鲁林绘画，韩长兴根据同名电影改编的《桃花扇》。《桃花扇》的图像除了插图、连环画之外，还在年画、漫画和其他的工艺品、剪纸中等也出现过。年画有谢慕连的年画《李香君》等。漫画本有上海书画出版社2002年版，杨璐等改编、汤蔚青等绘画《中国古代经典悲剧漫画本 桃花扇》等。

四 研究意义

（一）理论意义

本书以《桃花扇》为例，思考自孔尚任的《桃花扇》起，《桃花扇》故事如何通过媒介来传播。这种研究不是单个的《桃花扇》作品、改编本或者演出本的研究，而是研究《桃花扇》故事在不同媒介中的传播情形、形式变化等，以及不同媒介间的区别和相互传播、相互吸收、相互影响的关系。

本书理论意义如下。

第一，确立了艺术研究的媒介视角。艺术与传播媒介的关系日益密切，艺术的传播媒介研究对于我们认识艺术与媒介的关系，艺术在媒介中如何变化有着重要的理论意义。

第二，以《桃花扇》为中心的媒介传播，具体可以分为舞台媒介传播、电影媒介传播、电视媒介传播、网络媒介传播等。梳理各种媒介传播中的具体情形，以点及面，总结媒介对艺术的影响规律。

第三，从舞台媒介到电影媒介、电视媒介，再到网络媒介，是媒介形态变化的过程。通过梳理《桃花扇》在新旧媒介中变化规律，进一步思考新旧媒介更替中艺术形式和种类是如何变化的，媒介与媒介之间相互转换的规律。

第四，《桃花扇》传播过程中，出现了戏曲电影、戏曲电视剧、电影连环画等多种交叉形态的艺术样式。我们可以比较两种媒介怎样相互影响、相互制约，两种媒介之间细微的裂变与聚变，进而思考媒介是如何影响艺术样式、艺术风格乃至艺术形态的。

（二）实践意义

《桃花扇》的媒介传播研究具有现实意义。当今社会，科学技术迅猛发展，我们进入了一个技术、传媒影响的时代。传播媒介如何影响艺术，艺术在现代传播媒介面前如何寻求更好的发展、生存的途径，这是摆在艺术面前的现实问题。以《桃花扇》为案例的媒介传播研究给这些现实问题的解决提供了思路。

第一，《桃花扇》的媒介传播研究给艺术形式的革新提供了借鉴意义。当前社会中，媒介形态的变化引发了艺术形式的变革。艺术形式的变革不仅是媒介推动的结果，也是艺术自身主动适应媒介，适应传播需求的结果。艺术形式为什么会变革？怎样变革？艺术形式的变化怎样创新同样又不违背艺术本体？以《桃花扇》为案例的媒介传播研究，可以寻找以艺术形式转变为核心的艺术变革策略，为艺术的发展提供方法论的借鉴。

第二，《桃花扇》的媒介传播给艺术的传承、生存与发展的借鉴意义。媒介传播为艺术提供了丰富的载体，艺术如何寻找合适的载体，扩展生存和发展的空间？通过梳理《桃花扇》在不同媒介中产生的效果，揭示这些效果产生的媒介因素，让我们能够为艺术的传承、生存、发展提供借鉴，即如何运用媒介特性，发挥媒介的长处，找到合适的艺术传播方式。

第三，现代传媒与艺术的关系问题也是当下学术研究的热点问题。新的世纪，新的传媒、新的技术应用都对艺术的内在形态、外在生存甚至是艺术的接受方式诸方面产生了重要的影响。现代传媒与艺术的关系如何？如何运用现代媒介的力量来推动艺术的传播？《桃花扇》媒介传播的梳理将为艺术利用现代传媒传播提供参照。

五 研究思路和方法

本书的研究遵循以下思路。

第一，《桃花扇》在发展中形成了舞台、电影、电视等不同的媒介形态。我们从不同媒介特性出发，从具体和抽象，从特殊到一般，思考传播媒介对艺术的影响。

第二，考察具体的媒介形态中，艺术如何借助具体媒介传播，媒介产生的影响。在具体的考察中，寻找其传播动机、传播方法和传播效果，揭示具体媒介特性的影响因素。以艺术媒介为中心，以《桃花扇》为例，考察传播媒介对艺术的影响。

第三，梳理《桃花扇》借助媒介传播的情形。具体而言，从传播动机、传播方法、传播效果的顺序，梳理出不同媒介的《桃花扇》的传播情况，从整体上把握具体媒介中《桃花扇》的传播过程。最后，从具体到抽象，总结媒介对于艺术的影响规律。

在研究方法上，艺术学、综合运用传播学、比较研究学等方法。

第一,艺术学的方法。艺术学是系统地研究艺术各种问题的科学。艺术学关注艺术门类、艺术之间的联系。《桃花扇》艺术是以《桃花扇》故事为主题的各种媒介形态的艺术结合体,它们之间既有区别,又有关联。

第二,传播学的方法。传播学有诸多的分支学科,如文学传播学、艺术传播学、教育传播学等。《桃花扇》的传播研究是艺术传播学的研究。本书结合现代传播学的相关理论方法,呈现《桃花扇》的传播状况。

第三,比较研究的方法。艺术学是对戏曲、音乐、影视等艺术门类发展规律的综合思考。艺术学研究会经常在门类艺术之间进行比较,因此常采用跨学科、跨门类的方法。同样的故事有不同的表现形式,在比较中呈现同中之异,异中之同,更有利于认识艺术的变化规律。

总之,本书的研究方法是多样的。通过艺术的传播研究,思考艺术媒介传播的规律。

六 创新点

第一,《桃花扇》研究的传播视角。以媒介传播为视角研究《桃花扇》是本书的创新之一。四大名剧中《牡丹亭》《西厢记》《长生殿》等的传播状况已有专门的著作,唯独《桃花扇》的传播研究少有人涉及。

第二,《桃花扇》在不同媒介传播中的艺术形式比较研究。本书比较了《桃花扇》故事在不同艺术形式中的变化,对于《桃花扇》故事传播中,剧本与舞台、戏曲与电影、戏曲与电视剧、电视与电影等的差异和融合进行了比较分析。

第三,《桃花扇》的网络传播。《桃花扇》的网络传播是《桃花扇》研究的创新之一。

第四,研究了艺术的媒介间性关系。当前,艺术的存在方式日趋媒介化,而且呈现出跨媒介倾向。艺术之间的区分以媒介为界限,媒介特性区分了媒介的不同;媒介之间存在互为传播、互补增生等关系。艺术形式的创新是媒介间异质融合的结果。

第一章 《桃花扇》的舞台传播

戏剧是一门古老的艺术。《辞海》中将戏剧定义为"由演员扮演角色,在舞台上当众表演故事情节的一种艺术"①。戏剧的要素包含剧本、舞台、观众和演员。剧本是戏剧的底本,是为舞台演出服务。《桃花扇》的舞台传播是剧本舞台化的过程。

什么是舞台?简言之,舞台是戏剧呈现的物理时空。戏剧其实就是由真人扮演角色,在客观的物理时空中展现的艺术。在戏剧发展史上,产生过伸出式、镜框式和中心式等多种多样的舞台样式。戏剧包含话剧、戏曲等多种形态。在长期的发展中,中国戏曲舞台形成了包括露台、勾栏、戏台、厅堂以及现代剧场等在内的多种形态。随着戏曲舞台的变迁,中国戏曲表演也逐渐成熟和完备。

以舞台传播为主的戏剧也称为舞台剧。舞台剧主要是以舞台演出为主的戏剧形式。本书此处所指的舞台是从广义上来说的。舞台剧的提法区别于剧本。戏剧的存在形态有两类,一类是以剧本形态存在的戏剧文学,另一类是以舞台形态存在的舞台剧。在这一章中,我们着重后者。在这里,我们把舞台形态存在的戏剧称为舞台戏曲或舞台剧。

戏剧是以舞台表演为中心的艺术。中国戏曲的舞台传播也被称

---

① 辞海编辑委员会:《辞海》,上海辞书出版社 1979 年版,第 1127 页。

为本位传播。王廷信教授在《戏曲传播的两个层次——论戏曲的本位传播和延伸传播》中谈到了戏曲的本位传播和延伸传播。他指出,"本位传播是指以某一个戏曲剧目的舞台表演艺术为具体传播对象的传播"。[①]"戏曲的延伸传播是指在戏曲本位传播基础之上对戏曲艺术各类信息的传播。譬如对戏曲演出、戏曲知识、戏曲演员、戏曲逸事等方面的传播。因此,戏曲的延伸传播是对本位传播的再传播,它是戏曲传播的第二层次。"[②] 可见,戏曲不断运用媒介传播来延伸传播空间。

第一节 舞台传播动机

传播动机是推动艺术进行传播的内在驱动力,这种驱动力来自某种需求。《桃花扇》故事为什么会搬上舞台,借助舞台媒介进行传播呢?一方面,舞台戏曲比之案头剧更具有媒介优势;另一方面,传播的主体,无论是媒介组织还是传播者个人都有舞台传播的需求。

一 舞台媒介的特征

(一) 舞台媒介的优势

在戏剧的发展中,形成了剧本和舞台两种形态。剧本是以纸质印刷为媒介,舞台戏曲以舞台为媒介。比之于剧本,舞台戏曲体现了舞台媒介对文字印刷媒介的优势。

这种优势主要表现在以下三方面。

---

① 王廷信:《戏曲传播的两个层次——论戏曲的本位传播和延伸传播》,《艺术百家》2006 年第 4 期。

② 同上。

其一，剧本形象的模糊性和舞台形象的直观性。在描绘人物、传达信息等方面，舞台媒介比文字媒介具有强大的审美直接性。剧本中的形象是模糊的，我们只能凭借想象来达到。舞台媒介诉诸我们的声色兼备，视听兼容。声的方面主要指歌唱、音响、对白等；色的方面主要是指表演、表情、装扮等。文字媒介是抽象的、舞台戏剧是具象的。文字媒介的载体是书本，舞台剧的载体是演员，能与之直接交流。

其二，剧本交流具有文字中介性，而舞台传播则是面对面的交流。舞台传播是人际传播，传播学意义上的人际传播即人与人面对面的交流行为，舞台表演属于真人的现场表演，是口语、表情、姿态等的在场呈现，是人与人直接面对面的直接交流行为。在面对面的交流中，受众的感受是全息的，对信息的接受也更为全面。

其三，舞台传播接受门槛相对较低。文字阅读需要有一定的修养，需要有后天的学习。中国古代有许多的文盲，缺乏文字阅读能力，舞台戏剧却没有文字阅读的要求，降低了接受的门槛。陈独秀在《论戏曲》中说："现今国势危急，内地风气不开，慨时之士，遂创学校。然教人少而功缓。编小说、开报馆不能开通不识字人，益亦罕矣。惟戏曲改良，则可感动全社会，虽聋得见，虽盲可闻，诚改良社会之不二法门也。"[①] 因此，舞台戏曲更容易获得普通民众的青睐。

总体而言，从剧本到舞台，是从纸质印刷媒介到演员人体本身的媒介转换。由于演员人体表演是面对面的人际交流，因而在与纸质印刷媒介相比，展现出更大的优势。

（二）舞台传播的需要

剧本是一剧之本，大多是为了演出需要而写。戏剧的四要素

---

① 陈独秀：《论戏曲》，王宗仁《玩风物》，中国华侨出版社2008年版，第191页。

剧本、舞台、演员、观众中，剧本占据着重要的地位。剧本作为艺术文本，存在召唤舞台演出的需要。

《桃花扇》的创作有舞台搬演的考虑。孔尚任在《桃花扇·小引》中说："桃花扇一剧，皆南朝旧事，父老犹有存者。场上歌舞，局外指点，知三百年之基业，隳于何人？败于何事？消于何年？歇于何地？不独令观者感慨涕零，亦可惩创人心，为末世之一救矣。"由此可见，孔尚任并非仅仅将其对历史的深沉思考寄托于剧本书字之中，他还想借助"场上歌舞"的舞台表演来传播、交流思想。孔尚任写剧本的目的之一也是舞台演出。

孔尚任的《桃花扇》剧本不仅具有文学性，还具有舞台性。例如《桃花扇》篇幅较长，为了演出的需要分成了上下两本。《桃花扇》剧本中遵循着当时戏曲舞台演出的程式。第一出为"副末开场"，然后"冲场"，男主角老赞礼上场，先唱"引子"，而后有"定场白"。传奇每出的最后，有五言或七言的"下场诗"，即演员演完后下场的程式。

在全剧演完之后，还有"散场诗"，用以总结全剧，点出中心思想。砌末是舞台演出中使用的道具和布景。《桃花扇》的砌末中列举了舞台演出中的角色和诸种道具，例如《访翠》中用到的汗巾、樱桃、茶壶、茶杯、花瓶、酒壶、酒杯等，《眠香》中则有妆奁、镜台、箱笼、银封、吉服、酒壶、酒杯等，《和战》中有大刀、长枪、双鞭、双刀、令箭和传锣。"科介"是指戏曲的舞台动作。《桃花扇》剧本中有生动具体的舞台动作，例如在《传歌》中，杨龙友来到媚香楼，看壁上诗篇，舞台动作有：登楼介、看介、末看四壁上诗篇介、背手吟哦介；李香君出场，杨龙友要和诗，舞台动作有：又看惊介、小旦送笔砚、末把笔久吟介、末看壁介、画介。这些舞台动作非常具体生动地展现了杨龙友的情态，为舞台演出提供了范本。《桃花扇》剧本的舞台性召唤着舞台演出的需要。

孔尚任的《桃花扇》的昆曲演出在当时盛行一时，乾隆年间的四喜班曾经搬演全本的《桃花扇》。民国以后，随着昆曲的衰落，《桃花扇》的昆曲演出日渐减少，京剧、话剧演出出现并逐渐占据主导地位。欧阳予倩的京剧、话剧《桃花扇》将原著的结尾改为侯朝宗降清，李香君与之决裂，原著的兴亡之感变为民族气节的张扬。无论是在形式上，还是在内在的精神上，欧阳予倩的《桃花扇》和原著都相去甚远，桂剧本、越剧本等都采取了话剧本的结局模式。新中国成立后，虽有众多的改编本，然而原著的舞台传播几乎绝迹，这与《桃花扇》的名剧地位并不相符。在政治话语逐步消解的文化语境中，原著的舞台搬演成为《桃花扇》剧本的内在传播需求。20世纪80年代，江苏昆剧院的编剧张弘在原著的基础上整理、改编了《桃花扇·题画》，演员石小梅将这出折子戏搬上舞台，开创了《桃花扇》原著现代演出的先例。

因此，《桃花扇》的舞台传播是剧本搬演的内在诉求。剧本作为舞台演出的底本，具有召唤舞台媒介传播的需求。剧本的搬演是剧本的舞台演出价值实现的过程。

二 舞台传播主体的动机

传播主体是传播活动的发出者、施动者。它在整个传播活动中占据主体地位。舞台传播的主体包含两方面：一方面是古代戏班、现代的剧院和剧团；另一方面是参与舞台传播的人，包括导演、演员等。舞台剧《桃花扇》的传播主体有北方昆剧院、江苏昆剧院等职业化的文化团体。北方昆剧院的杨毓珉、郭启宏①改编昆剧《桃花扇》，江苏省昆剧院的《桃花扇》②由编剧张弘、王海清改编。21世纪，田沁鑫等改编了原著，演出了《1699·桃花扇》。导演、演员和其他的机构人员也成为《桃花扇》传播的主体。

舞台戏曲传播的动机主要有生存动机、社会教化动机、文化传承动机等。

（一）生存动机

生存是人类的基本需要，也是其他一切需要的前提。作为传播主体的戏班、剧团、剧院等首先要考虑生存的需要。在戏曲繁盛的时期，戏曲拥有众多的观众群，戏曲有一定的市场。它们需要不断上演新剧目，求得生存。早期的演戏活动并不仅仅是一种娱乐，也是当时的人生存的一种方式。据介绍，陕西的明代戏班"其收入、支出与分配，凡对外经营演出的职业班收入，除了班内的戏箱租赁费、化装费外，主要是给艺人的薪金开支"③。还介绍了戏班的薪资分配一般采用三种形式，即按季包银制、按月包银制和按台口分钱。除了文人蓄养的家班外，职业戏班的生存必然要其通过演出来增加收入，维持生存。戏班提供了演员生存的需要，许多演员学戏、演戏都是出于生存的需要。曾经在桂剧《桃花扇》中扮演李香君的尹羲讲到艺人演戏的目的是生存的需要。"演戏—吃饭，吃饭—演戏，这就是我和当年所有桂戏艺人的追求，也是我们艺人生活的二

---

① 郭启宏：(1940—) 一级编剧，广东省饶平县人。曾在中山大学师从戏曲史家王季思教授学习戏曲。著有话剧《李白》、昆曲《司马相如》、京昆合演《桃花扇》等多部剧作。

② 张弘、王海清：《桃花扇》，刘俊鸿《江苏省十年获奖剧本选》上册，中国戏剧出版社2008年版。

③ 陕西省地方志编纂委员会编：《陕西省志 文化艺术志》第六十五卷，陕西人民出版社2005年版，第718页。

部曲。"① 可见，演戏是人的技艺，能满足人最基本的生存需要。

《桃花扇》传播到现代，出现了民间职业剧团，民间职业剧团的生存必然要考虑经济利益，因此卖座与否也是剧目能否搬演的标准。即使是爱国题材的话剧，卖座也在剧团的考虑之中。《桃花扇》的改本《李香君》由中国旅行剧团演出。中国旅行剧团是中国早期的话剧团体。1933年在上海成立，团长为唐槐秋。"以中国旅行剧团的名义演出'中旅'旧戏《雷雨》、《日出》等。因卖座不好，唐槐秋便找到周贻白为他编写《李香君》一剧。"② 职业化的选择使话剧演出更重视观众、票房，同时给话剧的进步和革新提供了动力。中旅不是一个官方的剧团，而是一个民间剧团。

21世纪以来，剧院或剧团的体制改革推动了市场化的需求，剧院成为文化市场的主体，面临着生存竞争，需要新的传播理念。《1699·桃花扇》的演出单位江苏省昆剧院是最早实行体制改革的昆剧院。在体制改革下，政府的职能已发生了转变，采用了扶植和自身运作相结合的方式，艺术生产导入了竞争机制。正如江苏省昆剧院柯军院长在《苏周刊》的访谈中提到的："省昆转制之后我为剧院的发展定下了'寻找市场'这一理念。因为昆剧演出不再是为了获奖，为了赚几场演出费，而是转变为本着实现社会、经济、演出和人才四个效益，多演出、争取更多的观众，展示昆剧传承成果的同时，要抓住一切吸引演出商的机会，传承昆剧遗产，哪里有市场，就到哪里创作排演。"③ 可以说，市场需

---

① 尹羲：《舞台生活六十年回顾》，桂林市政协文史资料委员会编，漓江出版社1990年版，第25页。
② 董旸：《场上案头一大家：〈周贻白传〉（连载五）》，《中国戏剧》2003年第5期。
③ 《昆曲〈1699·桃花扇〉再次走进京城公众视野》，http://cppcc.people.com.cn/GB/49056/5319138.html，2007-01-24。

要是《桃花扇》故事的当代舞台传播的动因之一。

《桃花扇》故事的舞台传播是为了满足不同层次的生存需要。《桃花扇》在舞台传播中具备了满足生存的意义和商品价值。

（二）社会教化动机

舞台戏曲有高台教化的功能。古代社会是伦理社会，舞台戏曲可以起到诫恶扬善的作用。李渔说："因愚夫愚妇识字知书者少，劝使为善，诫使勿恶，其道无由，故设此种文词，借优人说法与大众齐听，谓善者如此收场，不善者如此结果，使人知所趋避；是药人寿世之方，救苦弭灾之具也。"[①] 对于识字较少的普通民众而言，舞台戏曲是有效的劝恶扬善的手段。杨恩寿在《词余丛话》中说："今之院本，即古之越章也。每演戏时，见有孝子、悌弟、忠臣、义士，积累悲苦，流离患难，虽妇人、牧竖，往往涕泗横流，不能自已。旁观左右，莫不皆然。此其动人最恳切、最神速，较之老生拥皋比讲经义，老衲登上座说佛法，功效百倍。"[②] 从这段话中我们看出，舞台戏曲演出比之单纯的说教更能产生教化的效果，在视听方式和功效上有更大的信息传播优势。因此，孔尚任希望借助舞台《桃花扇》广泛的传播实现其"惩创人心""末世一救"的功能。

晚清时期，进步的资产阶级知识分子认识到舞台戏曲的教化功能。尤其是抗战时期，舞台剧《桃花扇》主要是发挥其启蒙群众、教化民众的功能。汪笑侬等人排演京剧《桃花扇》。京剧改良运动旨在通过京剧来改良思想，拉近其与社会的距离，发挥其高台教化的功能。汪笑侬力求简洁明白，在京剧形式上的改革使

---

① （清）李渔：《闲情偶寄》，万卷出版公司2009年版，第10页。
② （清）杨恩寿：《词余丛话》，《中国古典戏曲论著集成》（九），中国戏剧出版社1959年版，第250页。

京剧更加符合普通民众的审美情趣。此外，利用《二十世纪大舞台》宣传京剧改良思想。在发刊词中，柳亚子将这场京剧改良运动称之为"梨园革命军"。"五四"以来的新文化从戏剧观念上将戏剧看成社会、思想的反映。欧阳予倩《予之戏剧改良观》中指出："盖戏剧者，社会之雏形，而思想之影象也。"① 欧阳予倩改编搬演了京剧《桃花扇》。在大后方的重庆，中华剧艺社②和中国万岁剧团③等曾经排演周彦的舞台剧《桃花扇》。抗战初期，欧阳予倩改编并搬演京剧《桃花扇》，其目的也是讽刺日本的侵略和蒋介石的不抵抗政策，在内容上加强了对国民党反动派的批判。1940年周贻白④将孔尚任的《桃花扇》改编为五幕话剧《李香君》，由中国旅行剧团搬演。1944年周彦将原著改编为话剧《桃花扇》。在谈到话剧《桃花扇》的创作动机时，周彦说是为了借古喻今。1934年到1944年年初，日军长驱直入，国民党却溃不成军，湘桂难民颠沛流离，重庆乌云密布、民不聊生，为了反映现实，于是改编了孔尚任的《桃花扇》。⑤ 欧阳予倩先生的《桃花扇》抗战期间改编成桂剧上演，扮演李香君的桂剧演员尹羲说，爱国的社会需求成为这个时期演戏的最基本动力源。"抗战爆发后，演戏吃饭被演戏爱国所代替。这是我们艺人生活上和思想上

---

① 欧阳予倩：《予之戏剧改良观》，《中国文学大系》1935年第1期。
② 中华剧艺社1941年10月建立，1946年5月结束，是大后方为时最久的民间职业剧团。该社是阳翰笙根据周恩来的指示筹建的，以民间职业剧团的面貌在皖南事变后建于山城，影剧界知名人士应云卫为社长。中华剧艺社演出了一批以《屈原》为代表的历史剧，在大后方造成了很大的影响，为抗战做出了突出的贡献。
③ 中国万岁剧团原名怒潮剧社，1938年9月到重庆，1940年更名为中国万岁剧团，团长是郭沫若。可见，《桃花扇》的话剧演出团体与政治团体有密切的关联。这些剧团在国民党统治区的后方为抗战宣传、为抵抗国民党的分裂活动做出了贡献。这个时期，《桃花扇》的话剧传播机构体现出了共同的倾向，即服务抗战、弘扬爱国精神。
④ 周贻白（1900—1977），中国著名的戏曲史家，戏曲理论家。著有《中国戏剧史长编》。
⑤ 周彦：《记桃花扇的写作与演出》，《抗战文艺研究》1983年第2期。

的一个突变。通过戏中的爱国思想和爱国人物,去宣传民众、鼓动民众,投入到轰轰烈烈的全民抗战。"①

所以,《桃花扇》的舞台传播动机之一是满足社会教化的需要,《桃花扇》因此具有社会教化的功能。

(三) 文化传承的动机

舞台戏曲是国家文化的组成部分。文字印刷媒介具有时间稳定性,可以保存;舞台剧则需要演员的演出,不易保存。舞台戏曲的上演经典剧目的保留,是戏剧艺术单位的需求。20世纪60年代,中国建立了保留剧目轮换上演制,话剧、京剧《桃花扇》等作为经典剧目不断被各个剧院、剧团上演。保留剧目的数量、质量常常是衡量剧种、剧团强弱的标志。剧目的轮换上演也是剧目本身的需求,只有在不断上演中,才能做到更好地保存。"剧目必须保留在舞台上。只有经常上演它才能保留它艺术青春,才能不断积累艺术经验和技巧,并使它逐渐精通起来和完善起来。"② 新中国成立后,中国学习苏联,文化政策要求建立保留剧目,实行保留剧目轮换上演制。保留剧目即保留下来的那些能够经常演出的剧目,许多传统剧目被重新整理上演。舞台上的话剧、京剧《桃花扇》等成为中央戏剧学院、中央实验话剧院、中国京剧院等院团的保留剧目。保留剧目的设立和保留剧目轮换上演制度的实行推动了舞台戏曲的演出,保留了舞台剧的资源,打造了舞台剧的精品。"文化大革命"打断了这项文化政策的执行。"文化大革命"后许多剧团、剧院重新恢复了保留剧目的轮换上演制度。

当代非物质文化遗产遭到冲击,许多文化遗产面临消亡。因

---

① 尹羲:《舞台生活六十年回顾》,桂林市政协文史资料委员会编《桂林文史资料》第15辑,漓江出版社1990年版,第23页。
② 《建立剧目轮换上演制度〈社论〉》,《戏剧报》1961年第3期。

此，应当建立起非物质文化遗产保护制度，在合理利用、传承发展的基础上，使其得到保护。① 诸多的舞台戏曲如昆剧、京剧等逐渐被列入世界非物质文化遗产。2001年文化部颁发了《文化部保护和振兴昆剧艺术座谈会纪要》，2005年文化部、财政部联合颁发《国家昆曲艺术抢救、保护和扶持工程实施方案》，将连续五年拨款资助昆曲艺术，昆曲的保护与传承成为国家、艺术团体的重要任务。《桃花扇》的舞台传播是以昆曲为主要的表演形式。作为昆曲舞台的经典剧目，《桃花扇》具有传承、传播昆曲文化的价值。《桃花扇》与非物质文化遗产传承的动机联系在一起。

可见，在《桃花扇》故事的舞台剧传播中，生存、社会教化、文化传承是其主要的传播动机，也是《桃花扇》在舞台传播中呈现的新价值。从剧本到舞台，《桃花扇》实现了艺术价值和意义的增值。

第二节　舞台传播方法

《桃花扇》的舞台传播是将剧本舞台化的过程，也是舞台对剧本的传播。从纸质媒介到鲜活的演员人体的表演，从抽象的文字符号到具体的表演符号，《桃花扇》故事更为丰富和细腻。和剧本相比，舞台演出才是戏剧的本体形态。"舞台形态重场上表演，区别于文本形态或影视形态，这是戏曲艺术的本体。"② 舞台综合运用自身的传播方法、传播手段等将《桃花扇》呈现出来。舞台传播中，舞台是载体媒介，表演始终是舞台剧的中心。此外，

---

① 国办发〔2005〕18号：《国务院办公厅关于加强我国非物质文化遗产保护工作的意见》，《中华人民共和国国务院公报》2005年第14期。

② 田志平：《戏剧舞台形态》，文化艺术出版社2008年版，第3页。

舞台美术、导演的舞台调度也是传播《桃花扇》剧本故事的重要手段。舞台传播中，舞台媒介的特性制约着剧本《桃花扇》的转换，影响着《桃花扇》的传播效果。

一　舞台化的表演

《桃花扇》的舞台传播首先是将剧本的文字符号化为表演符号。

表演是舞台戏剧的核心传播方法。为什么说表演是舞台戏剧的传播方法呢？"戏剧艺术的对象是人，它的标志是演员在舞台上塑造的人的形象，演员本身既是艺术创造的媒介，又将是舞台形象的化身，它的创造又要受舞台规定性的制约。"[①] 舞台戏剧的核心媒介是演员。演员既是舞台剧的质料介质和工具介质的一体的媒介。"戏剧舞台提供的只能是演员表演的场所，戏剧艺术的主要媒介只能在于演员的表演，戏剧艺术的规律只能由舞台上的演员表演的种种可能决定。"[②] 剧本是通过文字来写故事，舞台戏剧是演员通过形体、演员来演故事。剧本的手段是书写，舞台剧是表演。从剧本到舞台剧，则是书写传播到表演传播的方法转换。表演是舞台剧核心的传播方法。王国维指出："戏曲者，谓以歌舞演故事也。"舞台表演是戏剧之所以为戏剧的最基本规定，也是戏剧最原初的形态，是戏剧的本位。

演员是戏剧的媒介载体。以演员为中心，舞台表演形成了一套传播手段。中国舞台戏曲的表现手段为四功五法。"四功"即唱、念、做、打，"五法"即手、眼、身、法、步。简单来说，"唱"指功，"做"指的是做功，"念"指的是念白，"打"指的是武功。作为产生于西方的舞台戏剧，话剧采用对话和行

[①] 谭霈生：《对"戏剧本质"的再认识》，《戏剧评论》1988年第1期。
[②] 金天逸：《电影艺术的科学》，中国电影出版社1997年版，第28—29页。

动为表现手段。舞台戏曲的"唱""念"和话剧的对话有相似性，都是话语的表现，只不过唱、念更强调程式和节奏，对话强调台词的表现技巧。中国舞台戏曲的"做"和"打"都是行动。"唱和念，是对于剧本所赋予人物表达思想感情的台词，经过韵律化、节奏化的处理和润色，就成为富有音乐感和抒情性的舞台语言。做和打，是对于剧中人物的行动、表情、动作，经过节奏化、动律美和形式美的艺术加工和修饰，富有艺术感染力的舞台动作。"[①] 这段话揭示了从剧本到舞台传播的方法，即剧本台词和动作提示的舞台化的改造和处理。剧本的文学语言转换为舞台语言。话语和行动构成了舞台剧表演的两个重要元素，舞台表演通过演员的言语和行动对剧本的文字信息重新编码，形成舞台信息。

（一）从剧本言语到舞台言语

《桃花扇》的舞台表演将剧本的言语处理成为音乐化、节奏化的舞台言语。《桃花扇》的音乐最初是曲牌体的昆曲，而后和不同的剧种声腔结合，形成不同剧种声腔的《桃花扇》，例如京剧、越剧、黄梅戏等。

舞台戏曲的言语是唱与念。戏曲音乐中的主体是唱腔。唱腔是戏曲剧种之间区分的主要标志，唱、念、做、打的唱腔居于首位。演唱的要求是"字正腔圆"，在此基础上准确表达出人物的情感和性格。念白则是舞台戏曲中人物的对白和独白。"念是剧中人物的对白或独白的总称，与曲文相比，念白虽接近生活语言，但也经过了艺术加工，有别于平常言谈。"[②] 同时，俞为民还指出了念白的要求，即字正，吐字清晰，同时还要掌握好念白的

---

① 徐沛：《中国戏曲表演史论》，文化艺术出版社2002年版，第67页。
② 俞为民：《中国戏曲艺术通论》，南京大学出版社2009年版，第24页。

节奏。

从剧本到舞台，演员以声音为媒介对剧本信息重新编码，这种编码是在文字信息基础上的再创造，是文字信息的音乐化传播。《桃花扇》的唱腔主要有昆曲、越剧和黄梅戏等，昆曲是原著搬演时的唱腔。昆曲演员石小梅以《桃花扇》中的《题画》一折摘得梅花奖。《题画》中的声腔变化充分显示了其表现力。吴新雷、朱栋霖先生编的《中国昆曲艺术》中这样描述石小梅的《题画》："石小梅以一曲［倾杯玉芙蓉］宣泄情感，石小梅是如何寻找曲牌基调的？开头一句是'寻遍，立东风渐午天，那一去人难见'，她有意回避了哀痛欲绝、泣不成声的常规处理，开口就翻成高腔。于是，人们感受到的不仅仅是悲哀，更主要是愤激。这是因为，曾在史可法帐下任过幕僚、富有正义感的复社文人侯方域，此时面临的不仅是'家亡'，同时又是'国破'。激越、悲怆的声腔，从一开始就能给观众以震撼！"[①] 戏曲音乐有曲牌联套体和板式变化体，昆曲、高腔主要是曲牌体。高腔，又名弋阳腔，是四大声腔之一，因起源于江西的弋阳而得名。高腔的特点是表演质朴、唱腔高亢激越。一人唱而众人和，只用金鼓击节，没有弦乐伴奏。石小梅的《题画》在昆曲中融入了高腔，使其情感更加饱满和激越。谭志湘在《血溅桃花生死冤——观石小梅〈桃花扇·题画〉》一文中赞扬石小梅的表演。《题画》一折中［倾杯序］最能代表其声腔处理特点。［倾杯序］表现的是人物喜悦过后的悲哀。石小梅将无声的语言文字化为轻重缓急、高低起伏的声音变化，赋予文字以声腔的美。徐城北先生在观看了《桃花扇·题画》后，给予了其高度的评价，认为它"很像一折经过

---

① 吴新雷、朱栋霖：《中国昆曲艺术》，江苏教育出版社2004年版，第316页。

世代艺人精雕细刻的'骨子老戏'"①。《题画》为什么能得到专家和观众的认可呢？我们认为主要是在继承传统基础上的创新，原著的唱词与经过创新的唱腔相结合，形成既具传统意味又包含新质的艺术形式。

  同样是表现悲伤的情感，越剧《桃花扇》的《追念》却将剧本的文字信息化为低沉的、连续的弦下腔来传递悲伤的情感信息。越剧《追念》讲述侯朝宗以为李香君已经去世，对李香君的追思和悼念。孔尚任的《桃花扇》中没有《追念》，这一段是越剧的创造。在音乐体制上，《桃花扇》原著的曲牌体改编为板腔体。板腔体相对于曲牌体，在用韵、字数等方面更加自由灵活。越剧的《追念》采用了越剧中流行的［弦下腔］。这段《追念》的唱腔是采用"十字句"弦下腔，在尹派艺术中最具代表性。其句式是"3、3、4"结构，其中高低起伏、节奏变化等比较多。在评价这段唱腔时，学者认为："《桃花扇·追念》中的'香君啊'，在层层下行的旋律进行中，连续加以装饰倚音的润腔，使音调具有一种哭腔因素。"②剧本唱词中通过文字的修辞形成想象的画面，在唱腔的旋律变化中表现悲伤。舞台戏曲则将唱词编码为声音。一方面文字信息赋予《追念》以明确的意蕴，另一方面唱腔形式在文字信息的基础上再次赋予以听觉形式，使意蕴的表达更为深沉和细腻。舞台演唱对文字信息进行了声音的修饰性，声调上低沉、层层下行，低沉的声音和层层下行的旋律加剧了情感的低沉和厚重。［弦下腔］的流行唱段有《山伯临终》《宝玉哭灵》等。为什么今天的舞台上几乎没有越剧《桃花扇》的全本戏演出，而越剧《追念》却可以传播至今？可以说，越剧流行唱腔

---

  ① 徐城北：《品戏斋夜话》，中国戏剧出版社1991年版，第93页。
  ② 陈华兴、黄宇：《德艺双馨 尹桂芳传》，浙江人民出版社2006年版，第115页。

的处理是其传播的重要原因。

《桃花扇》故事从剧本到舞台，将剧本唱词进行了声腔化的处理。这种处理是在继承传统又具有创新的基础上展开的，赋予《桃花扇》以新颖的艺术形式。

在舞台戏曲内部，艺术形式的变化不仅仅是剧种声腔的置换，有时还包括不同剧种声腔的配合。《桃花扇》中《访翠》描写侯朝宗在大好春光中和李香君的初见，《眠香》描写侯朝宗和李香君共结连理，充满着新婚的喜悦，风格优美细腻、温柔缠绵。《却奁》描写李香君坚决不要阮大铖的妆奁，《骂筵》一段的描写李香君大骂阮大铖和马士英，突出了刚正、节烈。舞台表演可以采用两种不同的声腔来表现这两种不同的风格。上海的《桃花扇》采取了京昆合演的形式。京昆合演的形式在清代就曾经出现过，据记载："京昆合演是19世纪中后期的普遍现象，戏目如《白蛇传》、《五人义》、《挑滑车》等。各班有各自可演的《白蛇传》本子，京昆所用比例多少不论，按演出可能和需要而用。这是一种形式，混合两种不同的'品种'，艺人们称之为'风搅雪'。"[1]京昆合演两种形式，两种声腔之间风格互补。上海京剧院和昆剧院的京昆合演《桃花扇》融合京昆两种声腔，实现了媒介互补，构成新的形式。戏曲中的不同声腔并非截然分开的，剧种声腔的互补可以创造新的艺术形式。

总之，《桃花扇》故事的音乐化处理产生了不同的声腔形式，不同声腔的转换和配合亦创造了新的艺术形式。

（二）从剧本的科介到舞台动作

科介是中国古典戏曲剧本中对表演动作、表情等的提示。剧

---

[1] 胡忌：《菊花新曲破：胡忌学术论集》，中华书局2008年版，第84页。

本的舞台化传播是将剧本的科介化为舞台形体动作的过程，舞台形体动作是舞台剧的传播手段。舞台戏曲的表演动作有做与打。舞台戏曲表演动作的内涵有种种解释。俞为民说："戏曲表演功法中的做，也就是舞蹈化的动作，是对戏曲演员的身段、表情、气派、风度等表演的总称。"① 李修生说："'做'主要是指'眉眼'（面部表情）和'身段'用于艺术表现。眉眼须将人物的心态变化准确地形之于色；身段也须将人物的情感和性格通过肢体动作和'造型'予以表现，并且必须体现富有舞蹈性的动态美。"② 综上所述，戏曲的做是指戏曲表演中舞蹈化动作，是表情、身段等的表演总称。

《桃花扇》将剧本的舞台动作提示化为程式化的动作。程式化是对生活动作的规范化、舞蹈化的处理，具体到形体介质中，就是形体动作的规范化、舞蹈化的技术处理，比如舞台戏曲中的开门、关门、上马、上楼等，都有固定的程式。虚拟化是指舞台表演中的变形手法，是对生活的模仿，是在假定性中表现生活真实。中国舞台戏曲以程式化、虚拟化的形体动作来对剧本故事进行编码，传达信息。

《题画》一场中，侯朝宗来到媚香楼，媚香楼早已是物是人非。孔尚任的《桃花扇》在写到此处时，出现了推门介、入介、上指介、作上楼介等。到底是如何推门、如何上楼？剧本是文学言语，具有模糊性，舞台表演将这些动作具体化和直观化。侯朝宗上场，侯朝宗的念白"门儿虚掩，代我矮身而进"。侯朝宗提衣开门、掩身而进。这里没有门，只有一系列的进门的动作。接

---

① 俞为民：《中国戏曲艺术通论》，南京大学出版社2009年版，第25页。
② 李修生、赵义山：《中国分体文学史 戏曲卷》，上海古籍出版社2007年版，第329页。

下来是侯朝宗的念白:"只见群莺乱哢,人迹悄悄,苔痕绿上花砖,映着他桃树红妍。"媚香楼的环境并没有直接呈现在我们的面前,而是借助念白和眼神动作的指示想象出来!如果说剧本是用文字在描写环境的话,那么舞台表演则唱和念的手段指示景物环境,没有黄莺、苔痕、桃红等实景,只有念白和表情符号传递的环境信息。《桃花扇》里媚香楼的环境在剧中以文字的形式出现,在语词的修辞中让读者去想象;《桃花扇》舞台戏曲则以形体动作以指示或暗示环境,引导观众的想象。当说道"只见红楼寂廖,栏坏梯偏,尘封网绢"时,侯朝宗抬腿行进,仿佛有栏坏梯偏在阻碍其行进。舞台上没有红楼、栏梯,但是人物的念白、形体动作和表情提示给接受者环境信息。接下来唱到"裹残罗帕,戴过花钿,旧笙箫无一件"时,石小梅以手指向头上,喻指罗帕、花钿。可见,形体动作的信息传达是以有限为无限,以能指想象所指。

可以说,《桃花扇》剧本中的动作提示舞台化为程式化、虚拟化的动作。舞台戏曲的动作将生活动作具象化、形象化或者舞蹈化。

《桃花扇》形体动作是建立在内心体验的基础。剧本将内心体验编码为文字,舞台戏曲的内心体验外化在形体符号中。《1699·桃花扇》中《沉江》是最能体现舞台戏曲表演动作之内心体验的部分之一。《沉江》将史可法的英雄失意、凄凉悲惨的内心通过外化的形体符号表现出来。吴梅在《顾曲尘谈》中说:"《桃花扇·沉江》一折,谱史可法死节事,何等可惨。而其曲云:'撇下俺断篷船,丢下俺无家犬。'又云:'看空江雪浪拍天,流不尽湘累怨。累死英雄到此日,看江山换主,无可留恋。'又[尾]云:'山云变,江岸迁。一霎时忠魂不见。寒食何人知墓田。'读之令人慷慨泣下，无一憔悴可怜之语，如见阁部之从容就死之状。末云'寒食墓田'，则有凄凉欲绝，感人心脾。"① 在《1699·桃花扇》的《沉江》中，柯军以丰富的表情、充沛的情感、繁复的身段塑造了史可法的舞台英雄形象。眼看扬州城破，协力无良朋，同心无弟兄。史可法的表情、形体上传达出其内心的无助。当唱到"这江山倒设着筵席请，哭声祖宗，哭声百姓"时，史可法悲伤至极，捶胸数次，身形翻转，哭出血泪。当三千士兵立志守城时，史可法传令："你们三千子弟兵，一千迎敌，一千内守，一千外巡。"此时，史可法翻转身形，顿时豪气迸发。"上阵不利，守城；守城不利，巷战；巷战不利，自尽。"这段激昂慷慨的传令由传令由史可法发出，士兵群体对答，传达了将帅同心的悲壮。在黄梅戏电视剧《桃花扇》中这段传令由史可法个人说出，没有舞台剧群体性的悲壮感。当唱至"这屠戮皆因我愚忠不转，兵和将，力竭气喘"，柯军的表情充满悲慨，又顾念着扬州百姓，天下苍生。此时，舞台上的兵和将纷纷倒下，象征着兵和将纷纷战死。史可法悲愤难当，念白"皇天啊，皇天，明朝三百年社稷，只靠俺一身撑持"，悲郁而沉重的念白："累死英雄，到此日看江山换主，无可留恋，俺史可法来也。"随即，柯军旋转身体，摔倒在舞台上，灯光旋即暗淡下来，象征着史可法投江自尽。可以说，借助表情的悲郁、身段的辗转生动传达了史可法内心的苦闷，演员与角色此时融为一体。同剧本书写相比，史可法的形象在文字、声音和形体动作的立体传播中更为丰富。

不仅如此，话剧表演同样讲究内心体验与外在形体动作的统一。话剧《桃花扇》中扮演李香君的郑振瑶注意到了生活体验与

---

① 吴梅：《顾曲尘谈》，《中国戏曲概论》，上海古籍出版社2000年版，第65页。

外在形体动作的关系,即在形态动作符号中包含内心的情感信息。她接着讲述了三次情感的冲击下是怎样体验角色,并化为形体动作的。比如在最后一次侯李会见中,当小红告诉李香君侯公子来了时,"一种幸福的预感使她全身战栗",当侯朝宗突然出现时,她飞奔着扑向他怀里,她的内心是巨大的幸福。当二人共看桃花扇时,她"完全沉浸在悲喜交集的欢欣中了"。当看到侯朝宗的辫子时,这打击"使她感到了天塌下来一样,无力地倒在石头上站不起来",这是内心的愤懑无以言表,于是撕碎了桃花扇,"用一种平静而冰冷的语气说出了'去吧'"。① 从郑振瑶的创作体验中,我们看到,李香君的幸福、欢欣、悲喜交加都化成了全身战栗、飞奔、扑向、泪眼等具体的形体动作和表演符号;李香君的激愤、悔恨等内在的体验融化在了倒下、站不起来、责骂、平静而冰冷的语气等符号中。可以说,舞台形体动作是内心体验的涵化,这种包含内心体验的形体动作符号能够震撼观众的心灵,创造出良好的人际传播效果。

《桃花扇》里的形体动作是和性格、环境相统一的形体动作。欧阳予倩先生在排演话剧《桃花扇》时,特别讲究形态动作。据澹台仁慧回忆,1956年中央实验话剧院的《桃花扇》排演中,欧阳予倩对人物的形体动作要求十分严格,要求在时代、环境和性格的统一中来呈现人物的形体动作。"'李香君要像一枝兰花一样婷婷玉立。她能歌善舞,琴棋书画都来得。她敢爱敢恨,热情奔放,只要接近她,就会被那清清暖暖的香气所感染和溶化……'根据这些分析,他要求从形体上掌握香君的基调:除了按中国古典舞及戏曲表演的形体动作要求,要收腹、扣胸以外,走与站,

---

① 郑振瑶:《体验要深:〈桃花扇〉创作手记》,《光明日报》1962年2月18日。

动与静，都要端正大方，举止文雅，笑不露齿，行不露足，要注意形体上的线条的美。"① 上海戏剧学院的朱端钧先生曾经排演《桃花扇》，他要求杨文聪的体态是挺胸收腹，走路轻盈潇洒，手势柔润清秀。扮演杨文聪的演员找到了抖肩的习惯动作来表现其玩世不恭、游戏人间的心态。② 所以，舞台形态动作的要求除了符合舞台媒介的程式化、虚拟化之外，还要求塑造人物的性格。

总之，从剧本的科介到舞台动作，《桃花扇》的表演更为具体、形象和美化。优秀的舞台表演是剧本传播的增值。

二　舞台化的景物造型

从剧本到舞台，是从景物描写到景物造型的转变。景物描写与景物造型源自文字语言符号与舞台语言符号的不同。舞台剧以演员表演为核心，将剧本故事的内容编码为信息符号。舞台美术、舞台调度等是辅助手段，处于陪衬地位。舞台美术包含两个部分，一是景物造型，二是人物造型。在这里，我们主要谈一下舞台戏曲《桃花扇》中的景物造型。

中国传统舞台的空间特点决定了景物造型的虚拟特质。中国舞台戏曲中起先是没有布景，有的只是一桌二椅。中国传统的舞台基本特点是好像一个打掉三面墙的屋子，舞台从三个方向向观众开放，所以舞台戏曲的景物造型是通过演员的身段和动作来展现的。"舞台景物造型的简化与表演者繁复的身段紧密结合，也就达到了景随情移、物随人变、情景交融的效果，构成一个抽象流动、空灵写意的舞台画面，再加上清淡素雅的服饰，最终形成

---

① 澹台仁慧：《回忆欧阳予倩老院长给我们排戏》，《戏剧论丛》1982年第3期。
② 赵宇：《影视舞台表演》，中国广播电视出版社2004年版，第138页。

富有鲜明中国传统特色的艺术特色。"① 戏曲舞台景物造型的简易造就了舞台表演的虚拟性，使观众将注意力集中于舞台表演，在表演中体现无限。戏曲舞台正是一个空的空间。与此相对，话剧舞台的景物虽然相对写实，但在假定的舞台上仍然是虚拟的。优秀的舞台剧在虚与实之间寻找一个好的结合点。

《桃花扇》中的景物造型遵循简易的风格，以辅助虚拟的表演。孔尚任在舞台景物造型的讲究虚实结合，实中有虚，以点带面，简易而不繁复。龚和德谈到孔尚任《桃花扇》的景物造型时说以《骂筵》一场为例，指出了景物造型简洁、符合虚拟表演的特点。"孔尚任决不希望把黄鹤楼、赏心亭、薰风殿等，制成一套一套立体布景，堆砌于舞台，局限和损害虚拟表演。相反，他要求抓住这些环境中具有特征性的景物，用以舞台，以便帮助观众里理解剧情，增强观众对这出相去不远的历史剧的亲切感。"② 可以说，舞台景物造型是为虚拟表演服务的，是表演的辅助性因素。早期的舞台话剧向传统舞台戏曲学习，重视舞台戏曲的抒情写意。

舞台戏曲《桃花扇》的布景造型体现了传统基础上的创新。《桃花扇》里的桃花扇是舞台美术中常用的布景。扇子是《桃花扇》中的道具，是贯穿故事始终的砌末，也是代表传统艺术的东西。以扇子为景物造型，不仅能切合故事的主题，而且符合中国观众的接受心理。北方昆剧院的《桃花扇》，江苏省昆剧院张弘、王海清版的《桃花扇》，上海的京昆合演《桃花扇》，台湾的昆剧《李香君》，都充分利用了扇子构成其景物造型。其中，1996年江

---

① 刘静：《幽兰飘香》，紫禁城出版社2009年版，第146页。
② 龚和德：《情景交融 虚实结合——谈传统戏曲景物造型的特点》，《光明日报》1962年3月21日。

苏昆剧院版本的昆剧《桃花扇》的舞台造型最具特点。笔者从江苏省演艺集团的艺术档案馆中查到了有关张弘、王海清版《桃花扇》的相关资料，周世琮在导演阐述中也对《桃花扇》的舞台美术提出了要求："在舞台美术上不用守旧形式。布景灯光可以多用些新的方法，布景不用写实，而以装饰性的景置为主，如利用几十面大小不同的折扇列成各种组合，加上平台纱幕的配合，虚拟构成不同场景，再调动灯光配合，造成一定的氛围，头饰服饰基本依偱传统，注意化妆造型。"①《寻找〈桃花扇〉新的演出空间》一文谈到了姚呈远的舞台设计构想。《桃花扇》的舞台设计整体采用了弃实景、重意境、重氛围的写意手法。具体而言，是以固定的组合平台造型为主景，以扇子为载体，借助扇子的色彩和造型的变化来表现具体的环境和意境。②

　　《桃花扇》景物造型的色彩以渲染、象征的手法传递信息。在秦淮水榭一场，舞台固定的组合平台上，绿色纱幕宛如绿烟悬挂，几组半圆形的绿扇丛丛簇簇，恰如春树绿丛，观众的眼里就是一幅秦淮水榭、春波碧烟图。在第二场中，几组折扇变成了粉红色，绿纱低垂，舞台中心设置圆桌圆凳。这里虽然没有媚香楼实景，但随着侯朝宗媚香楼的感叹，观众知道这是媚香楼。在阮大铖的书房里，一把褐色扇子的团挂在布幔上。史可法府第的祭坛，则是由几把蓝色扇化为祭坛花环装饰，中心组合远行蓝扇，则如灵堂素幔图案。赏心亭，几组白扇化为层层白雪。史可法沉江，黑色扇则如巨石横卧。栖霞古刹，几把枯黄色的扇子化为秋叶飘零。③色彩在舞台戏曲中至少具备了以下传播功能。一是指

---

① 江苏省演艺集团艺术档案室存周世琮的《昆剧〈桃花扇〉导演阐述》。
② 江苏省演艺集团艺术档案室存《寻找〈桃花扇〉新的演出空间》。
③ 同上。

代功能。绿色的纱幕象征绿烟，绿扇指代春树绿丛，黄色的扇子指代秋叶飘零。二是指示功能。色彩能够指示地点，不同的地点的指示在色彩传播中得以体现。绿色指示秦淮水榭、粉红色指示媚香楼、褐色指示阮大铖的书房等、黄色指示栖霞寺。三是氛围的渲染功能。绿色渲染春天的气息，粉红色渲染媚香楼的梦幻的、眠香的气息，黄色则渲染秋天的气息、草木摇落的伤感。四是精神象征的功能。不仅在情感渲染上，色彩还有精神象征的传播功能。色彩的意味与环境氛围相配合，化为人物精神内蕴的象征。色彩与中华民族的心理结构相似应，史可法祭坛的蓝色象征着其如兰花一样的忠诚的品格。史可法沉江的片段中血与红的满江红的氛围，象征着史可法的碧血精诚。即使在舞台话剧《桃花扇》的景物造型中也运用了色彩的传播功能。1959年苏联专家列斯里排演《桃花扇》，李畅的舞台设计是：孔庙的布景石牌坊、松柏树、红庙墙和下马石，并运用了灯光的明暗来营造舞台环境。媚香楼堂前墙壁上的色彩可以用灯光的色彩来变化：结婚的时候热调子，母女分别时是冷调子。李香君的妆楼设计为粉红色的梦境。尼姑庵在秋天的阳光里，温暖而宁静，却又隐含了寒冷。[①] 色彩从一个物质介质成为一个情感、环境、文化乃至人物内在精神的信息载体。《桃花扇》所采取的折扇形式，具有明显的民族民间风格，是中国传统的艺术形式。这种传统的景物造型形式和传统的昆曲表演形式融为一体。扇子也是《桃花扇》故事的关节点，伴随着赠扇、画扇、血溅诗扇等情节，表现了离合之情和兴亡之感。同时，《桃花扇》的景物造型并不拘泥于传统艺术形式，而是加入了一些现代的元素。姚呈远说："现在《桃花

---

① 李畅：《设计"桃花扇"的体会》，见刘露编《舞台美术研究》，中国戏剧出版社1957年版，第57—61页。

扇》的舞美画面是充满现代派色彩的，高低平台的块面结构，折扇半圆形的几何体组合，以及纱幕虚拟的层次处理，都采用了现代立体构成的手法，具有很强的现代形式。"① 以民族传统形式为主，结合现代立体元素，是张弘、王海清版的《桃花扇》景物造型的特点。

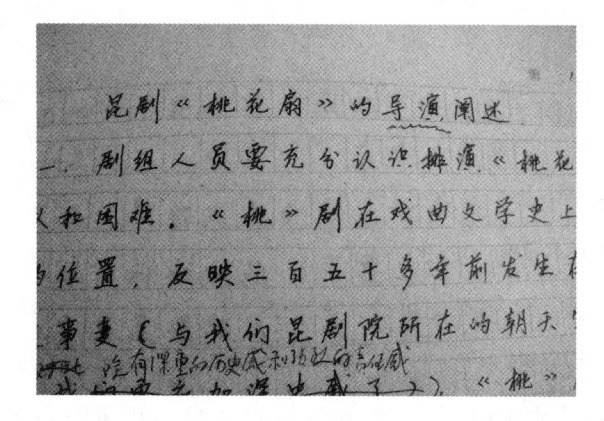

图 1-1　江苏省演艺集团艺术档案室存
昆剧《桃花扇》的导演阐述

图 1-2　江苏省演艺集团艺术档案室存
昆剧《桃花扇》舞台设计空镜照

---

① 江苏省演艺集团艺术档案室存《寻找〈桃花扇〉新的演出空间》。

一些舞台话剧《桃花扇》更是借鉴了舞台戏曲简洁的布景手法，以简代繁，以假代真。中国话剧在和中国传统文化相融合的时候，也在营造虚实相生的意境。新中国剧社排演舞台话剧《桃花扇》时采用了简洁的自然主义的布景。"这一次的舞台装置，主要是几片短屏风，和台左一个固定的平台，衬着台后的一片深蓝色的丝绒幕。（当然布幕，或用影片糊上深蓝色的纸也可）。三个屏风作六面也够应付了。除末一场必须用门之外，全部不必用门。譬如香君妆楼，只须李贞丽在屏风后面叫一声'杨老爷请上楼来做吧'就行了，不必设楼梯。"[1] 话剧虽然也以写实为主，但同样可以虚拟化、简洁化。中国话剧也深受舞台戏曲的影响，在景物造型上强调简洁、虚拟。这个戏在台湾演出时是最受欢迎的。抗战时期，贺孟斧曾经导演周彦编剧的话剧《桃花扇》。在最初的构思里，他想借"扇"字将舞台设计成一面团扇。"尼庵"的布景是佛像和柱子，"渔家"一场是五张巨大的渔网和一根蜡烛。因为剧社的经济问题，这些都搁浅了。"贺孟斧以简代繁，以假代真，重新构思出一台具有独特意境的舞美设计。佛像不要了，用几条长长的布幔挂着，再选择最佳的布光角度，让暗淡的灯光打在布幔上，扑朔迷离，好像布幔后面有一座巨大的佛像。五张渔网改成了一张，材料是用布景片上的烂绳子织的，然后点一支蜡烛，俨然像是一个江南的小渔村。"[2] 意境是中国美学中的一个范畴，它讲究的是情境交融、虚实相生。在话剧舞美中创设意境，体现出话剧民族化的倾向。民族化的景物造型设计是话剧《桃花扇》传播的元素。1961年，《桃花扇》由中央实验话剧院

---

[1] 欧阳予倩：《三个戏》，见苏关鑫《欧阳予倩研究资料》，中国戏剧出版社1989年版，第256页。

[2] 唐明生：《角色编织的花环　秦怡》，锦绣文章出版社2010年版，第71页。

再次排演话剧《桃花扇》。导演耿震在排演中充分体现了自身的才华。"他和陈永祥合作的舞台设计，背景是一片黑幕，中央镶嵌着桃花扇扇面。舞台高雅古朴，优美精巧，构思新颖，点题简明。装置上既无烦琐的堆砌，又无喧宾夺主的赘饰。几扇屏风和简练的道具变换着场景环境，既呈现出民族气派，又突出了演员表演的地位。"[①] 1992年，《桃花扇》话剧演出的舞台造型艺术同样在简易、虚拟中见精神。可见，正是这种极简的造型，以有限的介质传达出无限的信息。在虚拟中留下了观与演的丰富的空间，带给人更多的想象。

《桃花扇》的景物造型和表演一起，营造出意境氛围。在从剧本到舞台的转换中，其意境表现也从文学意境转换到舞台意境。舞台意境和文学意境不同，二者的区别主要在于舞台与文字的媒介符号之别。在文学中通过想象营造的意境在舞台上成为由视觉符号、听觉符号等载体营造的意境。意境包含情景交融、虚实相生、韵味无穷三个层次。在情景交融中，文学之景是写景，是"状难写之景如在目前"，文学之意是"含不尽之意见于言外"的言外之意。舞台之景则是说白、唱词之景和布景的结合，是可见之景和不可见之景的结合，或者说是说景、唱景和可见之景的结合。朱端钧先生为上海戏剧学院实验剧团（现上海青年话剧团的前身）首次排演话剧《桃花扇》。从1961年11月中旬到1962年2月，共历时三个月。朱端钧先生改编欧阳予倩先生的三幕九场话剧改为八场，即《哄丁》《定情》《却奁》《辞院》《守楼》《骂筵》《劫余》《绝侯》。朱端钧先生在话剧《桃花扇》的排演中，特别强化了意境。《辞院》是一场离别戏。离别是戏曲中的

---

① 夏均寅：《高尚的艺术 严肃的人生——耿震艺术生涯评述》，见中国艺术研究院话剧研究所主编《中国话剧艺术家传》第5辑，文化艺术出版社1987年版，第276—277页。

常见主题，比如《西厢记》的"长亭送别"。朱先生将地点从媚香楼改为楼下的水榭，让李香君在水榭前翘望郎君，借助一次、两次的极目远望，加上伴唱，营造出"香君上楼台"的意境。① 这种掩重门的意境带给人无限的想象，掩重门也即香君掩盖了心扉，守住了爱情。

总之，《桃花扇》的景物造型以虚拟化、简洁化和民族化的特点创造出艺术意境氛围。民族化的景物造型是话剧《桃花扇》传播的元素之一。

三　舞台调度

从戏剧发展史上看，戏剧有一个从演员中心到剧本中心，再到导演中心的过程。随着戏剧的发展，导演成为舞台表演的主体，舞台调度因而成为舞台剧的表现手段和传播手段。什么是舞台调度？《中国大百科全书·戏剧卷》的介绍简明扼要。"舞台调度（managing on stage）是舞台行动的外部造型形式，也叫场面调度。它通过演员的体态（身段）、演员与演员以及演员与舞台景物间的组合，通过演员在舞台上活动位置的安排与转换，或通过一组形体动作过程，构成艺术语汇，使舞台生活形体化、视觉化。"② 唐达成的《文艺赏析词典》中这样解释舞台调度："戏曲术语。也称戏曲场面调度，指戏曲导演对戏曲演员在舞台上表演时所设计舞台动作和所作出的舞台部位的处理。"③ 我们对舞台调度作如下的界定：舞台调度是基于舞台媒介的演员、景物等之间的组合关系。舞台调度由舞台的特性决定的。中国现代的戏曲舞

---

① 胡导：《戏剧导演技巧学》，中国戏剧出版社2005年版，第154—155页。
② 徐晓钟：《中国的百科全书·戏剧》，中国大百科全书出版社1989年版，第406页。
③ 唐达成：《文艺赏析词典》，四川人民出版社1989年版，第500页。

台是一个镜框式结构，在镜框中呈现出舞台表演的景观，人物都在固定的镜框式舞台中流动，其中必然有人物关系、行动关系等的各种变化，因此舞台调度是必要的。

《桃花扇》的舞台调度有什么特点呢？舞台调度是舞台戏曲独特的媒介形式，它利用舞台媒介的特点，对剧本故事进行舞台化的再创造。《桃花扇》的舞台调度主要有以下几个特点。

一是以合理的、有序的动作凸显情节的丰富性。《却奁》是《桃花扇》中展现香君刚烈性格的情节，也是全剧的精华所在。"摘翠脱衣"脱衣动作是《却奁》的核心动作，在孔尚任的《桃花扇》中只有一个拔簪脱衣的动作说明。朱端钧先生在排演《桃花扇》时，将《却奁》中的"摘翠脱衣"动作安排得细致而且有条不紊。当李香君得知用了阮大铖的钱之后，在众人面前，将杨文聪赠送的妆奁，一一扔到地上。朱端钧先生在排演时要求把两支钗和一件衣服要扔得一件比一件紧，使之更加富有层次。他要求先把衣服扔在地上，然后扔左边的钗，再转身扔右边的钗，而且把钗扔到衣服上，这样就不会滚动。朱端钧先生的舞台调度增强了舞台动作的层次性，在一次次的递增中传达出其内心急切、决绝的信息。《桃花扇》的书生打阮，讲述侯朝宗、陈定生在孔庙前痛打阮大铖。具体怎么打呢？要打得有层次、有秩序。舞台空间提供了这种有秩序的舞台调度方法。阿甲在排演这唱戏时谈道："几经斟酌后之后才确定了：书生骂到最火盛的时候，有人先给阮一巴掌，阮被打得晕头转向，转了一个身，碰到另外两个书生身上，两书生中一人架着阮的一只手臂对缚在身后，另一人就上去拉着阮的大胡子，拉到石碑上举手就打。"[①] 在层次分明的

[①] 林榆：《怎样导演一个大戏——记阿甲排练粤剧〈李香君〉》，花蕊夫人《林榆剧作·论艺集》，中国戏剧出版社 2001 年版，第 201 页。

节奏中把秀才们对奸臣的恨层层地表现出来。剧本中简单的打阮，舞台上却呈现出动作层次、人物性格等的不同。舞台调度是对剧本内容与表现的丰富。在《守楼》一场的"血溅诗扇"也是全剧的核心动作，李香君坚决不嫁田仰，在众人的逼迫中欲寻死路，结果血溅诗扇，点染成了桃花扇。"血溅诗扇"表现了李香君对节操的坚守。孔尚任的《桃花扇》的科介简要说明了动作：众人要替李香君梳头穿衣，这时［旦持扇前后乱打介］；众人要抱李香君下楼，这时［旦哭介］、［倒地撞头晕卧介］。《1699·桃花扇》的导演田沁鑫在谈到这个动作处理时也比较犯难，最后在演员先慢后快的节奏变化中撞向桌角，她坦言这个动作处理的俗了。朱端钧先生是如何处理这场戏的呢？"李香君突然奔向台后正中的窗栏，欲纵深跳楼，被一使女拉住。香君推开使女，向台右侧冲去，挡掉前来劝阻的李贞丽，一头撞在台右前侧的柱子上，撞柱后，向左一个踉跄，立在台中靠后的地位，略侧身向左，她左手始终拿着侯朝宗题诗的那把扇子，血溅落在扇面上。一阵昏厥，向左原地转身，落扇。顺势向台左侧奔去。李贞丽惊呼着随下。"[①]相比于《1699·桃花扇》中的处理，话剧《桃花扇》的"血溅诗扇"借助富有层次的舞台动作，层层铺垫，层层递进，突出了李香君的刚烈。动作处理更为有秩序，增强了舞台的视觉效果和情感的递进效果。可以说，富有层次的舞台调度是对剧本信息的增值传播。

二是以人物与人物位置关系、行动关系、动静关系等传播符号传达人物的态度、性格等。导演排戏时正是充分调动了传播手

---

① 方传芸、姚家征：《刻意求工　宛如天成——谈〈桃花扇〉的导演艺术》，上海戏剧学院朱端钧研究组编《沥血求真美：朱端钧戏剧艺术论》，百家出版社1998年版，第280—281页。

段。1958年,《桃花扇》由中国京剧院再度排演,导演是郑亦秋,杜近芳饰演李香君,叶盛兰饰演侯朝宗,李世霖饰演杨文聪等。《桃花扇》的排演体现了郑亦秋的舞台调度能力。在一段痛打阮大铖后书生们议论时政的戏,郑亦秋意识到侯朝宗、吴次尾、陈定生和杨龙友等在舞台上可以组成流动的单元。在议论一件事时,侯、吴、陈在态度上、性格上都有所不同。因此,在四个人构成一幅相对稳定的画面时,让他们之间存在远近、亲疏等的关系。在画面中展现人物的性格。

在处理最后一场戏中李香君与周围人的关系时,郑亦秋充分发觉了动与静的魅力。李香君在边唱边动中引导着侯朝宗和周围的人构成不同的画面。舞台上的画面动作在唱段的高低起伏中不断变化。李香君唱完之后,她和周围的人构成一个相对静止的画面,侯朝宗在舞台的中央,双方构成对峙。[①] 李香君的忧愤和决绝不仅通过京剧的唱段传达出来,而且通过舞台上流动的画面和人物的亲疏、动静的关系传播出来。因此,动态的舞台画面是剧本书字信息的直观化、形象化的补充。

三是舞台剧可以通过空间的组割,将不同空间的场景组合于同一舞台空间中。《1699·桃花扇》中,导演田沁鑫借鉴了话剧的舞台调度方法,将多个不同时空的情景共同展示在舞台上。第一场的"访翠"中,外景是侯朝宗在吃茶和内景的李香君等共同展现于舞台之上。外景中侯朝宗等人在谈李香君平康第一,内景李香君唱起昆曲。李香君的昆曲声音还在继续,外景的杨龙友已与侯等人寒暄起来。一边是侯朝宗的红杏窥墙,另一边是李香君的含羞对视。这场中,外景与内景在观众的观看焦点中不断转

[①] 徐城北:《郑亦秋的舞台调度》,《戏剧报》1987年第6期。

移,同时又形成了良好的互动。古戏台隔开了侯与李的空间,同时又敞开了审美的距离。这种舞台调度方法是借鉴了话剧、电影,两个不同空间的人物的活动避免了戏曲的分场,场景的转换相对快捷。在"却奁"一场中,内景是新房内杨龙友与侯、李等人的谈话,正说到阮大铖,这时灯光暗淡下来,阮大铖出场,引出了一番"前局尽翻,旧人皆散"唱段。在同一个舞台中,不同空间的人物行动通过灯光的变化来进行表演行动的交替,衔接自然又省略了换场,类似电影的蒙太奇手法。在其它的场景中也有多种空间的结合。《哭主》中,导演采用了形式表演的手法。"比如,《哭主》采用仪式体抒怀,听到崇祯皇帝缢死煤山时,三个不同空间的人依次悼念,最后以圆场形式完成了一个王朝灭亡的葬礼。《誓师》中,在史公悲烈的抒情诗中,三千人马一个接一个战死,史大帅最后为国捐躯,其情景十分悲壮,震撼人心。"[1]三个空间的共时,预示着不同身份,不同阶层的人对先主的哀悼,展现出宏大而悲壮的场面。三千人马战死,场面也很宏大,导演以史可法为中心支点,通过将士们台前、台后的转场表现出战,然后在其两边一个接一个倒下,传递着战死的悲壮。总之,《1699·桃花扇》舞台调度借鉴了话剧、电影对空间的处理方法,体现出一定的现代性特征。

总之,舞台调度是《桃花扇》戏曲与剧本的区别之一,也是剧本在舞台媒介的传播方法之一。舞台调度是剧本意蕴生成的补充。

---

[1] 向阳:《灿烂昆剧的"堂吉诃德之舞"——田沁鑫〈1699·桃花扇〉观察》,《艺苑》2006 年第 7 期。

第三节 舞台传播效果

一 舞台媒介与戏剧形态

从剧本到舞台,《桃花扇》的存在方式发生了改变。存在方式的变化改变了《桃花扇》的载体,舞台形态才是戏剧的本体形态。中国古典戏曲本来就有案头和场上之说,《桃花扇》的舞台演出是从案头到场上的转换,由此,《桃花扇》也就从可读的戏曲成为可看、可听的戏曲。

《桃花扇》从剧本到舞台的转换是戏剧的文本形态到演出形态的转换。《桃花扇》的演出形态主要有全本戏和折子戏。全本戏是按照原本演出戏曲形式,《桃花扇》共有44出,那么全本戏的演出即将这44出完整地演完。清代以后,汪笑侬的京剧《桃花扇》、欧阳予倩的话剧《桃花扇》以及越剧、黄梅戏等的《桃花扇》基本是全本的演出;当代郭启宏等的昆剧《桃花扇》版本,张弘、王海清的《桃花扇》等都是经过改编的《桃花扇》全本戏。《1699·桃花扇》号称复原古典,保留了孔尚任原著的大量的曲词,但因为舞台时间所限,全剧将原来的44出缩减为6出,保留了《题画》《沉江》《却奁》《寄扇》《余韵》等主要情节。《桃花扇》全本戏的传播能够在较长的时间和篇幅中展现了宏大的社会背景和编剧的思想意识。明清传奇剧本一般篇幅较长,要花很长的时间才能演出完毕。《桃花扇》若按原本演出,演出需要几天几夜。徐珂指出了全本戏的弊病:"全本戏专讲情节不贵唱工。唯能手亦必有以见长。"[1] 因为演出的时间较长,艺

---

[1] 徐珂:《清稗类钞 第三十七册 戏剧》第五版,商务印书馆1928年版,第16页。

第一章 《桃花扇》的舞台传播

人们确实无法做到表演的精雕细刻，这也是全本戏的局限。当代《桃花扇》的演出虽然覆盖故事的主要情节，但已经删繁就简，无法呈现《桃花扇》故事的原貌。

从信息传播的角度看，全本戏是孔尚任《桃花扇》的完整信息传播。舞台戏曲的核心是表演，舞台剧的全本演出并不能完全满足舞台剧传播的要求。

考虑到演出的需要，传奇剧本更多地进行了"缩长为短"，于是出现了折子戏的形式。折子戏是相对全本戏而言的，它是从全本戏中单列出的一折或几折。陆萼庭在《昆曲演出史稿》中说："折子戏原不能算作独立的戏剧形式，它是全本戏曲的有机组成部分，与全本戏一似全体与部分的关系。因此，在全本戏的演出方式占绝对优势的时候，舞台上看不见折子戏。"[①] 这段话指出了折子戏和全本戏的关系。折子戏可以说是全本戏的精华部分，随着全本演出的减少，戏曲演出以折子戏为主要的方式。从全本戏到折子戏，不仅仅是从全本到单折的形式变化，还意味着观众审美情趣的变化，全本戏的宏大社会观念、人物塑造的完整性在折子戏中则变化为对表演的细细品味和欣赏。折子戏还可以不断地演出、雕琢，在艺术上精益求精。从戏曲选本来看，清代的《缀白裘》等选本和曲谱选本中却没有《桃花扇》。在《六也曲谱》中收录了《访翠》《寄扇》《题画》3折。从这几折来看，孔尚任《桃花扇》中的"兴亡之感"慢慢淡化了，具有审美意识和与政治无关的部分被保留下来。当代，江苏省昆剧院有《题画》《沉江》等的演出。反观《牡丹亭》，《缀白裘》选录《牡丹亭》共12出，《集成曲谱》中就收录折子戏多达20出。叶堂的

---

① 陆萼庭：《昆剧演出史稿》，上海文艺出版社1980年版，第173—174页。

《纳书楹曲谱》中收录《长生殿》的折子戏30出，《缀白裘》中选录《长生殿》8出。可见，折子戏传播是清代以来戏曲传播的主要方式。虽然折子戏在文学性质比之原著相对削弱，无法展现宏大的社会背景，但是在舞台审美和观众接受方式上却符合了传播的需要。精品的折子戏是剧目传播的重要元素。《牡丹亭》的《游园惊梦》《西厢记》的《拷红》《长生殿》的《贵妃醉酒》等都是剧目中最精彩的部分，也是流传最广的部分，精品的折子戏的传播带动了剧目本身的传播。反观《桃花扇》，真正流传下来的折子戏精品太少，这也是《桃花扇》剧目舞台流传不广的原因之一。

《桃花扇》在不同的剧种中形成了不同的舞台形态。除了昆曲、话剧外，京剧、越剧、黄梅戏、豫剧等剧种都有《桃花扇》的舞台演出。不同剧种对《桃花扇》的影响表现在：第一，话剧化和民族化。欧阳予倩的话剧《桃花扇》在现代戏剧史上占有很高的地位。它是1947年在京剧、桂剧《桃花扇》的基础上改编而成。此剧最明显的变化是将侯朝宗描写为投降派，将南明王朝的忠奸对立和当时的社会矛盾相集合，凸显了爱国主义和民族气节。话剧《桃花扇》和孔尚任的《桃花扇》有了很大不同，具有了鲜明的时代感。话剧《桃花扇》虽然才用了西方的戏剧形式，却在思想内容、表现形式都体现了民族化的倾向。欧阳予倩在排演话剧《桃花扇》时特别强调了从中国的戏曲形式中吸取养分，反映中国人的生活。从抗战时期到新中国成立初的相当长的时间内，《桃花扇》故事是以话剧的形式在传播。此后的粤剧、黄梅戏等剧种的《桃花扇》大都采取欧阳予倩话剧本的改编模式，以侯李决裂为结尾，表达了爱国主义和民族气节。第二，地方化。继昆曲之后，地方戏兴起。地方剧种逐渐成为《桃花扇》故事的传播形态。地方剧种是地方文化的代表，体现着不同的风格。越剧诞生于浙江嵊县，兴盛于上海，是江浙地域文化的代表，具有婉转缠绵的特征，观众以女性为主。黄梅戏是安徽、湖北一带的地方剧种，语言上以安庆方言为主，具有民间文化的色彩，艺术表演上相对生活化。《桃花扇》故事和地方剧种的结合，是《桃花扇》故事地方化传播的策略。因为语言的障碍，地方化有时限制了《桃花扇》的传播，例如粤剧《桃花扇》以粤语方言为主，对于北方语系的人来讲粤语是障碍，限制了艺术的传播范围。第三，《桃花扇》文辞的俗化。孔尚任原著的语言风格是严谨和典雅，在地方戏中典雅的文辞化为相对通俗的唱词。《桃花扇》和地方戏相结合，必然在文辞上要和地方剧种相结合。化雅为俗一方面促进了《桃花扇》的传播，另一方面削弱了《桃花扇》原著的文学魅力。

《桃花扇》从剧本到舞台，不仅仅是戏曲存在方式的改变，更是戏剧形态的转换。在戏剧《桃花扇》的发展史上，昆曲以后，无论是京剧、话剧还是地方戏的《桃花扇》，剧本总是依附于舞台表演，或成为舞台表演的底本，舞台传播成为戏剧的主要存在方式和艺术形态。

二 舞台空间与传播局限

（一）舞台媒介与传播局限

《桃花扇》的剧本和舞台剧的不同之一是纸质印刷媒介和舞台媒介的不同，媒介的不同影响了《桃花扇》的传播范围。

任何的媒介都有特定的时空特性，媒介时空特性决定了其传播的广度和深度。剧本的纸质媒介性决定了其具有可保持性和记录、复制的功能。舞台戏曲以舞台和演员为载体。舞台和演员的特点决定了其传播局限，主要表现在：一是时间限制。舞台的演出有规定的时间。观和演在同一个空间内，同一段时间内进行。这就决定了观和演是同时进行，演出结束了，戏剧接受也结束了。二是舞台空间限制。舞台空间是固定的，其容纳的人数也有一定的限制。广场演出，也受到人数有限、声音传输的距离限制。舞台传播必然采取走出去或请进来的方式。中国古代戏班常常采取流动演出的方式，或者以固有的舞台为中心，吸引观众走进舞台剧场。另外，演员人体载体媒介的限制。演员是舞台戏曲传播的原传介质，演员的躯体表演是不可复制的，演员表演的结束也即意味着一场戏的结束。因此，舞台戏曲要扩大传播范围，必然是演员不断增加演出场次。

舞台戏曲通过流动演出或增加演出次数的方式来扩展传播范围，因此舞台传播效果的由演出来决定的。舞台剧传播的局限来自舞台的局限，舞台交流仅限于特定的时空之内。舞台戏曲扩大传播范围，应该增加演出场次，扩大演出区域。

舞台戏曲《桃花扇》的演出的空间地域大致可以判断其受欢迎程度。清代《桃花扇》的演出不局限于京城，还扩展到楚地之容美。"楚地之容美，在万山中，阻绝人境，即古桃源也。共洞主田舜年，颇嗜诗书。予友顾天石有刘子骥之愿，竟入洞访之，盘桓数月，甚被崇礼。每宴必命家姬奏《桃花扇》，亦复旖旎可赏，盖不知何人传入。"（《桃花扇·本末》）清代中期后，昆曲逐渐衰落，《桃花扇》的演出逐渐减少。流传至今，只有《访翠》《寄扇》和《题画》有曲谱。这个时期，四大徽班之一的四喜班演出全本《桃花扇》，赢得了"新排一曲《桃花扇》，到处哄传四喜班"的美誉，但这是清代昆曲《桃花扇》演出的最后辉煌。赵景深在《碧声吟馆曲话》中有这样一段文字："道光乙未丙申间，王蕊仙演寄扇，咸丰壬子朱莲芬再演此，同治丙寅，陈兰仙又演此……"① 这时期的《桃花扇》的演出并未绝迹，但演出场次逐渐减少，演出方式以折子戏为主。民国初年，北昆的前辈艺人陶显廷演过争位和战。像韩世昌和白云生曾经也学习过《桃花扇》的某些片段，在《我的昆曲艺术生活》中，昆曲大师韩世昌曾谈到跟随吴梅学习《桃花扇》的《寄扇》，② 1936年受湖南大学中国文学会的邀请，演出《桃花扇》和《铁冠图》。③ 清末民初到抗战时期，《桃花扇》故事的演出遍及各大城市。民国时期，《桃花扇》传播跨越了上海、北京、台湾、香港和中国西南部等地区。《桃花扇》的欧阳予倩改本至今就有四次重要的排演。其他各剧团的排演更是无以数计。抗战时期，上海是舞台话剧《桃花扇》传播的主要区域。《桃花扇》经周贻白改编为《李香君》，多次在上海演出。1940年出版的改编本《李香君》前面有周贻白的一篇《自序》。在本剧的开篇部分记录了此剧在1940年7月17日到8月15日由中国旅行剧团在上海璇宫戏院进行了第一次公演，导演是卜万苍，侯方域的扮演者是陈玉麟，李香君的扮演者是唐若青。西南地区也是《桃花扇》故事传播的集中地。《桃花扇》多次在西南地区演出，轰动一时，成都、重庆、昆明等不断上演此剧，演出团体有中华剧艺社、中国万岁剧团、新中国剧社等。中华剧艺社会于1944年11月11日到12月8日，演出了周彦编剧、贺孟斧导演、以秦怡为主角的《桃花扇》。④ 1944年重庆雾

---

① 赵景深：《明清曲谈》，古典文学出版社1957年版，第245页。
② 韩世昌：《我的昆曲艺术生活》，见北京市政协文史资料委员会选编《北京文史资料精华 梨园往事》，北京出版社2000年版，第572页。
③ 同上书，第588页。
④ 成都市文化局编：《成都新文化文史论稿》第1辑，成都市文化局1993年版，第15页。

季公演时，中国万岁剧团演出《桃花扇》。除了重庆、成都，云南、广西等地也有《桃花扇》的话剧演出。1946年新中国剧社在离开昆明前，演出了周彦编剧的《桃花扇》。① 在广西，广西大学艺林剧社公演话剧《桃花扇》。② 1946年南京也出现了《桃花扇》的话剧演出。中央青年剧社于1946年演出周彦的话剧《桃花扇》。③ 抗战前后，《桃花扇》题材的话剧在空间地域上遍及中国的东南、西南地区。

《桃花扇》的演出频率是舞台戏曲传播效应的重要标志。舞台戏曲的演出次数表明了其受欢迎的程度。欧阳予倩的话剧《桃花扇》至少有四次重要的公演。1947年，新中国剧社在台湾上演话剧《桃花扇》。"（民国）三十六年 一月 新中国剧社连续公演《牛郎织女》、《日出》和《桃花扇》，均由欧阳予倩导演。其中他编剧的《桃花扇》为第一次公演。二月十五日在台制厂座谈，百余影剧界人士，自下午二时起谈到晚间十一时多散会，无人有疲乏感。"④ 1957年，欧阳予倩先生在中央实验话剧院排演话剧《桃花扇》。该剧首演的男女主角王一之和澹台仁慧，因演此剧而声名鹊起。⑤ "［5月23日］中央戏剧学院实验话剧院在京上演多幕话剧《桃花扇》，由作者欧阳予倩导演，澹台仁慧饰李香君，王一之饰侯朝宗，耿震饰杨文聪，李丁饰阮大铖，张平饰柳敬亭，姚向黎饰李贞丽。此次重排，导演着力于体现历史感和民族化，

---

① 中国话剧运动五十年史料集编委会：《中国话剧运动五十年史料集》第一辑，中国戏剧出版社1958年版，第295页。
② 桂林市文化研究中心编：《桂林文化大事记1937—1949》，漓江出版社1987年版，第346页。
③ 葛一虹、左莱：《中国话剧通史》，文化艺术出版社1990年版，第268页。
④ 梁在正、何政广：《重修台湾省通志 卷十 艺文志 艺术篇》（全一册），台湾省文献委员会1997年版，第890页。
⑤ 乔然：《话剧〈桃花扇〉重排上演》，《现代中国》1992年第8期。

演出受到好评。"① 欧阳予倩先生既是编剧，又是导演。1961年中央实验话剧院再行排演《桃花扇》。导演耿震在话剧《桃花扇》的排演中，充分体现了自身的才华。1992年三排话剧《桃花扇》，由老艺术家舒强总导演协同年富力强的导演杨守镜执导，青年新秀廖京生、周予援饰演侯朝宗，荣获14届百花奖最佳女配角的伍宇娟饰演李香君。此外，中央戏剧学院多次排演《桃花扇》。1956年，中央戏剧学院导演干部训练班由苏联专家列斯里导演，排演了话剧《桃花扇》。② 1962年，上海戏剧学院实验话剧演出话剧《桃花扇》。另外，地方话剧团，如青岛话剧团、福建话剧团、云南话剧团甚至香港话剧团都曾有过话剧《桃花扇》的演出记录。香港话剧团于2004年5月15日至31日，在香港大会堂剧院演出了19场话剧《桃花扇》，改编与导演是蒋维国。50年代，青岛话剧团排演话剧《桃花扇》，并成为该剧团的保留剧目。不断增加的演出次数，才能扩大舞台传播的范围。

随着现代传播媒介的发展，《桃花扇》的舞台传播显示出其局限性。这种局限性表现在：一是时空的局限。舞台传播方式受时间和空间的限制。电视可以在家里观看，观众可以主动选择时间。报纸可以在任何时间阅读，舞台剧则必须在固定的时间固定的地点。在广大的农村，剧场条件有限，限制了舞台戏曲的传播。二是传播方式的局限。舞台表演是不可复制的，每一次的演出必须依靠演员的表演。电影可以反复观看，电视可以无限复制反复播放，报纸可以保存、复印阅读。三是消费价格的局限。从消费的角度看，剧场演出的消费成本高，票价少则100元，多则上千元，这对普通民众来讲是有一定的困难。舞台剧逐渐成为高

---

① 左莱：《中国话剧史大事记》，中国艺术研究院话剧所1996年版，第414页。
② 丘振声、杨荫亭：《欧阳予倩与桂剧改革》，广西人民出版社1986年版，第28页。

雅艺术,远离了最底层的民众。四是媒介机构的局限。从舞台剧本身来讲,其本身的市场运作尚不成熟。许多剧团、剧院在国家计划体制内,没有传播意识,缺乏足够的宣传力度。许多舞台剧的演出是为了获奖,并没有和普通民众的需求相结合。舞台媒介的局限性造成的普通观众的流失是当代舞台戏曲生存危机的原因之一。

(二)《桃花扇》的传播策略

鉴于《桃花扇》舞台传播的局限,《桃花扇》采取了相应的传播策略。

首先,《桃花扇》故事的媒介传播。《桃花扇》故事在舞台剧之外,还借助唱片延伸其传播。唱片是舞台戏曲传播的一种方式。唱片是指一种音乐传播的介质。它的物质形态有早期的胶木78转唱片、黑胶唱片和现在的CD唱片等。黑胶唱片作为音乐的载体风行于20世纪。随着CD的诞生,唱片逐渐淡出了人们的视野,但其作为一种传播载体形式,解决了不能现场观看舞台戏曲演出的弊端。在中国艺术研究院的图书馆资料室内,笔者看到了《桃花扇》的这样几部唱片。中国唱片公司制作的杜近芳演唱,中国京剧院一团乐队演奏的《桃花扇》;中国唱片公司制作、金谷兰演唱的《桃花扇》,福州闽剧综合乐队伴奏的《桃花扇》之《围楼》《画扇》;中国唱片公司制作,尹羲演唱,广西桂剧艺术团乐队伴奏的《桃花扇》;南京市越剧团乐队伴奏,竺水招演唱的《桃花扇》;中国唱片公司制作,张泳华演唱,西安市秦腔剧院乐队伴奏的《桃花扇》;还有上海百代公司制作,林芝芳演唱的《桃花扇》。在很长的一段时期内,人们通过听唱片的方式来听戏。戏曲唱片,作为一种传播媒介,是对舞台戏曲音乐部分的传播,戏曲音乐只是舞台戏曲的一部分,因此唱片传播并非完整的信息传播。唱片却有比舞台传播更大的优势，可以说唱片从两个方面传播了舞台戏曲：一是实现了舞台戏曲音乐信息的保存。借助唱片，现代人还能听到很久之前杜近芳、尹羲等名家的唱段。二是扩大了舞台戏曲的传播面，将舞台观看的场所导引到家庭中。可以说，唱片虽然不是舞台戏曲的完整信息传播，但是作为舞台戏曲的补充，在一定程度上扩大了传播的受众面。

随着现代报刊业的出现，《桃花扇》故事借助报刊印刷媒介来传播信息。报纸、刊物等作为印刷媒介，是舞台戏曲的延伸传播形式。报纸、期刊对于舞台信息的传播主要在两个方面：一是舞台戏曲信息的记录和保存；二是舞台戏曲的宣传推广。清末民初，汪笑侬排演京剧《桃花扇》，自题诗发表于报刊上。

题汪笑侬《桃花扇》京剧即以寄赠：

> 沈沈日月天可醉，惨惨笙歌我独来。一曲《桃花》南渡影，是谁恸哭到西台。人自酣嬉国自亡，《春灯》、《燕子》太仓皇。斜阳不照冬青树，胜有寒蛩泣晓霜。钩党纷纷祸有芽，劫来扇底问桃花。眼前多少兴亡恨，敢为苍生惜齿牙。旧曲翻成新乐府，伤心不数《雨淋零》。若容杯酒论肝胆，君是昆生我敬亭。[梦和原载《二十世纪大舞台》第一期（1904）][1]

关于《桃花扇》，汪笑侬曾写了自题《桃花扇》新戏 10 首，再题《桃花扇》新戏 6 首。例如：

---

[1] 汪笑侬：《汪笑侬戏曲集》，中国戏剧出版社 1957 年版，第 315 页。

自题《桃花扇》新戏①

　　风流输与杨龙友，扇底桃花画出来。却被云亭收拾去，侬今一跃上歌台。

　　欧刀划画牡丹芽，偏写人间薄命花。儿女英雄流热血，一齐收拾付红牙。

　　南朝金粉慨兴亡，无主残红自主张。谁谱《桃花》新乐府，扇头热血几时凉！

　　饶他燕子弄簧舌，谁解《桃花扇》底铃？我是登场老赞礼，将身来替孔云亭。

（原载《大陆》1904年第二卷第七期）

自题《桃花扇》新戏

　　梅花岭底衣冠葬，遗恨将军不断头。太息孤臣报恩处，满天血雨下扬州。

　　延秋门外北风劲，吹断秦淮红板桥。指点夕阳残照里，亭边花柳不弯腰。

　　伤心无限寄《桃花》，破碎山河日已斜。怕向枝头听杜宇，不如归去苦无家。

　　《春灯》十错空相认，叵测穷奇未死心。百子山樵真辣手，更将缺斧伐东林。

　　有名仅剩福王一，尚自征歌选乐工。忍向东皇开笑口，桃花从此笑春风。

　　青衣谁复认龙种，留与强良献宝来。皇帝一枚如可赠，无愁天子亦心灰。

（原载《大陆》第二卷第八期）

---

① 阿英：《晚清文学丛钞》，《小说戏曲研究卷》，中华书局1960年版，第623—624页。

陈去病曾被邀请观看《桃花扇》，写下三首诗，发表于《二十世纪大舞台》1904年第1期，署名佩忍。

> 八月十九日之夕，春仙园主熊文通以续演《桃花扇》见招，因偕同人往与斯会。怅触旧感，情不能已。爰各赠绝句一章：
>
> 旧事重题和者谁？中原名士尽伤悲。北朝供奉真奇绝，却唱南都懊恼词。孙菊仙 菊仙在内廷供奉已二十年矣！
>
> 也作云亭也敬亭，满腔悲愤总沉冥。知君别有伤亡感，特借南朝一哭醒。伶隐汪笑侬
>
> 休云金粉散如云，犹有斯人拾坠芬。第一写将侠情出，令侬心醉李香君。周凤文演李香君《却妆》一出，尤为出色。①

《二十世纪大舞台》是近代以发表戏剧为主的文艺报刊。1904年10在上海创刊。主要发起人为陈去病、汪笑侬等，刊出两期后被查禁。《二十世纪大舞台》主要刊发戏剧改良的文章，委婉表达对清政府的不满，借助报刊来感化教育民众。《大陆》杂志，1902年在上海创刊，革命派在国内创办的第一个报刊。清末，报刊是传播革命思想，教化民众的重要阵地。此时的报刊对《桃花扇》故事的传播主要表现为：一是京剧《桃花扇》的宣传。借助于《二十世纪大舞台》《大陆》等杂志，汪笑侬等人宣传了京剧《桃花扇》，同时也间接宣传了孔尚任的《桃花扇》。二是报刊作为纸质媒介，是一种记录手段。它记录了汪笑侬编演京剧《桃花扇》的事实。直至今日，我们能从刊载的诗歌中了

---

① 郭长海、郭君兮：《陈去病诗文集 补编》，社会科学文献出版社2009年版，第1118页。

解清末京剧《桃花扇》演出情形。三是汪笑侬等人是以咏剧诗的形式来传播《桃花扇》。《桃花扇》故事在刊载的咏剧诗中传播出来的是其思想和意蕴，以及作者的体验和感悟。作为一种批评方式，咏剧诗兼具理性和感性。作为互补性媒介，报刊传播弥补了舞台戏曲在创作思想、演出宣传、批评分析等方面的不足。

　　从议程设置理论来看，《桃花扇》传播在不同时期媒介的关注点不同。议程设置理论认为，传播媒介对信息的传播是过滤、取舍的结果，媒介告诉人们某一时期那些东西是应该关注的。从汪笑侬的咏剧诗中，我们发现了兴亡之感、民族气节等是清末民初《桃花扇》的关注点。1996年的报纸多以名著、名角来宣传江苏省昆剧院的《桃花扇》。1996年6月7日的《新华日报》以《省昆排演名著〈桃花扇〉》、1996年8月13日的《扬子晚报》以《名家联袂献演：昆剧〈桃花扇〉免费演出》、1996年的8月17日的《南京日报》以《古装新编　名家登台：省昆演出〈桃花扇〉》从上面看出，"名著""名家"是20世纪90年代戏曲传播的卖点，反映出人们对经典名著、艺术家表演的推崇。21世纪的《桃花扇》则以"青春"为卖点。2005年12月6日的《新华日报》文化娱乐版的一篇文章：《新版昆剧〈桃花扇〉的"现代"看点》，文中指出《桃花扇》的青春阵容、透明的博物馆艺术和动画宣传是新版《桃花扇》的现代看点，报纸对于名著的精神内涵、名家表演的关注远远少于青春字眼。所以，兴亡、名家、青春成为《桃花扇》在三个不同时期传播的议程设置，反映了不同的时代精神和文化取向。

　　《桃花扇》的唱片、报刊等媒介传播并不能代替舞台传播；它弥补了舞台戏曲在内涵、批评等方面的不足，反过来促进了舞台传播。

其次,《桃花扇》的受众意识的强化。20世纪60年代以来,传播学中的受众中心论逐步取代传者中心论,受众的地位逐步得到重视。

知识分子是《桃花扇》的稳定的观众群。孔尚任的《桃花扇》是文人创作的历史剧,舞台《桃花扇》的主要受众群是知识分子。清代的文人士大夫成为当时《桃花扇》传播的主要受众。清代《桃花扇》的演出的地点一般是名公私宅,其传播范围局限于小众,没有形成向民间大众传播的趋势。《桃花扇》的首演是在李木庵的私宅。"己卯除夜,李木庵总宪遣使送岁金,即索《桃花扇》为围炉下酒之物。开岁灯节,已买优扮演矣。其班名'金斗',出之李相国湘北先生宅,名噪时流,唱《题画》一折,尤得神解也。"(《桃花扇·本末》)文人士大夫对《桃花扇》中的《题画》的"神解"的认同,显示了文人士大夫的审美趣味。《桃花扇》故事之所以为文人士大夫青睐,不仅因为其"兴亡之感"的共鸣,还在于其中蕴含的审美情趣。《桃花扇》经常出现在文人、官员的宴会上。"岁丙戌,予驱车恒山,遇旧寅长刘雨峰,为郡太守。时群僚高宴,留予观演《桃花扇》。"(《桃花扇·本末》)一些官员的私宅也因为演出《桃花扇》而出名。"长安之演《桃花扇》者,岁无虚日,独寄园一席,最为繁盛。"(《桃花扇·本末》)这里的"寄园"是清初一位宰相的别墅。《桃花扇》得到了名门望族的喜爱。"五四"以来,《桃花扇》的舞台传播依然很受知识分子的青睐。陈独秀在看了汪笑侬的《桃花扇》等剧后,也深刻认识到了戏剧的媒介功能。他在《论戏曲》一文中说:"听说现在上海丹桂、春仙两个戏园,都排了些时事新戏,春仙茶园有个出名戏子,名叫汪笑侬的，新排的《桃花扇》和《瓜种兰因》两本戏曲，看戏的人都被他感动的不少。"① 陈独秀看完汪笑侬的《桃花扇》，感情不能自已，写下了《偕光汉子观汪笑侬〈桃花扇〉新剧》一诗："久无人复说明亡，何意相逢在剧场。最是令侬凄惨处，一声肠断哭先皇。"② 陈独秀作为革命者，感受到的是《桃花扇》蕴藏的教化功能和兴亡之感。因此，《桃花扇》的兴亡之感和审美情趣是其一直受到清初以来知识分子青睐的原因。

随着传播媒介的发展和人们娱乐方式的变化，《桃花扇》舞台传播需要大众传播意识，尤其是昆曲《桃花扇》不能只局限在知识分子群体中，而且让更多的人了解、认识甚至参与到其中来。长期以来，某些戏曲比如昆曲被认为是高雅的少数人享受的艺术。这种观念限制了舞台戏曲的传播。在新的媒介时代，昆曲只能是小众艺术吗？答案是否定的。江苏省昆剧院柯军院长在采访中说："谁说我们的昆曲只能是高雅的人才能品味？谁说我们的昆曲只有有钱人才能愉悦？谁说我们的昆曲只有有文化的人才能读懂？昆曲应该是大众的，全社会和全人类共同的财富。"③ 昆曲不能固定自封，不能自我局限在小众的范围内，而应该借助大众传播意识，成为民众共享的有生命力的艺术形式。昆曲只有赢得了大众的认可，有更多的人参与进来，才能带来经济效益，才能获得其持久的生命力。《1699·桃花扇》为江苏省昆剧院带来了经济效益。正如柯军院长说的，"在近4年的时间里，在北京上演了6个版本，20场演出场场爆满，一票难求。用演员的话说：'火爆的连自己都感到意外。'至今年上半年，这部戏已收入

---

① 陈独秀：《论戏曲》，《林文光选编·陈独秀文选》，四川文艺出版社2009年版，第174页。
② 汪笑侬：《汪笑侬戏曲集》，中国戏剧出版社1957年版，第314页。
③ 黄洁、柯军：《让昆曲成为活得很青春的遗产》，《苏州日报》2010年10月15日。

780万元。"① 所以，艺术不仅仅是美的艺术，小众的艺术，还是服务于大众的艺术。当然，以《桃花扇》《牡丹亭》的大众传播不应该以牺牲昆曲的艺术性为代价。

《桃花扇》的当代舞台传播是为了满足以年轻人为主的多层次受众的需求。21世纪初，《桃花扇》的传播效应源自传播者对受众的重视。青春、时尚等成为当代昆曲的传播元素。青春版的昆剧《牡丹亭》《桃花扇》《长生殿》一度引发了昆曲的热潮。虽然演员的演技是舞台剧表演最本体的因素，但是青春、时尚的表演更符合当代青年受众的审美期待。《1699·桃花扇》首场演出的时候，年轻演员的平均年龄只有18岁，年龄最小的单雯当时只有16岁，网络、报纸上的宣传照片都以年轻演员为主。相比之1996版的《桃花扇》海报，青春版《1699·桃花扇》突出了"芳华绝代、传奇巅峰"，青春化成为《1699·桃花扇》传播的卖点，青春、时尚的作品追求赢得了年轻的受众，吸引着他们走进昆曲的世界。着眼于不同层次观众的需求，《1699·桃花扇》曾经设计了6个舞台演出版本。在其标准版本基础上，又形成了传承版、简版、加长版、音乐厅版和折子戏版等。标准版是首演的版本，也即青春版。传承版剧情同青春版一样，但是由三代演员同台演出。还有音乐厅版，采取昆曲清唱的形式。折子戏版等是为了适应中、小剧场的演出。2008年，北京现代音乐节上演出了无伴奏合唱清唱昆剧《桃花扇》是第八个版本。音乐教育家廖乃雄辑词并谱曲，融合了中国古典韵味和西洋合唱的演出形式。至2001年3月，《1699·桃花扇》有传承版、青春版、折子戏版、音乐会版、清唱版、加长版、精简版、南京版、赏析版、兰苑版

---

① 桂明：《民进会员、全国人大代表柯军：昆剧舞台柯军突起》，《团结报》2010年3月9日第5版。

共十个版本。众多版本的意义主要表现在：一是可以不断打磨精品。舞台戏曲可以不断打磨是其特性之一，电影、电视剧完成后则不能再修改，因而被称为遗憾的艺术。二是不同版本是针对不同受众需求的设计，满足不同受众观看的需要。这是《桃花扇》故事在新的传播环境下的适度调整。

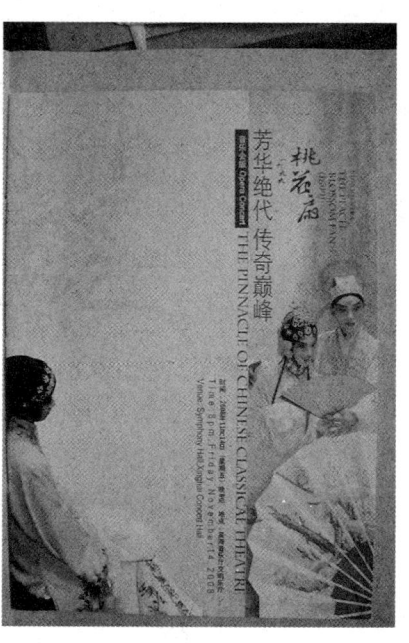

图1-3　江苏省演艺集团档案馆张弘、王海清版《桃花扇》海报

图1-4　江苏省演艺集团档案馆青春版《桃花扇》海报

再次，《桃花扇》舞台本位传播的策略。舞台戏曲的传播以核心地区为中心，采取自上而下的辐射传播方式，从而扩大传播面。《1699·桃花扇》的首演在北京保利剧演出有两大优势，一是北京拥有国内有影响的媒体，二是能得到最高决策层和主流社会院。北京是中国的首都，是中国的政治、文化中心，同时也拥有中国最高级别的媒体。进京的广泛认同，容易取得良好的传播效果。江苏省演艺集团推出的新版昆曲名剧《1699·桃花扇》在

北京保利剧院举行首轮巡演。中共中央政治局常委李长春，中共中央政治局委员、书记处书记、中宣部部长刘云山，国务委员陈至立，文化部部长孙家正，中共江苏省委书记李源潮、省长梁保华观看了首场演出。[①] 因此，进京演出的成功，扩大了《1699·桃花扇》的影响，从而形成了以北京为中心向各地方辐射的传播态势。

舞台戏曲通过增加演出场次的方式来进行本位传播。从2006年起，江苏省昆剧院的《1699·桃花扇》在国内外进行多场的演出。2006年5月2日、3日，《1699·桃花扇》再次进京，在北京世纪剧院演出。5月18日、19日，在南京紫金大剧院演出。同年的10月，传承简版的《1699·桃花扇》在中日韩BeSeTo艺术节、首尔国际公演艺术节上演出；加长版在北京百年讲堂演出；12月，青春简版在北京民族大戏院演出。2007年2月，简版的《1699·桃花扇》在南京紫金大戏院演出；豪华版参加第35届香港艺术节，在香港文化中心大剧院演出；4月，简版演出于紫金大戏院；5月，清唱剧版参加2007年北京现代音乐节，演出于北京音乐厅；6月，传承音乐会版在瑞士参加苏黎世艺术节，青春豪华版参加重庆市十周年文化艺术节，演出于文化宫剧院；9月，在南京艺术学院音乐厅演出音乐会版《1699·桃花扇》；11月，青春豪华版在天津中华大戏院出演。2008年2月，青春简版的《1699·桃花扇》在江苏省政协礼堂演出；4月，豪华版在上海东方艺术中心演出，参加迎世博的长三角名家名剧月；5月，参加第六届北京国际现代音乐节，清唱剧版在北京大学百年讲堂演出；9月，豪华版《1699·桃花扇》献演残奥会，演出于北京国

---

① 江苏省委宣传部编：《江苏宣传年鉴2007》，江苏人民出版社2007年版，第17页。

家大剧院；11月，爱情版参加中国艺术研究院庆典，演出于北京恭王府，青春音乐会版在广州星海音乐厅和深圳大剧院上演。2009年4月，青春简版的《1699·桃花扇》参加泰州首届桃花节，演出于梅兰芳大剧院；6月，青春豪华版演出于苏州昆剧节；7月，豪华版的《1699·桃花扇》参加了国家大剧院四大昆曲经典展演的演出等。自开演以来，《1699·桃花扇》演出频繁。另外，《1699·桃花扇》的演出空间也在扩大。既有学子云集的高校，也有企事业单位；既有大剧院的演出，也有如兰苑这样的小剧场的演出，熙园会所的演出等。同时，《1699·桃花扇》参加了海外演出，如2006中日韩戏剧节、2006年10月北京国际音乐节、2007年2月香港艺术节、2007年6月苏黎世艺术节等，得到了海内外观众的一致称赞。《1699·桃花扇》将本位传播与延伸传播相结合，使舞台演出和宣传报道等互为传播，相互补充，产生了艺术、经济等多重效果。

总之，《桃花扇》舞台传播虽然有曾经的辉煌，但是现代传媒语境中舞台传播方式展现出局限性。《1699·桃花扇》故事的成功主要是传播策略的成功，因此艺术和传播媒介在共同传播、相互补充中获得共赢的效果。

三 剧场传播与场效应

《桃花扇》从剧本到舞台，其接受场所搬到了剧场，由此产生了审美的场效应。剧场是舞台戏曲传播的设施媒介，包含舞台演出区和观众区。剧场提供了表演艺术的场所，也提供了舞台戏曲传播交流的媒介环境，形成了舞台戏曲特殊的剧场效应。舞台时空的有限性和演员真人表演的媒介特质，形成了舞台传播中的剧场效果。

《桃花扇》的剧本作为纸质印刷的媒介文本，其阅读场所可以不断变化。当《桃花扇》被搬上舞台，进入剧场后，其传播效果发生了明显的变化。

（一）艺术交流的在场感

我们以剧本《桃花扇》和舞台戏曲的《桃花扇》为例比较分析一下艺术交流的特点。

首先，剧本的交流是非剧场性的交流，舞台戏曲是剧场内的交流。剧本《桃花扇》的阅读可以在图书馆、在书店或其他任何地方，没有阅读场所的限制。舞台戏曲《桃花扇》的演出是在剧场中。剧场构成了舞台剧交流的场所。当舞台剧演出的时候，剧场就成了一个空间，构建了观众与演员之间信息交流的平台。中国舞台的形式有广场、厅堂、现代舞台剧场的等多种形式，不同的舞台剧场形式会形成不同的效果。剧本的接受可以没有特定的时空限制，舞台戏曲的接受限定了交流的场所。

其次，剧本的交流是读与写异步的交流，舞台戏曲则是观与演同步的交流。孔尚任的《桃花扇》是一个已经完成的作品。读者的阅读是在作者的创作之后，而且不在同一个空间。阅读是读者和非在场的作者之间的交流。舞台戏曲《桃花扇》的观与演是同步的。观众和演员不仅处在同一剧场空间之内，而且是同步的。当舞台上演出《桃花扇》故事时，观众才能观看。如果演出终止，观众的观看活动也终止了。剧本《桃花扇》的阅读在时间、空间上的约束较少，舞台戏曲《桃花扇》的观看则是即时即地的。当我们去读孔尚任的剧本《桃花扇》时，我们可以中断，然后回来继续阅读；现场的舞台戏曲《桃花扇》演出中断也意味着观看活动的中断。

再次，剧本的交流是人与文字印刷文本的交流，舞台戏曲的交流是面对面的交流。剧本的阅读交流中，作者与读者要借助文字印刷媒介，作者与读者无法做到面对面交流。在孔尚任的《桃花扇》剧本阅读中，李香君的形象是读者借助文字语言想象中的形象；舞台戏曲《1699·桃花扇》的李香君则是胡锦芳、单雯等演员扮演的形象，舞台剧的观看则是观众与演员面对面的交流活动。面对面的交流是舞台戏剧的最大魅力。"戏剧最迷人的魅力就是面对面的交流。这是戏剧艺术所具有的不可替代的独特的魅力。"① 可以说，将《桃花扇》剧本搬演上舞台，是将以媒介为中介的交流转换成人与人之间的直接交流。《桃花扇》里李香君的却奁，在剧本中只有简单动作提示和典雅的唱词，对于没有古典文学修养的人来讲很难体会其中的意蕴；当搬上舞台，李香君的喜怒变化、动作表情等都呈现在面前，在面对面的交流中毫无阻隔地欣赏唱腔、动作的美。

（二）艺术交流的互动性

从剧本到舞台，是从单向到双向的互动交流行为。剧本召唤阅读，寻找隐含的读者；读者阅读的同时却很难即时从作者那里得到反馈，因为现实的作者本人在文字之外。舞台戏曲的交流不仅是在场的，而且是双向的互动交流，观看与反馈同时进行。"在戏曲表演中，演员需要观众与自己的交流合作，才能完成戏曲情境，戏曲形象创造的全过程，同时演员也需要从观众中来检验自己的演出效果，审查自己的艺术水平。"② 舞台戏曲的在场交流存在演员与观众、演员与演员、观众与观众之间的交流关系。在从剧本到舞台的过程中，许多导演注意到了互动传播的效果，因此在编演中特别强调了舞台剧的互动交流性。

---

① 胡志毅：《神话与仪式：戏剧的原型阐释》，学林出版社2001年版，第289页。
② 赵山林：《安徽明清曲论选》，黄山书社1987年版，第219页。

第一章 《桃花扇》的舞台传播

互动交流是舞台戏曲区别于剧本的特点。导演是充分利用舞台戏曲的互动交流特征，让演员的表演更加自然。演员与观众之间存在互动交流，观众能从演员的一举一动中察觉出角色的变化，能从侯朝宗的身上体会到李香君的变化。焦菊隐的指导从观众出发，顾及了观众的思考，使演员与观众之间形成了对话关系。不仅演员与观众之间存在交流，角色与角色之间也存在交流，"挑眉"的形体动作是李香君和侯朝宗的交流，这种此时无声胜有声的动作更具有审美的魅力。可见，舞台戏曲的互动交流是将演员和观众摆在一个平等的位置上，通过二者言传意会的交流传达出美的意蕴，从而达到好的传播效果。

舞台传播的互动交流也是创作者和观众的互动交流行为。许多的观众通过以诗唱合的形式来和传播者交流。观众与演员的交流行为不仅是在现场，还延伸到观众的观后感中。田汉在看完桂戏《桃花扇》后，非常激动，赋诗八首。

看桂剧《桃花扇》后赠欧阳予倩：

> 无限缠绵断客肠，桂林春雨似潇湘。
> 善歌常羡刘三妹，端合新声唱李香。
> 小时爱听哀江南，白发歌里泪未干。
> 试展桃花旧时扇，艺人心似美人丹。
> 黄河滚滚接长江，天堑何尝便福王。
> 太息党人碑百尺，替他胡马造桥梁。
> 百年养士竟何之，几辈坚贞板荡时。
> 应是故提男子气，呕心常爱些娥眉。
> 阁部精诚转石头，高家兵马发扬州。
> 出师未捷身先死，未必秦淮秉烛游。

>莫将褒贬等闲看，人物千秋几个完？
>一事凭君须记取，文骢未做满洲官。
>国策如山不可磨，今时阮马竟如何？
>江山渐复人心旧，何必新亭涕泪多。
>舞断歌残已四年，秦淮寒月泣苍烟。
>天涯犹有春娘在，不唱摩登《燕子笺》。①

舞台剧的交流状态直观反映现场演出的状态，舞台交流也是导演与观众的交流。戏曲导演阿甲在现场观看他自己排演的粤剧《李香君》时，就非常注意观众的反应，从观众的反应中取得信息。"他在台下看戏，一面表演，一面非常注意观众对戏的反应，一个动作，一句台词是否得到了应有的效果。哪些效果反应是正常的、正确的，哪些效果反映出某种庸俗趣味，哪些反应是出于导演意想之外的等等。他常常根据观众的反应来改戏，但也并不是无分析地有闻必改。"② 导演、演员能通过这种直观的互动交流行为来对舞台剧的演出作出评价。戏曲的意义生成、传播效果往往产生于导演与观众的互动交流中，产生于编码与解码的反复沟通中。可以说，相比之剧本，舞台剧能直接地运用各种人际传播方式，发挥各种互动交流的优势，营造出剧本传播无法比拟的现场效果。

（三）艺术交流的集体共感

每一种媒介都是一种感知方式。《桃花扇》故事从剧本到舞台的传播，是从个人化的体验到集体共感体验的过程。剧本《桃

---

① 田汉：《田汉文集》第12卷，中国戏剧出版社1984年版，第247—248页。
② 林榆：《怎样导演一个大戏——记阿甲排练粤剧〈李香君〉》，《花蕊夫人 林榆剧作·论艺集》，中国戏剧出版社2001年版，第201页。

花扇》的阅读是个人化体验。每个读者从文字中想象李香君的形象，因此，"一千个读者有一千个哈姆雷特"；那么，一千个读者也有一千个李香君。在舞台剧《桃花扇》的现场观看中，却是一千个观众面对一个李香君。剧场中，观众的感知体验方式不免受到周围人的影响。舞台剧的剧场接受是不同于文学阅读的集体同感。正如戏剧家马丁·艾思林所说："这也就是戏剧最吸引人、最奥秘的特性之一——观众中间时常会表示出一种共同的反应，一种同感，这种共同的反应在舞台演出过程中，无论对于演员和观众自己，都越来越趋于明显。"① 而这种集体共感的产生依赖于剧场的存在，正是剧场将观众聚集到一起，从而形成集体共感的效应。

清代《桃花扇》的演出一般局限在厅堂之内。厅堂演出中，观与演的距离较近，容易产生强烈的共鸣效果。吴陈琰的诗中有："侯生仙去宋公存，同是梁园社里人。使院每闻歌一阕，红颜白发暗伤神。"可见，《桃花扇》的演出确实产生了感伤的心理效果。寄园演出《桃花扇》时，则是名公墨客云集，主人不惜物，优人也极力描写，皆为此剧感动。"然笙歌靡丽之中，或有掩袂独坐者，则故臣遗老也；灯灺酒阑，唏嘘而散。"（《桃花扇·本末》）《桃花扇》在厅堂演剧中，感动了众人。这里面有红颜白发，还有故臣遗老。为什么《桃花扇》能够引发众人的共鸣呢？《桃花扇》的兴亡之感，故国之思是感动众人的原因，然而厅堂演剧的方式也是形成强烈情感体验的原因。现场的集体的观剧体验远远比个人的文字阅读体验更为强烈。

《桃花扇》舞台传播的双向互动产生集体共感。集体共感既

---

① ［英］马丁·艾思林：《戏剧剖析》，罗婉华译，中国戏剧出版社1981年版，第17页。

是个体之间相同的情绪感应，也是个体与个体之间相互的情绪感应，由此形成一个巨大的心理效应场。黄梅戏《桃花扇》的演出在抗日战争时期就已经出现。陆洪非在《黄梅戏源流》中讲到抗日战争时期，黄梅戏艺人把孔尚任的《桃花扇》改成了黄梅戏，分为四本演出。"据说每次演到史可法投江自尽一场，台上台下，声泪俱下。"① 孤岛时期，以周贻白编剧的话剧《李香君》为代表的南明史剧张扬了爱国主义精神，产生了轰动效果。"每当这几个戏演出，几乎场场都是'客满'。每当唐槐秋饰演的文天祥、洪秀全，唐若青饰演的葛嫩娘、洪宣娇、李香君，在舞台上斥责变节或是反对分裂的时候，观众席上总要爆发出阵阵的掌声。"② 由此可见，《桃花扇》故事在抗战的接受语境中，"兴亡之感"被置换为"爱国主义"，艺术内容与爱国主义的集体意识、舞台媒介相结合，获得了比剧本更强的艺术交流的效果。

（四）舞台传播的原真效果

剧本传播产生复制效果，舞台剧即时即地的现场交流具有原真性。本雅明将其称为原真性。"原作的即时即地性构成了它的原真性（Echthit）。有关传统的观念便依据这原真性，这样的传统观念将即时即地性视为自为一体的东西流传至今。"③ 本雅明谈论的艺术作品的原真性是指独一无二的原创性，是和复制性相对的。

孔尚任的《桃花扇》剧本可以看到，因为纸制印刷媒体的特征具有可复制性。清代《桃花扇》的搬演情形无法呈现，当时并

---

① 陆洪非：《黄梅戏源流》，安徽文艺出版社 1985 年版，第 193 页。
② 中国艺术研究院话剧研究所编：《中国话剧艺术家传》第四辑，文化艺术出版社 1987 年版，第 234—235 页。
③ ［德］本雅明：《摄影小史 + 机械复制时代的艺术作品》，王才勇译，江苏人民出版社 2006 年版，第 51 页。

没有产生如电影这样的文字、声音、图像兼备的记录、复制工具。20世纪90年代江苏省昆剧院的昆曲《桃花扇》的演出，也因为没有记录工具，而无法呈现当时的演出面貌。演员的表演是面对现场观众的一次性演出，一次性的演出是不可复制的，这种不可复制性恰恰是戏曲艺术传播的局限。剧本、电影、电视等都具有复制性，具有传播的优势。从艺术交流来看，舞台戏曲的不可复制性恰恰是其优势。舞台戏曲的现场演出正因为是一次性的，才具有本雅明所说的原真性，那种独一无二性，正是这种独一无二性方才显示了舞台戏曲本身的独特的魅力。正如本雅明指出的："在舞台上，演员的演出每次都是新鲜的，而且每次都具有原始意义。"[①] 即使复制技术如何发展，电影、电视等传播媒介如何增多，然而无法代替舞台戏曲现场交流的特点。

舞台戏曲的不可复制的原作特性造就其审美效应，也导致了传播的局限。戏剧危机在很大程度上源自不可复制的独一无二性。当代艺术正是凭借其复制性而赢得更大的传播空间，乃至发展空间。舞台传播的不可复制性导致传播时空的缩小和受众面的狭窄，在市场经济为主的商业社会中举步维艰。随着时间的推移，舞台演出的一次性的特征也会得到传播者的青睐。

总之，《桃花扇》故事的舞台接受与剧本的个人化接受相比，产生了互动的、双向的场效应，这是剧本舞台传播的增值效应。另外，由于舞台的限制，《桃花扇》无法完全呈现孔尚任《桃花扇》的深刻的思想和美学意蕴，例如欧阳予倩的《桃花扇》和众多改编本中就没有《余韵》，没有《哀江南》这种集中体现原著思想精华的部分。原著严整格律式的唱词在改编为京剧、越剧

---

① [德]本雅明：《摄影小史＋机械复制时代的艺术作品》，王才勇译，江苏人民出版社2006年版，第76页。

等剧种时，已经被改造成通俗的白话文，甚至是平白的话语，丧失了原著特有的韵味。舞台观演不能代替原著的阅读，《桃花扇》剧本和舞台在互为传播、互相补充中共同建构着《桃花扇》故事。

第二章 《桃花扇》的电影传播

舞台媒介之后，电影成为传播《桃花扇》故事的又一个媒介选择。《桃花扇》的电影主要有两部，一部是西安电影制片厂摄制、孙敬导演的《桃花扇》，另一部是珠江电影制片厂和香港华雅公司摄制、楚原导演的粤剧电影《李香君》。

什么是电影？陈龙在《现代大众传播学》中说："电影是一种运用电影胶片记录信息的传统媒介，它在传播信息过程中表现出来的主要特点是视觉性和逼真性。运用'视觉暂留'原理，把连续拍摄的照片组合起来放映，这就取得记录运动过程的效果。"[1] 郭庆光认为："与电报不同，电影一开始就是作为传播大众文化的媒介登上历史舞台的。"[2] 我们认为，电影最初是作为大众传播媒介存在的。电影媒介有不同的构成元素。感光胶片是质料介质，摄影机是工具介质；还有放映机、银幕、影院等介质。它们共同构成了电影媒介，形成了电影媒介的特性，建构了电影的符号系统，影响着电影的传播效果。

那么，《桃花扇》故事为什么会被搬上银幕？它又是如何呈现于电影银幕上的？它究竟产生了什么的效果呢？

---

[1] 陈龙：《现代大众传播学》，苏州大学出版社1997年版，第186页。
[2] 郭庆光：《传播学教程》，中国人民大学出版社1999年版，第85页。

第一节　电影传播动机

一　电影媒介的诉求

（一）电影媒介的优势

《桃花扇》故事为什么会选择电影媒介来传播呢？那是因为电影媒介具有比舞台媒介、文字印刷媒介更大的优势。我们具体来看一下电影的媒介优势。与文字印刷媒介相比，电影体现了其媒介优势。首先，从感知方式上来看，文字靠知觉，读者通过文字阅读的解码能力进入理解和思考，具有间接性。电影的感知靠视听，具有审美直接性。其次，从接受方式来看，文字的感知需要一定的文字阅读水平，同地域空间的文字语言存在差异造成文字接受的障碍。电影则是运动的声画影像，与现实生活非常相似，消解了文字接受的障碍，加大了电影媒介的传播力度。安德烈·马尔罗说："电影之所以重要，就在于它是世界第一艺术。它能依靠画面消除语言不同所造成的隔阂。"[①] 巴拉兹也指出："电影艺术的魅力就在于：它将把人类从巴比摩天塔的咒语中解放出来。现在第一个国际语言正在世界所有银幕上形成，这就是表情和手势的语言。"[②] 从这段引文中，我们可以了解到电影的影像、手势和表情等语言相比于文字语言传播更为直接、更有优势。

电影是银幕的艺术，戏剧是舞台艺术。电影与舞台剧的区别在于载体的区别，也即银幕和舞台的差别。首先，电影时空相对

[①] ［美］刘易斯·雅各布斯：《美国电影的兴起》，刘宗锟译，中国电影出版社2000年版，第7页。

[②] ［匈］贝拉·巴拉兹：《可见的人〈电影精神〉》，安利译，中国电影出版社2000年版，第16页。

自由。舞台剧的剧场有着严格的限制。西方戏剧的"三一律"建立在严格的舞台限制的基础上。与之相对，电影提出了"三不一律"，即摄影机的运动和蒙太奇可以在不同时间、地点、动作之间自由组合。摄影机有可变的距离和角度，它可以通过镜头和焦距的变化展示自由的时空。相对于舞台剧的不可复制，电影可以通过复制拷贝来进行重复的放映。其次，电影突出视觉造型，舞台剧突出听觉因素。中国戏曲舞台剧的唱、念、做、打中，唱是主体地位，长期以来看戏也叫"听戏"。电影突出视觉性，电影利用光影的变化来营造奇观。卡努杜说："视觉戏剧（电影）的奥妙和伟大就在于它运用光的无限变化来表现整个生活，包括人的各种思想感情、意愿冲突和胜利，它只是把人和物体当作光的具体形态来理解并且根据剧情的主导思想来和谐地安排它们。"[①]卡努杜从光的角度指出电影媒介的视觉特点，区分了以光影为传播手段的电影和以演员表演为符号的舞台戏曲。所以，电影是视觉造型艺术。

总之，电影是以电影胶片为载体、以运动的声画为本体、以机械复制为技术手段的大众传播媒介。

（二）电影提高质量的需要

虽然电影拥有媒介优势，但是其自身在艺术史中有一个从不成熟到成熟的过程。从历史的角度看，《桃花扇》故事为什么会拍成电影，在于电影自身发展的诉求。比如，《桃花扇》为什么被西安电影制片厂拍摄成电影？提高电影质量的需求是其重要原因。

中国电影体制改革表现出了对提高电影质量的重视。1954年

[①] [意]卡努杜:《电影不是戏剧》，李恒基、杨远婴译，《外国电影理论文选》，上海文艺出版社1995年版，第44页。

提出"百家争鸣、百花齐放"的双百方针。对电影提高质量提出了要求。1961年，中宣部下发了《关于当前文艺工作的意见（草案）》，即著名的"文艺八条"。"文艺八条"提出贯彻双百方针，提高艺术创作质量，批判继承民族遗产和吸收外国文化，培养优秀人才，加强团结等要求。1961年11月文化部下发了电影32条，"包括五个部分：1. 加强电影文学剧本创作的领导工作；2. 按照电影生产特点改进计划生产；3. 加强制片厂的政治思想和艺术领导，改进经营管理工作；4. 训练和培养创作人员；5. 加强对重点制片厂的领导"。① 由此可见，时代召唤着电影精品的出现。电影界开始了改革，质量的诉求成为改革的重点。

电影提高质量的要求使电影的传播内容转向了舞台戏曲。戏曲名著的电影改编是电影提高质量的一条可行的途径。历史证明，电影媒介常常从舞台艺术中寻找传播内容。中国拍摄的第一部电影《定军山》便是戏曲电影。正如傅谨先生所说："在中国现代社会进程中，有很多类型的传播媒介，在它们发展的初期，几乎无一例外地依赖传统艺术生存。它们将包括戏曲在内的传统艺术作为最重要的利用和传播对象，更直接地说，是将戏曲作为最主要的传播内容。"② 在相当长的一段时间内，以传统戏曲为内容的电影成为最受欢迎的电影艺术形式。新中国成立后，戏曲片流行一时。1956年到1963年每年戏曲片的产量都在9部到13部之间，当时每年电影艺术片的产量不超过50部。可见，戏曲片在当时很受欢迎。越剧《红楼梦》产生于这个时期，越剧《红楼梦》进行了戏曲的生活化、电影化等方面的尝试，比如采用了实

---

① 章柏青、贾磊磊：《中国当代电影发展史》（上），文化艺术出版社2006年版，第502页。

② 傅谨：《大众传媒时代的传统艺术》，《天津社会科学》2008年第1期。

景拍摄和立体布景，镜头语言能够用多方面、多景别的摄影手段去表现不同情境中人物的不同心境。崔嵬的《杨门女将》、《野猪林》、杨小仲等人的《孙悟空三打白骨精》等优秀的戏曲片也出现在这个时期。戏曲为电影的传播提供了资源，戏曲经典舞台剧对电影的介入容易使电影质量逐步提高。《桃花扇》被称为中国四大名剧之一，为电影的成功奠定了坚实的基础。欧阳予倩的话剧《桃花扇》在抗战时期产生了很大的影响，新中国成立后也多次上演。1955年至1956年，列斯里曾为导训班排演话剧《桃花扇》，1957年中央实验话剧院由欧阳予倩先生排演话剧《桃花扇》，1961年中央实验话剧院又由耿震先生导演，第四度排演《桃花扇》。西安电影制片厂也是在看了这次公演后，决定将其搬上银幕。李香君的角色打算让话剧《桃花扇》中李香君的扮演者郑振瑶出演，只是因为诸多原因没有成行。《桃花扇》电影以戏剧作为内容已有先例。抗战期间，由金星电影公司制作，吴村导演的《李香君》改编自周贻白先生编剧的话剧《李香君》。以成名的戏剧舞台剧作为传播内容，是电影提高质量的一条途径。事实证明，梅阡、孙敬的《桃花扇》成为"文化大革命"前最高水平的电影。

电影提高质量的诉求是《桃花扇》故事传播的动机之一。《桃花扇》积淀的艺术价值为其在新媒介中的成功传播奠定了基础。

二　电影主体的动机

传播主体的需要是《桃花扇》故事被搬上银幕的原因。

首先，作为媒介机构，电影制片厂有着打造电影精品的诉求，这和江苏省昆剧院等戏剧团体的品牌剧目的打造是相似的。梅阡、孙敬的电影《桃花扇》由西安电影制片厂摄制，是其花巨资倾心打造的一部精品。西安电影制片厂是我国著名电影制片厂之一，1956年筹建，成立于1958年。当时的西安电影制片厂刚刚成立，其条件和影响都无法与北京电影制片厂和上海电影制片厂相比，许多的演职人员都是各电影厂支援的。那个时期，西安电影制片厂迫切需要拍摄高质量的影片来提升地位。"西影厂决定把《桃花扇》作为西影提高艺术质量的翻身片。全场动员所有人力、物力在艺术上达到'故事好、演员好、镜头好、音乐好'。并从上海请来了王丹凤饰演李香君，从四川请来冯喆饰演侯朝宗，从北京、长春等地请到了阵容齐整的演员班子。为了取得好的艺术效果，化妆部门让40岁上下的主要演员化妆成年仅及笄的少女和年少倜傥的公子；美工师和置景工人再现秦淮歌榭，在摄影棚内搭置了雕梁画栋、以假乱真的媚香楼；为了使影片富有特色的音乐，录音部门采用了同期录音。经过全场的努力，影片于1963年12月28日完成。"[①] 所以，梅阡、孙敬的电影《桃花扇》西安电影制片厂全力打造，借以提升电影质量的一部影片。相对宽松和民主的氛围是艺术生产的前提。在1962年之前，虽然中国处在经济困难时期，但是在文艺战线上能够按照规律办事。当时的西安电影制片厂还成立了艺委会，发扬民主的作风，充分调动了工作人员的积极性和创造性，拍摄出了《桃花扇》《三滴血》等质量较高的影片。[②]

《桃花扇》传播中，电影机构的需求和环境氛围是艺术质量的保证。

其次，传播者个人的爱好在电影传播中起到了推动作用。之所以能将舞台剧《桃花扇》搬上银幕，导演对于古装戏曲片的兴

[①] 焦思温：《欣欣向荣的西安电影制片厂》，中国电影家协会电影史研究部编《中华人民共和国电影事业三十五年（1949—1984）》，中国电影出版社1985年版，第167页。

[②] 同上。

趣是其内在的驱动力。电影《桃花扇》的导演是孙敬。孙敬是安徽寿县人，曾导演《桃李争艳》《天长地久》《香江歌女》《三滴血》等。在梅阡的回忆中谈到了导演孙敬拍摄《桃花扇》的原因。"他那时刚刚拍完戏曲片《三滴血》甚获好评，对拍古装片极感兴趣。过去我们聊过，他立志把《西厢记》、《琵琶记》、《长生殿》、《桃花扇》四部传奇故事搬上银幕，但未如能如愿。其时国华公司拍了《西厢记》（周璇主演），也未轮上他导演，十分遗憾。今天旧事重提，我建议在《长生殿》和《桃花扇》中任选一部。最后选定了《桃花扇》，因为有欧阳予倩改编的话剧本，可以参考，改编起来比较容易。决定由我来执笔改编。"① 从这个角度看，导演的爱好也是推动电影，实现《桃花扇》故事电影传播的动机。从这里我们可以看出，电影导演对戏曲片的偏爱导致《桃花扇》成为一部戏曲韵味浓郁的电影故事片。

不只是导演，戏曲名角的个人动机也是《桃花扇》故事能够实现从舞台到荧屏转换的动因。粤剧电影《李香君》的扮演者是著名的粤剧演员红线女。红线女，1927年生，粤剧著名表演艺术家，形成了红派表演风格。红线女谈到了她对李香君这个人物的喜爱。1962年在准备改编、排演粤剧《李香君》期间，红线女感受到了李香君身上蕴含的民族气节在那个时代背景下的现实意义。"她认为越是在困难时期越是要有民族自尊心，民族自信心；越是要讲民族气节，现在演《李香君》仍是很有现实意义的。"② 在对粤剧著名表演艺术家红线女的采访中，红线女提到了她对李香君形象的喜爱。"我喜欢李香君。作为封建时代被人贱视的妓女，她有民族气节。……我觉得，民族气节很重要，今天，也应

---

① 柯文辉：《梅阡》，北京十月文艺出版社1995年版，第149页。
② 谢彬、谢友良：《红线女粤剧艺术》，中国戏剧出版社2006年版，第338页。

大力宣扬。作为中华民族的一员。没有骨气怎么行!"① 粤剧《李香君》由莫汝诚编剧,改编自欧阳予倩的话剧《桃花扇》。戏曲艺术家阿甲曾经导演粤剧《李香君》。粤剧电影其核心在保护或传播戏曲。电影媒介使粤剧表演摆脱了舞台表演的限制,在一定程度上开拓了《李香君》的表现空间。从《桃花扇》故事电影传播动机中,我们大体可以发现《桃花扇》故事在新时代中的传播价值。

总之,《桃花扇》的电影传播的动机是为了提升电影质量和保存民族戏曲。戏曲和电影之间有互为传播、互相补充的价值。

第二节　电影传播方法

电影传播是运用摄影机将外在现实记录和复制到胶片上,然后通过放映机在银幕上放映。电影的传播方法一方面包含电影拍摄的记录和复制,另一方面包含活动影像的呈现。借助电影媒介,《桃花扇》故事从剧本、舞台转换到电影媒介中。电影媒介不断改变了《桃花扇》故事的存在方式,也改变了《桃花扇》的创作方式和艺术形式。

《桃花扇》故事从舞台戏曲到电影,传播的方法发生了变化。《桃花扇》故事的两部电影,梅阡、孙敬的《桃花扇》改编自欧阳予倩的同名话剧,融入了诸多的昆曲元素;楚原导演的粤剧电影《李香君》则来自同名粤剧。罗丽这样介绍粤剧电影:"粤剧电影是根据粤剧舞台表演和其他演出方式而拍摄的电影,或用电影艺术形式对粤剧舞台表演和其他相关演出方式进行的银幕再现。它以电影为载体,使用电影艺术手段对粤剧艺术进行创造性

---

① 张何平:《艺术无涯　自强不息——访粤剧表演艺术家红线女》,《春天的耕耘》,新华出版社1998年版,第217页。

第二章 《桃花扇》的电影传播

的银幕再现，保存记录粤剧艺术的形式或内容，使电影与粤剧两种艺术形态得到某种有意义的融合。"① 可以说，粤剧电影是粤剧借助电影传播的新形式。在粤剧和电影的关系上，粤剧是主体，电影是手段。梅阡、孙敬的电影《桃花扇》虽以话剧《桃花扇》为参照，却是以故事片的形式来拍摄的。戏曲故事片和戏曲是两种完全不同的表现形式。

一　活动光影影像

从剧本、戏曲到电影，工具介质和质料介质都发生了变化。剧本的工具介质是以笔为主的书写工具，戏曲的工具介质是人体，电影的工具介质是摄影机。摄影机作为工具介质，引发了电影时空的改变。"摄影机从定点摄影到自由挪动，不仅标志着电影摄影机的解放，也使电影观众的视点获得了解放，它意味着真正电影的诞生。由此，一系列的摄影和剪辑的新技巧，诸如俯仰镜头、移动镜头、摇镜头、推拉镜头以及各种各样的蒙太奇手法相继出现，电影逐步形成了自己的时空特性，找到了'时空综合'的独特方式。"② 正是摄影机的机械复制功能提升了电影艺术创造的潜能，电影不再满足于记录，而走入艺术的再创造。从剧本、戏曲到电影，质料介质发生了变化。剧本的质料介质是文字，戏曲的质料介质是躯体，电影的质料介质则是胶片。安德烈·塔可夫斯基在《雕刻时光》中比较了文学与电影的质料生成。"文学家运用文字，将作者想要复制的事件、内心世界或外在的现实描绘出来。电影使用天地万物与时光推移所赋予的材料，将

---

① 罗丽：《粤剧电影初探》，《中华戏曲》第33辑，文化艺术出版社2005年版，第280页。
② 谭霈生：《"舞台化"与"戏剧性"——探讨电影与戏剧的同异性》，《谭霈生文集四　论文选集一》，中国戏剧出版社2005年版，第78页。

之显现于我们格物观事情、休养生息的空间。这世界的某些影像一旦浮现在作家的意识中,他便将之转化为文字,写在纸上。但是,整卷的软片却机械性地将摄影机的视界所及的一切,不加选择地照单全收,整体的影像也就这样构筑起来。① 胶片具备感光性和可剪辑性两个特点,形成了光影影像和蒙太奇的手段。

可以说,摄影机为电影的艺术再创造提供了可能。电影的运动声画特征是电影区分于文学剧本、舞台剧的重要标志。为了和电视的电子影像相区别,我们称之为活动光影影像。不同于舞台剧的表演,《桃花扇》故事在电影中的传播是以活动光影影像为核心的。

(一)《桃花扇》景物造型的电影化

从舞台戏曲到电影,《桃花扇》故事的景物造型形式发生了变化。电影媒介的声画特征决定了景物造型不再是陪衬和辅助的地位,它和演员一样,是电影的角色。从质料介质看,剧本是文字之景,舞台戏曲是人体指示之景,电影则是影像之景;从工具介质和手段来看,剧本是写景,舞台戏曲是演景和布景,电影则是拍景。

《桃花扇》电影中的景物造型是怎样的呢?粤剧电影《李香君》是借助电影媒介传播粤剧故事的一种形态,舞台戏曲的景物造型和电影的景物造型之间必然冲突。舞台戏曲的景物造型强调虚拟化、服务于表演;电影则强调景物造型的逼真。香港导演楚原执导的粤剧电影《李香君》则是在电影化的写实中包含了诸多的虚拟成分。粤剧电影《李香君》的景物造型多是搭景。搭景比之舞台戏曲更加写实,在写实中又有着明显的虚拟化的倾向。粤

---

① [苏]安德烈·塔可夫斯基:《雕刻时光》,陈丽贵、李泳泉译,人民文学出版社2003年版,第196页。

剧电影《李香君》若纯然以实景拍摄,电影表现手段和舞台手段的冲突可能会更大。导演楚原搭建了一个唯美的瑰丽的世界。陈墨在介绍楚原的电影时说:"楚原电影有明显的唯美追求。影片的布景极其讲究,常常会花团锦簇,色彩缤纷,金碧辉煌,炫人眼目。重要的环境场所,更会精雕细刻,竭力铺排,花样百出,美不胜收。"[1] 在楚原的电影中,我们时常会看到这种浪漫的、诗意的古典美。《流星蝴蝶剑》中蝴蝶林,枫叶飘红,少女独立;《楚留香》中的布景华丽浪漫,美轮美奂。粤剧电影《李香君》中,媚香楼所在的亭台楼阁,桃花流水;栖霞山所在的庵堂草舍,山石红日;所在的庭院白雪等都是一个实体空间,它不是剧本中的文字想象,也不是舞台剧中的虚拟空间,而是一个以实为主、虚实结合的诗意空间。所以,粤剧电影《李香君》不同于舞台戏曲的虚拟布景,也不同于一般电影的逼真,而是营造一种虚实结合的浪漫、唯美的景物造型。

孙敬的电影《桃花扇》的景物造型是实中有虚。其实,电影中的景物是自然美景和人工搭景的集合,写实中蕴含着虚拟的成分。据电影中吴次尾的扮演者丛兆桓先生介绍:"《桃花扇》的整个室内景,包括媚香楼都是搭的。秦淮河那是在摄影棚中搭的假河。李香君乘坐的那条小船也是假的,那是在棚里做的。电影的一部分在南京玄武湖,大部分是在杭州。自然环境也是选的最美的苏杭,苏州、杭州和南京的玄武湖,电影的第一个镜头就是南京玄武湖的水面。"[2] 虽然电影的逼真性要求景物造型的写实性,但是电影《桃花扇》则并不恪守纯粹的写实,而是实中有虚。梅阡、孙敬的电影《桃花扇》中存在舞台戏曲中常出现的画景。在

---

[1] 陈墨:《中国武侠电影史》,中国电影出版社2005年版,第179页。
[2] 2011年9月29日作者对丛兆桓先生的采访。

侯朝宗重返媚香楼一段中，侯朝宗推开窗户，眼前是一片南京城市的风景。这片风景是一块大的画布。然而，这块虚拟的布景并没有损害电影，而是给电影增添了虚幻的美。所以，电影中景物造型的写实并非绝对的，而是实中有虚，给受众的欣赏留下丰富的想象空间。

从舞台戏曲的虚拟布景到话剧舞台设计的写实，再到电影景物造型的实景拍摄（包含搭景拍摄），体现了景物造型的几个阶段。戏曲电影是戏曲向电影的过渡，这个阶段变化最大的往往是由舞台的虚拟布景到电影的搭景，艺术表现也在虚与实之间呈现。在从剧本到电影的传播中，尤其是戏曲电影中，布景构造了电影的空间。剧本是无布景的，只是一些简单的文字介绍或描述。舞台讲究布景，布景构成了舞台空间的一部分。舞台的布景将剧本的内容化为生动的舞台空间，为戏剧提供了存在的环境。由于舞台本身的假定性，戏曲舞台的布景多为虚景、衬景和画出来的景物。当戏曲被搬上银幕时，电影摄影机的特性规定了其逼真性，虚假的布景便显得不合时宜。

因此，《桃花扇》电影的景物造型是虚实结合、实中有虚。《桃花扇》中的写实是逼近生活的生活，实中有虚，为表演和意蕴的营造提供了表现空间。

（二）《桃花扇》构图的电影化

《桃花扇》在电影传播中，其构图不同于舞台戏曲。电影《桃花扇》以镜头调度代替了舞台戏曲的舞台调度。镜头调度形成动态的画面构图。电影以动态构图作为传播符号来传达信息。

那么，《桃花扇》在从舞台戏曲到电影的传播中，发生了哪些形式的变化呢？

首先，《桃花扇》从舞台戏曲到电影的转换中，产生了景别的变化。舞台戏曲没有景别的变化，观众与演员的距离是一定的，或者说《桃花扇》舞台戏曲是以全景存在的。

摄影机的运动形成了画面构图的运动，产生了景别的变化。舞台戏曲在表现惊喜、惊愕等表情的急剧变化时，往往以夸张的动作来表现，电影则可以通过快速的景别转换来表现。电影《桃花扇》的最后一场，当侯朝宗出现在李香君的面前，一个推镜头，画面从全景一下变换为近景，摄影机把侯朝宗推到了李香君的面前。当李香君看到侯朝宗一身清朝的服装，留着大辫子的时候，重逢的喜悦瞬间被打破。此时，突然间镜头迅速拉开，侯朝宗瞬间离开李香君很远。在整个画面中变得相对渺小。镜头的迅速的推拉和电影构图的远近转换，传达出李香君从惊喜到惊愕的内心信息。《1699·桃花扇》中，由老赞礼作为叙述者，讲述南京旧事，交代故事发生的时代背景。电影《桃花扇》则充分运用了电影景别、运动的变化来展现《桃花扇》的时代背景。电影《桃花扇》的开头，一个连续的长镜头从暗淡的湖面到暗淡的秦淮河，再移动到柳敬亭说书的场景。画面在运动，观众的视角也在变化。从大全景的暗淡的景到暗淡的人，烘托出南朝颓败的信息，确立了兴亡的基调。粤剧电影《李香君》的开头，摄影机在媚香楼内移动，随即切换到全景，在移动逐渐集中到弹琴的李香君身上，李香君正是全剧的焦点。这是一种以大观小、移步换景的背景交代方法。因此，《桃花扇》在电影传播中，景别发生了变化。

其次，《桃花扇》故事在传播中获得了舞台戏曲所没有的纵深感。舞台调度根源于固定的舞台，缺乏纵深感，电影的镜头调动则可以推拉，形成纵深。电影善于运用前景和后景位置关系来处理人与物的关系，从而形成纵深感。电影《桃花扇》最后一场中，前景是李香君靠树而立，后面是逐渐模糊的连绵的群山。虽然只是平面的画格，但前后景的位置，画面的清晰与模糊的处理，画内的空间更在画面之外。电影通常利用固定构图中人与物的运动来形成影像的纵深感，这种运动也叫纵深运动。李·R.波吕特在《电影的元素》中谈到了纵深运动。"纵深运动是用来克服胶片的两向度局限的技巧。一个人物推出画格中的前景，径直离摄影机而去时，观众的视线便被引向画格深处，观众相信影像具有深度，这样就形成了第三向度的幻觉。"① 比如，电影《桃花扇》中的侯朝宗被李香君一阵痛斥，落寞离开。侯朝宗被推出画面中的前景，离开摄影机而去，观众的视线这时被引向画面的深处，画框中的人物越来越小，直至成为一个黑点，形成了落寞、伤感的氛围。倘若是在舞台戏曲中，群山和人物的远景很难呈现出来。

图 2-1 电影《桃花扇》截图

---

① [美]李·R.波吕特：《电影的元素》，伍菡卿译，中国电影出版社1986年版，第63页。

第二章 《桃花扇》的电影传播

图2-2 电影《桃花扇》截图

粤剧电影《李香君》是戏曲电影。作为粤剧传播的一种方式，粤剧电影《李香君》在构图方面体现了对舞台戏曲调度的补充和增生。主要表现在：一是增加了场景。红线女在谈到电影对戏剧舞台场景扩大和延伸的时候，举到了一个例子。"舞台上演出香君与朝宗新婚一场，戏的来去发展都是局限在仅有十来平方米的舞台上。把戏搬到电影镜头前，它就分成三个很大的场景了：首先是香君的闺房；也有香君与侯郎相依凭栏远眺的地方；还有香君与侯朝宗新婚唱酬双双步过回廊转到花园；在浓荫花丛之中共诉心曲的场景。"[1] 从红线女的谈话中我们发现，戏曲借助电影传播的过程中，增加了场景。这是因为相比于舞台媒介，电影的时空更加自由，并不局限于固定空间，因此粤剧在电影传播中场景更加多样化。二是改变了舞台剧的分场、场与场之间的转换节奏。舞台戏曲的场与场之间的转换是

---

[1] 红线女：《红豆英彩：我与粤剧表演艺术及其他》，广东人民出版社1998年版，第119—120页。

通过分场来实现的。电影镜头切换衔接了画面，加快了节奏。罗铭恩在评价粤剧电影《李香君》时说的："场景的连接性较好，场与场之间的衔接比较紧凑，每场戏结束之后，用暗转的方法表示阶段性的故事结束，很快转到下一场，避免了拖沓。"①以镜头的切换代替了舞台空间的场次转换，《桃花扇》故事的切换自然，节奏更为明快。三是增加了固定舞台空间所没有的纵深感和层次感。粤剧电影《李香君》中的"辞院"一场，李香君送别侯朝宗。首先是全景镜头。电影画面中，人在景中，离人与景相互交融。一切景语皆情语。镜头将侯朝宗和李香君推到了前景，二人倾诉离别之苦，景物被推到后景，虽然只有部分景物，但是我们能感觉到画面外景物的存在。司空图的《与极浦书》中引戴容州的话说："诗家之景，如蓝田日暖，良玉生烟，可望而不可置于眉睫之前也。象外之象，景外之景，岂容易可谈哉？"②粤剧电影《李香君》的"辞院"，不是诗家之景，但胜似诗家之景。在明月、小桥、孤树之外，依然有景和情存在，依然有想象的空间。李香君目送侯朝宗离开，前景是李香君，后景是月夜，前后景的结合将离别之情扩展到人与景上，扩展到画内和画外的广阔空间中。离别之情体现在景物、画面的符号形式中。舞台剧局限在舞台空间，观众与舞台的距离是固定的。摄影机的运动使表演的空间不再局限于舞台的狭小空间而是向银幕外延伸。电影就像一个窗口，透过它我们能看到外面的世界。有学者指出，"舞台演出边缘外的空间，观众知道是后台；电影镜头外的空间，似乎是有现实世界的延续幻觉，

---

① 罗铭恩：《红线女唱腔和表演艺术的精华——评彩色粤剧艺术片〈李香君〉》，《南国红豆》2008年第6期。
② 司空图：《与极浦书》，见中国美学史资料选编《于民》，复旦大学出版社2008年版，第252页。

镜头内所包含的只是一部分世界而已。"① 可以说，电影是对舞台空间的拓展。

图 2-3 粤剧电影《李香君》中李香君送别侯朝宗

粤剧电影《李香君》中不可避免地显示出电影在传播戏曲时的局限。罗铭恩指出了两点缺憾：一是电影导演缺乏粤剧知识导致戏剧情节跳跃性大；二是导演追求全景缺少主要人物的特写，削弱了主要人物的形象。② 从舞台戏曲传播的角度看，这无疑是正确的；从电影媒介来看，电影的镜头调度、画面剪辑较之舞台剧的确流畅快捷，容易形成跳跃性大的特点，全景镜头可以让演员充分发挥表演的特质，这也是合理的。因此，在舞台媒介和电影媒介的转换中，如何能找到一个好的结合点，才是戏曲电影能够成熟的标志。

（三）《桃花扇》的光线和色彩

粤剧电影《李香君》是彩色艺术片，电影《桃花扇》则是黑

---

① 陆润棠：《粤剧戏曲电影及粤剧戏曲艺术：题材和媒介的香港意义》，《中华戏曲》2002 年第 2 期。
② 罗铭恩：《红线女唱腔和表演艺术的精华——评彩色粤剧艺术片〈李香君〉》，《南国红豆》2008 年第 6 期。

白片。光不仅是一种物质手段,也是形式介质。黑白片中的光影变化构成了电影造型的手段。鲁道夫·爱因海姆特别推崇黑白片,在他看来:"把实际存在的各种颜色压缩为深浅不同(从纯白到深黑)的单一的灰色,是一种值得欢迎的结果,它使画面形象背离自然,从而有可能利用光影来构成含义深远、格调优美的画面。"① 生活中的人物装扮、景物等是五彩缤纷的,在黑白片则成了黑、白、灰三种颜色,可以说黑白片是生活的艺术化呈现。电影《桃花扇》借助光影的明暗层次的变换,传达出《桃花扇》故事的内在意蕴信息。电影《桃花扇》开头的秦淮河是黑色,寓示着河山的暗淡,南明王朝的颓败的气息;侯朝宗再访李香君,人去楼空的媚香楼在黑白暗淡的色彩中凸显出萧瑟和悲凉。结婚的场景中,二人服装光亮,灯光明亮地照在二人的身上。和在场的人相比,更多地采用聚光。光亮的色彩隐含着二人新欢的喜悦(见图2-4)。服装造型的明暗感具有象征意义,阮大铖的服装是黑色,常用暗光(见图2-5)。在密谋议立一场中,灰暗的衣服,暗淡的光影,表明了奸臣的行为并非光明磊落,揭示了他们的丑陋行径。侯朝宗平时是灰色服装,在最后一场中却是黑色的,反映出人物身份、内心的变化。从光线和色彩的角度看,在突出《桃花扇》故事的"兴亡之感"的悲剧意蕴上,黑白的电影《桃花扇》要比彩色的《李香君》在信息传达中有更多的优势。黑白的光影、暗淡的景物增添了《桃花扇》故事的悲剧意蕴。反观粤剧电影《李香君》更加古典唯美、诗意浪漫,比较适合表达爱情主题,彩色的光影削弱了《桃花扇》故事本身的悲剧意味。

---

① [德]鲁道夫·爱因海姆:《电影作为艺术》,邵牧君译,中国电影出版社2003年版,第51页。

图 2-4 电影《桃花扇》截图

侯朝宗和李香君喜结连理

图 2-5 电影《桃花扇》截图

阮大铖和马士英密谋议立

总之,《桃花扇》故事在电影中的光线、色彩的明暗、黑白的处理与受众的民族文化心理相结合构成了多样的艺术信息。

二 音乐的电影化

《桃花扇》在电影传播中，其音乐形式有一个电影化的过程。

（一）《桃花扇》音乐元素的改造

《桃花扇》的电影音乐和戏曲音乐相比，有以下特征。第一，《桃花扇》的电影音乐是录音技术复制的音乐。一般来说，戏曲舞台剧的唱腔是原声，而电影的声音则是基于录音技术的复制的声音。《桃花扇》故事的电影中，声音都是机器录制的结果。戏曲舞台剧《1699·桃花扇》的传播中，演员的唱念、做、打都是自身的声音，即使是配乐，也是现场演出的结果，这和电影的录制播放明显不同。粤剧电影《李香君》中，红线女的声音也是机器录制的声音，或者说是红线女原声的录制，而不是红线女舞台演出的原声。舞台演出的原声稍纵即逝，摄影机的录音技术将其声音录制下来，可以反复播放。第二，《桃花扇》的电影音乐在电影中的地位不同。电影声音在电影中并不处在核心地位。中国戏曲讲究的是"唱、念、做、打"，戏曲音乐是一个剧种的核心和灵魂。唱腔通过舞台上演员的夸张化、程式化的表演呈现出来。电影是以运动声画来叙述故事，音乐是以配乐的形式呈现的。电影中的声音则是声画活动影像的一部分。电影配乐中主唱并不出现，这和戏曲舞台的演唱并不相同。戏曲是以"歌舞演故事"，歌和舞是联系在一起的。梅阡、孙敬的电影《桃花扇》的"守楼"中，配乐的主体并不出现，而且隐藏在画面之外，音乐是电影活动影像的辅助手段。第三，《桃花扇》的音乐是声画结合的音乐。电影声音和画面紧密联系。影像是电影的符号体系的核心部分，音乐元素要进行必要的影像化改造。

《桃花扇》音乐是如何电影化的呢？梅阡、孙敬的《桃花扇》

第二章 《桃花扇》的电影传播

采用的是昆曲配乐。昆曲音乐在介入电影的过程中进行了改造。《桃花扇》的编剧梅阡说:"当时还决定了两件事,一是用昆曲的曲调配乐。因为昆腔中也有很多优美动听的曲调,在电影配乐中还很少见。这不仅是为了弘扬昆曲,实际是着眼于别树一帜,使它独具特色。于是请了北昆的作曲家樊步义担任配乐。另一件事是邀请北昆的演员担任角色。因为他们深谙戏曲表演艺术,企图试验在电影中塑造古代人物时,把电影的表演与戏曲的表演作到有机结合。"① 可见,主创人员在电影创作之初便有将古老的昆腔和现代的音乐相结合,戏曲表演和电影表演相结合的想法。那么,在具体的实践中,怎样使昆腔和现代音乐结合呢? 据丛兆桓先生讲:"当时的配唱是李淑君,电影中的九个唱段都是李淑君唱的,包括戏中戏的昆曲和其他地方的插曲,笛子是上海的朱传茗老师,伴奏是上海电影交响乐团。在上海录好音后,到西安电影制片厂的录音车间一播放,全厂都在说这是什么音乐? 这么好听,简直是仙音啊! 因为昆曲没有到过西安,西北的人对昆曲很陌生,不像南京、上海的人听过昆曲。当时很轰动,西安电影厂就有人学昆曲。"② 李淑君后来讲道:"我的《桃花扇》的唱,不是一般的唱,我创新了。昆曲是没人听了,我唱了《桃花扇》以后,电影厂的工人都说要学,服务员,蹬三轮的,都要找谱子来学。"③ 可见,《桃花扇》的唱在当时达到了良好的传播效果。

为什么电影《桃花扇》的音乐能达到如此好的传播效果呢? 那是因为电影音乐在保持戏曲音乐特性的基础上,吸收了传统戏曲音乐中最优秀的养分,和最现代的音乐形式相结合,创造出的

---

① 柯文辉:《梅阡》,北京十月文艺出版社1995年版,第150页。
② 2011年9月29日笔者对丛兆桓先生的采访。
③ 陈均、杨仕:《歌台何处——李淑君的艺术生涯》,人民文学出版社2007年版,第186页。

新颖的音乐形式。据丛兆桓先生说:"电影《桃花扇》是将最古老的昆曲和最现代的音乐艺术结合在一起。电影的作曲是樊步义,樊步义先生是从中国歌剧院来的。它的作曲借鉴了梨园戏。梨园戏已有四百年的历史,现在在泉州只有一个团。它的演出和昆曲不太一样,是从南戏演变过来的;有些曲牌和昆曲名称一样,但旋律却是完全不同的。当时的伴奏是上海电影交响乐团,采用的是现代交响乐配器。李淑君是中央实验歌剧院的独唱演员,其独唱实力很强。该影片音乐还有一位西影作曲魏瑞祥先生。"[①] 古老的戏曲音乐和最现代的电影音乐相融合,是创造优秀电影的音乐的方式。

从电影《桃花扇》的音乐改造中,我们可以说,不同媒介间异质的融合是创造新的艺术形式的方法。昆曲在保留基本音乐的基础上,吸收了梨园戏和现代交响乐,并加以融合,创造出新的形式。现代交响乐融合了古老的昆曲,现代艺术形式具有了传统的韵味。两者都因为异质的融合而产生了新的形式、新的效应。艺术形式创造应在遵从媒介特性的基础上,融合传统和现代的艺术精华,进行综合创新。创新的音乐形式消除了传统昆曲与当时观众的传播障碍,适应了那个时代观众的审美需求。

(二)《桃花扇》的声画结合

《桃花扇》故事的音乐融入电影中的时候,必然面临声音和画面结合的矛盾。活动影像是电影符号,音乐要和影像画面相配合,声音和画面形成复杂的声画关系。戏曲电影是戏曲和电影的结合,戏曲则要求声音和动作相结合,电影则要求文字、声音、画面的相互配合。因为戏曲和电影的媒介特性不同,声音和画面

---

① 2011年9月29日笔者对丛兆桓先生的采访。

容易出现不协调的情况。声画不协调的情况在粤剧电影《李香君》中表现得尤为明显。

在侯朝宗重返媚香楼的片段中,粤剧电影《李香君》中出现舞台表演与实景呈现的冲突。罗家宝扮演的侯朝宗重访媚香楼。罗家宝一路演唱。当唱词和画面结合的时候,唱词过多或冗长,画面切换很难与之配合一致,丰富的唱词和呆板画面的产生冲突。比如唱到"只有野犬遍地眠"时,画面上并没有出现"野犬"的画面。演员是舞台的中心,演员会成为画面的焦点。画面关注演员表演,则很难同时呈现唱词画面。粤剧电影《李香君》中的声音与画面的冲突的原因在于舞台戏曲与电影媒介的冲突。舞台戏曲以表演为中心,电影媒介则以运动声像为中心。

怎样处理好声音符号与运动画面的关系呢?同样是侯朝宗到媚香楼寻访李香君的片段,电影《桃花扇》在声画结合上比较成功。以下表格镜头、景别是中国艺术研究院资料室存1963年的梅阡、孙敬电影《桃花扇》完成台本中的内容。

画外歌声	镜头	景别	画面内容
萧然,美人去远	拉、俯	大全景	侯朝宗怅然地走进媚香楼
重门锁,云山万千。搅动新愁乱似烟	仰、摇	全景	楼上,门窗紧闭,人去楼空
芳踪悄悄,芳草芊芊,一去人难见	摇 推	近景 全景	草木荒芜,景物萧疏
看纸破窗棂,纱裂帘幔,裹残罗帕,戴过花钿。旧笙箫无一件	摇、推	中—全—近景	楼上蛛网尘封,窗纸已破
红鸳衾尽卷,翠菱花放扁。锁寒烟,好花枝不照丽人眠!	拉、摇 特技 推	全景 近景 远景 近景 特写	床上无床帐,镜上一树枯枝,侯朝宗拾起枯枝,推开窗户。秦淮河上,寒雾迷蒙

资料来源:中国艺术研究院资料室存1963年的梅阡、孙敬电影《桃花扇》完成台本。

以上表格是电影《桃花扇》中"题画"的镜头部分。"题画"中的音乐处理和舞台戏曲的处理、戏曲电影的处理体现出不同。这主要表现在：一是音乐以画外音乐的方式呈现。和舞台戏曲突唱段不同，"题画"在电影中突出视觉画面。舞台戏曲的核心是演员的表演，唱是重要元素。石小梅的"题画"一折以唱段和身段展现侯朝宗重返媚香楼的所见所感，侯朝宗在电影中是沉默的，他和芳草、枯枝等道具一起，成为电影视觉画面中的一部分。舞台戏曲的"题画"一折，媚香楼的萧瑟情景在演员的唱、做之中借助想象表现出来；电影中的媚香楼的情景则在摄影机的移动中，随着画外音的歌唱依次展现出来。二是以音乐的节奏引领画面的切换，音画统一于节奏中。画外音和影像相配合，以声音的节奏带动镜头画面的移动节奏，将声音的流动性和镜头的移动、切换相配合。摄影机随着配乐移动，通过移动镜头和推镜头一步一步呈现音乐形象。"题画"是一段抒情唱段，节奏缓慢，景别上由大全景一步步改变为近景和特写。缓慢的音乐、抒情的唱段和同步出现的文字、声音，将视与听、眼前之景与内在体验结合在统一的节奏中体现出来。

可以说，《桃花扇》在电影媒介中，补充了剧本声画不足和舞台画面不足的局限，将文字、声音、画面按照统一的节奏组合一起，形成了多重感知的效果。

我们以电影中"寄扇"为例分析一下电影的声画结合。

画外歌声	镜头	景别	画面内容
寒风料峭透冰绡	拉摇	近景	（渐显）天空乌云片片，寒风阵阵吹来，窗帘被风吹动，月亮暗淡无光
香炉懒去烧	推摇	中近景	桌上，喷香熄灭
血痕一缕在眉梢	推摇	近景	李香君无限忧伤地躺在床上，头上的白色绢中透出血痕

续表

画外歌声	镜头	景别	画面内容
胭脂红让娇	俯推	近景	桌子脚边，定情诗扇落在地上，点点血痕洒在上面
孤影怯　弱魂飘	拉（李香君倒地）	中景	李香君去拾扇子，摔倒在地
春丝命一条	摇推	全景	小红扶李香君到窗前坐下
满楼霜月夜迢迢	摇上，推	中景	月光；李香君打开带血的诗扇
天明恨不消	摇下	近景、特写	无限哀怨地沉思着（渐隐）

资料来源：中国艺术研究院资料室存1963年的梅阡、孙敬电影《桃花扇》完成台本。

"寄扇"中的声画结合主要体现在以下几点：首先，以影像为主的原则。活动影像是电影媒介的特性。音乐的形式变化要以影像为中心。在戏曲中处于核心地位的唱腔在电影中以画外音的形式出现。画外音并不是影像的干扰，而是影像画面信息的补充。"寄扇"的歌声都是画外音，而不是舞台戏曲的唱，也不是戏曲电影中演员的演唱。画外音的配音方式既符合电影媒介的特点，也有助于挖掘电影演员的内心。其次，声画结合在节奏上的统一。形式美追寻多样统一的原则，声音和画面统一在节奏中，即音乐的节奏和镜头剪切的节奏是一致，通常是以音乐节奏引领镜头的切换，形成整体的韵律感。"影视蒙太奇是时空不连续的镜头画面的组接，声音的参与加强了镜头与镜头之间的连续性。音乐在这方面有突出的作用。"[1] 可以说，音乐的节奏成为运动声画的整体节奏，各种符号形式实现了统一。从"寄扇"来看，画外声音在传递信息的同时，字幕和画面内容在镜头的移动中显现出来。此时，声音、文字和影像统一在和谐的节奏中。最后，声音、文字、影像之间是互补增生的关系。影像的含义由文字来补

---

[1] 王桂亭：《电视艺术学论纲》，学林出版社2008年版，第78页。

充，内心的情绪由音乐来补充；文字、音乐是抽象介质，影像以具象来补充。"寄扇"中视听信息和文字信息有机结合，补充了剧本文字信息在视听性上的局限和舞台戏曲在视觉画面上的不足。

如果说"题画"和"寄扇"还是《桃花扇》电影的声画结合的话，"骂筵"则是戏曲融入电影，戏曲的表演和电影的结合。"骂筵"主要讲述李香君在宴会上唱戏，借戏文怒骂阮大铖和马士英。可以说，这是李香君和阮大铖面对面斗争的一场戏，也是《桃花扇》中最激烈、最紧张的一场戏。在基本保留孔尚任《桃花扇》原著唱词的基础上，电影《桃花扇》调动了镜头切换和声画对位的优势，传递了紧张、激烈的现场情境，塑造了李香君刚烈的性格。

镜号	镜头	技巧	画面内容	解说内容
377	中—近—中		李香君意有所指地指着郑妥娘唱着	李香君唱："你好不识羞也，赵文华……"
378	近—特	推	李香君的唱词，使阮大铖大吃一惊	画外声："……陪着严嵩……"
379	中		李香君继续演唱	李香君唱："……扮粉脸，席前趋奉……"
380	近—中	摇拉	阮大铖听唱词不对，欲发作又不敢，偷眼看马士英，马士英正注目欣赏	
381	中	摇	李香君继续表演郑妥娘以手示意	李香君唱："……俺做个女祢衡……" （画外音）"……声声骂……"
382	特		杨龙友吃惊地注视着	
383	特		寇白门紧张地注视着	
384	全		李香君继续表演马士英看着，不禁乐得哈哈笑	香君唱："……看你懂不懂……"

第二章 《桃花扇》的电影传播

续表

镜号	镜头	技巧	画面内容	解说内容
385		推摇	马士英仍大笑脸欣赏	马士英:"哈哈……"
386	中		阮宪五站在屏风前看戏 九夫人示意其制止	马士英:"哈哈……" 画外歌声"……望你峥嵘,出身……"
387	近		阮宪五至乐队旁向李香君作制止的手势	画外歌声"……希贵宠……"
388	全—中	推摇	李香君不理阮宪五,继续演唱	李香君唱:"……创业选声容……"
389	中		九夫人生气地走到屏风旁怒视李香君	画外声:"……后庭花又添几种……"
390	特		李香君继续演唱着	
391	特		郑妥娘紧张地向李香君示意	李香君唱:"……东林伯仲……"
392	中		寇白门紧张地向马、阮处看去	画外歌声:"……皆知敬……"
393	近—特	摇推	李香君继续演唱 马士英在此方听出内容不对,他连忙翻看脚本	画外歌声:"……重……" 李香君唱:"……皆知敬重……" 马士英:"东林?……"
394	特		阮大铖紧张的脸上肌肉颤抖	
395	特		杨龙友偷眼看着马士英	
396	近		九夫人为阮大铖着急	
397	中	拉跟摇	阮宪五以手中鞭子威吓李香君	
398	特		李香君继续演唱下去	李香君唱:"……干儿义子重新用,绝不了……"
399	特			
400	近—中	拉	郑妥娘万分着急	
401	中		九夫人注视着 阮大铖忍无可忍高声喊停	画外歌声:"……魏……"
402	中		马士英继续翻脚本 寇白门和歌女们紧张地注视着	阮大铖:"停!停!" 画外歌声:"……家……"

107

续表

镜号	镜头	技巧	画面内容	解说内容
403	中	拉跟	马士英继续翻脚本 阮大铖、杨龙友看着李香君	阮大铖画外音:"停!"
404	近一中	拉	李香君不顾一切地唱着,冲到阮大铖跟前,以手指前额。 阮大铖无力地坐在椅子上 马士英拍桌大怒 阮大铖叫来人将李香君拉下打死	李香君:"……种……"

资料来源:中国艺术研究院资料室存1963年的梅阡、孙敬电影《桃花扇》完成台本。

在戏曲与电影的结合中,"骂筵"采取了以下方式。

影片将戏曲表演和观众放置于同一情境中。李香君和郑妥娘的唱段是戏中戏,影片开始在全景的范围内展现李香君和郑妥娘的戏曲表演。同时,周围的阮大铖、马士英、杨龙友和一帮姐妹们作为观众。舞台戏曲的表演在此时既是场内观众的欣赏对象,也是银幕外观众欣赏的对象。可以说,电影中的"骂筵"将观与演放置于同一个情境中。

《骂筵》中戏曲音乐以歌舞的方式呈现。电影镜头将李香君的戏曲表演全部展示出来,这是戏曲在电影中的完整信息传播。戏曲并不满足于此,而是进行了电影化的处理。

第一,画外音的处理。《骂筵》中当李香君表演时,镜头对准的是李香君,李香君的演唱和画面是一体的,这是画内音的形式。电影的镜头是移动的,当画面呈现出阮大铖和周围的观众的时候,此时的戏曲只保留有李香君的声音,这是画外音的处理方式。画外音的处理是电影化的处理手段。第二,声音与画面的互文关系。影片以戏曲声音引导画面的剪切和情感的递进,声音与画面形成合一或对位的关系,形成信息的印证或补充。当唱到"严嵩"的时候,镜头给出了阮大铖的面部特写,严嵩和阮大铖

第二章 《桃花扇》的电影传播

并非同一个人，但是两人都是奸臣，阮大铖此时的嘴脸和严嵩等奸臣并无二致，声音和画面相互参照，刻画了阮大铖的奸臣嘴脸和李香君的愤恨。当唱到"声声骂"时，镜头给到了杨龙友、寇白门的特写，这是周围人的表情，体现出杨龙友和寇白门对李香君的担忧和关切。电影中的特写镜头充分展示了周围观看者的内心变化，在舞台戏曲中人物的表情很难做到电影中这样真切。当唱到"东林伯仲"时，镜头移动到郑妥娘、九夫人身上，将姐妹们的同情、担心的表情信息和对方的害怕、恼怒的信息传达出来。画面是声音的补充信息。这里的声音和画面之间是相互补充关系。我们从中可以看到李香君、阮大铖和杨龙友等人的态度和关系。可以说，声音和画面的相互参照、相互补充丰富了意义的传达。第三，声音与画面的节奏感。"骂筵"一场的情绪是在慢慢的积聚中最后迸发的，因此有一个由慢到快、由缓到急的节奏。电影的处理是以声音的快慢高低来带动画面的剪切。开始时，李香君的唱段相对舒缓，镜头切换也相对缓慢；随着李香君情绪的激烈，音乐也越来越快，镜头在李香君、阮大铖和众人之间快速剪切。最后，音乐达到顶峰，画面的转换急剧加快，一个拉跟镜头，李香君毅然走上前大骂阮大铖。电影以声音的节奏带动画面的剪切，声音和画面紧密结合在一起。通常戏曲节奏和电影节奏并不相同，一般认为戏曲节奏较之电影节奏更为缓慢，然而"骂筵"却用戏曲节奏引领电影画面的剪切节奏，将二者统一在一起。

所以，"骂筵"将戏曲表演、唱段电影化，既传播了戏曲，同时也发掘了戏曲音乐引导画面剪切的功能，和戏曲音乐变化中的情感表现功能。戏曲音乐与观众反应的相互对位，形成了"骂筵"的情感冲突，使整个电影情节更加激烈紧张。剧本和舞台戏曲很难达到这种效果。

总之,《桃花扇》故事在电影媒介中,将音乐进行合理改造,和画面相互配合,产生了良好的传播效果。

三 表演的电影化

《桃花扇》故事在借助电影传播的过程中,表演形式发生了转化。电影《桃花扇》中体现了戏曲表演与电影表演的冲突和融合,表现了戏曲在介入电影过程中发生的演变。那么,粤剧电影《李香君》和梅阡、孙敬的电影《桃花扇》的表演形式发生了哪些变化呢?在舞台表演和电影表演之间到底有怎样的关系呢?

(一) 从舞台表演到镜头前的表演

电影《桃花扇》中的表演首先改变是媒介形式。粤剧电影《李香君》是对粤剧《李香君》的传播,其表演从舞台转换到了电影镜头前。电影《桃花扇》则在镜头表演的基础上借鉴了舞台表演的特点。

不同的表演媒介有着不同的规定。舞台表演是在舞台空间载体上的表演,舞台空间的假定性决定了舞台表演的虚拟化、程式化等特征。摄影机的特性要求电影表演的逼真性。早期的无声电影的表演主要是夸张的表情和动作。比如卓别林的表演主要用夸张的表情和动作来表达情绪,属于哑剧表演。20世纪30—40年代,随着摄影机和录音设备的发展,演员的表演越发细腻,电影表演逐渐成为独立的艺术形式。

粤剧电影《李香君》是戏曲电影,戏曲电影的表演面临着舞台戏曲表演和电影表演的冲突。舞台表演更加突出演员的自由,电影表演则是镜头前的表演,受到导演、镜头的制约。所以,当戏曲借助电影传播的时候,这里便有个主次的问题。粤剧电影

《李香君》是戏曲电影,影片中以戏曲表演为主,电影作为媒介手段为表演服务。红线女、罗家宝都是粤剧著名演员,戏曲电影在于发挥他们的粤剧表演的特长。孙敬的电影《桃花扇》则是电影故事片,虽然影片中有许多戏曲演员,冯喆、王丹凤等人也向戏曲演员学习表演,但是以电影表演为主。因此,虽然舞台戏曲表演和电影表演有很多不同,但也绝不是截然分开的。

红线女不仅是著名的粤剧表演艺术家,而且是优秀的电影演员。对于参与电影创作,红线女认为两者是相互促进的。在《回忆我的艺术生涯》一文中,红线女谈到了参与电影创作,使其开阔了视野,掌握了电影表演手段,结识了电影界的名人,并且启发了她在舞台表演中将内心体验和表演程式相配合。[①] 所以,舞台表演和电影表演可以相互结合,达到统一。二者并不存在截然的区分,舞台表演与电影表演可以优势互补。

(二) 从演员到角色

戏曲演员是在演角色,电影表演则是化身为角色。戏曲表演的特征源于舞台的假定性,电影表演的化身为角色来自电影的真实性。电影表演的真实性要求演员的气质、形象与角色相统一。"电影'微相学'和对物质现实的真实记录所产生的环境真实要去表演与此相适应,即演员的形象与角色形象的重合。"[②] 电影表演要求演员与角色在形象、气质上要一致,这是由电影媒介的特性决定的。戏曲演员的角色是分行当的,按照生、旦、净、末、丑等来划分,演员按照不同的行当饰演不同的角色。在形象、气质等要求方面并没有电影严格。

---

① 红线女:《回忆我的艺术生涯》,见谢彬、谢友良《红线女粤剧艺术》,中国戏剧出版社2006年版,第5页。
② 李冉苒、马精武、刘诗兵、张建栋:《电影表演艺术概论》,中国电影出版社1995年版,第98页。

在粤剧电影《李香君》中，我们可以看到演员与角色在舞台媒介和电影媒介中的不同。粤剧电影《李香君》中由罗家宝扮演侯朝宗、红线女扮演李香君。拍摄这部电影时，二人的年龄大约为60岁，然而原著中李香君的年龄为十六七岁，侯朝宗大约20岁。演员与所扮演的角色之间存在很大的反差。在戏曲表演中，演员是在演角色，观众欣赏的是演员的表演，演员与角色的年龄、气质的反差不是最重要的。演员与角色的间离在舞台戏曲中是常见的，当被搬上银幕时出现了不协调。由于电影的近景和特写较多，演员的化妆、脸谱等显得很不自然。因此，粤剧电影《李香君》中的近景和特写尽量减少，多用全景提供给表演的空间。舞台剧以表演为中心，名角高超的技艺是吸引观众的重要因素，红线女、罗家宝的技艺和声望是粤剧电影传播的保证。从戏曲角度看，演员与角色的反差是合理的，从电影的角度看，演员与角色之间出现了不协调。所以，粤剧电影《李香君》是以戏曲为表现内容、以电影为表现手段的电影形态。

孙敬的电影《桃花扇》在演员选择上和粤剧电影《李香君》有所不同。电影《桃花扇》拍摄之初即确立了邀请北昆演员担任角色的想法，企图在电影塑造人物的过程中，将电影表演与戏曲表演有机结合。[①] 但是由于一些原因，主角最终选择了王丹凤和冯喆[②]。冯喆当时40岁左右，在年龄上和当时的侯朝宗也有一定的差距。在气质上，冯喆和侯朝宗的角色相对比较契合。冯喆演过《上海屋檐下》《风雪夜归人》等40多部话剧，在《忆江南》《南征北战》《羊城暗哨》《铁道游击队》《桃花扇》等多部影片

---

① 柯文辉：《梅阡》，十月文艺出版社1995年版，第150页。
② 冯喆：1921年出生，40年代拍的电影有《忆江南》《恋爱之道》《一帆风顺》《结亲》《南征百战》，取得了很高的声誉。

中饰演主要角色,尤其是《南征北战》中的高营长、《羊城暗哨》中的王练为其赢得了很高的声誉。无论是扮演革命军人,还是扮演儒雅的书生,冯喆都游刃有余。在谈到冯喆的气质时,柏桦这样说:"犹如一个时代有一个时代的文学和时尚,一个时代有一个时代的美丽的脸。冯喆的脸虽然不能代表那个时代的革命精神,但十分轻松地就赋予革命一种可信性、优雅性、从容不迫、柔情与果决。他的脸自然含蓄、内敛笃定,洋溢着和平沉静的古风,而且还将这一切糅合成一种经典的当代性";"另外,冯喆作为一个男演员有一点女性气质,这正是他的天才之处,感人之处,也正因为这点使他成为一个完美的演员"。① 所以,冯喆的优雅从容、柔情果决、和平宁静和侯朝宗十分相似。作为明末四公子之一,侯朝宗也是才华横溢、风流倜傥;作为知识分子,他有理想、才学但又优柔寡断,有贵公子的优雅从容,又有些浮夸的气质。冯喆身上的女性气质我们或可以理解为一种感性气质或艺术气质,侯朝宗这样的文人本身也具有一种文弱的气质。可以说,在形象、气质上冯喆和侯朝宗比较吻合。在谈到演员形象时,谢晋说:"由于电影的近景和特写镜头多,再加上有不少影片是彩色和宽银幕,在镜头中是纤毫俱现的,所以演员必须年轻,必须美,而要具有美的魅力,必须靠自然的姿质,不能过多地来化妆。"②

这句话用在电影《桃花扇》中并非合适的,冯喆、王丹凤都化了淡妆,但形象、气质的优势掩盖了年龄的不足。可见,形象、气质与角色接近的演员是《桃花扇》电影传播中质量提升的保证,冯喆、王丹凤等的明星效应是《桃花扇》电影传播的元素

---

① 柏桦:《今天的激情》,《柏桦十年文选》,上海人民出版社2006年版,第243页。
② 谢晋:《谢晋谈艺录》,上海文艺出版社1989年版,第37—38页。

之一。

(三) 从生活美化到生活真实

在谈到电影表演的规定性时，人们往往认为电影表演是生活化表演，戏曲表演是夸张化的表演。李显杰在《电影媒介与艺术论》中说："……电影的表演是一种生活化的表演，这种生活化表演建立在生活体验的基础上，是一种'生活'呈现而不是表演生活。"[①] 同舞台戏曲表演相比，电影表演更为生活化，但生活化不是电影表演的唯一风格，在电影传播戏曲的过程中，同样存在戏剧化的表演。粤剧电影《李香君》取材于同名粤剧，在一个相对写实的环境中，红线女的表演依然保持着程式化、虚拟化的特征。

我们不能简单地以生活化和夸张化区分电影表演和戏曲表演。以生活化为标准，戏曲表演和电影表演体现了不同的生活化。戏曲表演与生活的距离相对较远，它是生活的美化，电影表演与生活的距离相对较近，可以视为生活的逼真化。在谈到戏曲表演与电影表演的时候，电影《桃花扇》中吴次尾的扮演者，著名的昆剧艺术家丛兆桓先生说："相对来说，戏曲的表演夸张、美化、升华了生活。我去演电影的时候就不自觉的夸张表演，我不习惯于近景特写镜头。舞台戏曲演员和观众的距离是十米以外到几十米，电影镜头给观众的距离是一米或八十公分。戏曲表演是在生活基础上的夸张，如果放在电影中就太过了。"[②] 可以说，媒介与观众的不同距离造就了艺术与生活的不同距离、不同的生活化。虽然舞台戏曲与生活的距离相对较远，但戏曲表演同样来自生活，无法脱离生活，戏曲的程式都是在生活的基础上演化而来的。

---

① 李显杰：《电影媒介与艺术论》，华中师范大学出版社1997年版，第148—149页。
② 2011年9月29日笔者对丛兆桓先生的采访。

《桃花扇》故事在借助电影传播的过程中，其表演在逐步趋近生活。粤剧电影《李香君》离开了舞台进入电影中，其表演在一个相对写实的环境中，必然考虑实景，体现出一定的生活化。梅阡、孙敬的电影《桃花扇》作为电影故事片，没有了戏曲的程式和脸谱化的人物造型，表演上可以说逼近生活真实。电影《桃花扇》的生活真实并非完全和生活同一，而是在生活真实的基础上，借鉴戏曲表演的特点，进行了表演的适度美化。语言上，冯喆扮演的侯朝宗总是慢条斯理，说话带有韵律感，类似于半朗诵。动作上，冯喆吸收了戏曲表演的形体动作特征，手中常拿一把扇子，行动不紧不慢。冯喆的表演在电影生活化、真实化的基础上，结合了舞台媒介的表演技巧，既是电影又有一定程度的舞台美化特点。从传播效果来看，粤剧《李香君》的电影传播是粤剧信息相对完整的保存；电影《桃花扇》的戏曲化表演，提升了其艺术质量。

（四）《桃花扇》表演的细腻化

基于舞台戏曲表演和电影表演的不同的生活化，二者在表演的细腻程度上也有所不同。舞台与观众的远距离性决定了戏曲表演细节不足的特点，摄影机高清晰化决定了电影表演的准确、细腻。一个眼神、一个表情、一个动作都要细致入微、准确自然。一些导演在谈到银幕与舞台表演的区别时说："在舞台上，演员的表演动作一定要到位；面部表演稍有欠缺影响不大。但是在电影中，即使是动作做到了，而一个眼神或一声叹息不准确，观众都能清晰地看到。"[①] 这句话从舞台和电影媒介的区别的角度谈到了电影表演对于细节的要求。

[①] 朱赵伟：《从舞台到银幕的转换——〈程婴救孤〉拍摄经验谈》，《中国电影报》2009年9月22日。

《桃花扇》故事在戏曲电影和电影故事片表演中，对于表演细节的刻画有所不同。粤剧电影《李香君》和电影《桃花扇》的最后部分都是来自欧阳予倩话剧本《桃花扇》，内容讲侯朝宗来寻访李香君，二人重逢，李香君发现侯朝宗已经降清，与之决裂。粤剧电影《李香君》中，红线女和罗家宝的表演遵循戏曲表演的原则，景别上以全景和中景为主，并没有充分利用电影在景别变换上细腻刻画人物内心的特点。从二人相遇时的欣喜，到李香君发现侯朝宗时的惊愕，乃至愤然的决裂，都是在粤剧的唱腔和身段中传递出来的。粤剧电影《李香君》的表演继承了粤剧表演的夸张、写意的风格。电影《桃花扇》虽然取材于同名话剧，但充分发挥了电影表演细腻的风格，同时借鉴了戏曲表演的优点。

我们以王丹凤、冯喆的表演为例，具体分析一下电影《桃花扇》中电影表演的特点。

电影最后一场中，王丹凤的表演和电影镜头、景别变化相结合，真切地表达了其内心的变化。电影和舞台戏曲相比，有着多景别的变化。电影表演配合以多景别的镜头变化，可以在细腻的表演中传达内心体验。董建楠在回忆我的老师王丹凤中讲道：

> 记得在"相遇"这场戏里，镜头从全景摇到中景，病榻上的香君面容憔悴，衣着简陋、单薄，忽然听到画外音："侯公子回来了！"她神情为之一振，匆忙在姐妹们的搀扶下起身，摇晃着病体去看望日夜思念的心上人，但是眼前站着的侯朝宗身穿清朝官服，官帽下的后脑勺拖着一条长辫子。镜头移到近景，香君那睁着惊讶双眼的面容变成了又气又愤怒的脸。镜头推至特写，香君眼眶里噙满了泪水，镜头拉至中

景，香君说了声："你……"随之晕倒在众姐妹怀中。这一组镜头一气呵成，孙导已喊"停"了，可现场还是一片寂静。人们是沉浸在剧情里，还是被丹凤老师的精湛表演而折服？我想这两者皆有。①

我们具体分析一下电影《桃花扇》的表情符号。爱因汉姆说："电影演员必须善于做出'纯粹的'表情。"② 当听到侯公子来时，李香君又惊又喜，激动地流下了眼泪。两人见面时，既高兴又难忍心里的离苦。当看到侯朝宗身穿清官服，露出长辫子的时候，镜头推到近景，李香君的眼睛睁得很大，露出惊愕的神情，似乎不相信这是真的。然后，李香君撕扇，一脸的愤怒。镜头推至中景，李香君义正词严数落侯朝宗，眼睛直视侯朝宗。侯朝宗走后，李香君的眼睛里噙满了泪水。在这一段，李香君的惊喜、喜极而泣、震惊、愤怒、悔恨等一系列转折度大的表情在镜头的配合下通过面部表情的细腻变化呈现了出来（见图2-6）。"一个电影演员不能光靠台词和形体动作去传达角色的感情，要学会用眼睛说话，善于挖掘出潜藏于人物心灵深处最美好的东西，要有自己的内心独白。"③ 王丹凤眼睛的变化表达出了其内心的变化。

表情是表演传播的符号。戏曲表演中的表情夸张，电影表演则更加细腻。电影中冯喆表情丰富、细致入微，传达出内心多变的信息。侯朝宗是一个投降变节的文人，但冯喆并没有将其演成

---

① 董健楠：《我的老师王丹凤》，雷涛《走出西影的女人们》，陕西人民出版社2000年版，第213页。
② ［德］鲁道夫·爱因汉姆：《电影作为艺术》，邵牧君译，中国电影出版社2003年版，第106页。
③ 谢晋：《谢晋谈艺录》，上海文艺出版社1989年版，第98—99页。

图2-6 电影《桃花扇》截图 李香君"绝侯"一场的表情变化

一个概念化的人物,而是从细微处着手,表现其真情、真性。冯喆从一个眼神、一个细微的动作中表现了其细腻的情感变化。侯朝宗刚见到李香君,内心十分惊喜,电影中一个推镜头,冯喆的眼睛上扬、发射出惊喜的光芒,表情充满欢欣。这个时候,两人的爱是真诚的。两人共看桃花扇,感叹兴亡之感。当他以为自己的深情感动了李香君的时候,他露出了辫子。当侯朝宗看到李香君知道自己降清的感受时,摄影机则是一个近景镜头,揭示了其表面上的镇定与内心的慌乱。他说:"香君,我是来接你的。"这个时候的表情揭示了其内心的惶恐。眼睛没有上扬,嘴角的变化露出一丝伪装。当李香君撕碎桃花扇,痛斥侯朝宗时,他的表情是极度委屈,想去辩解却欲言又止。他既爱着李香君,也为自己的行为羞愧。随后,暗淡的延伸,低落的表情传达出他的落寞。惊喜、慌乱、委屈、失落的表情符号传递着侯朝宗内心的变化(见图2-7)。反观粤剧电影《李香君》"绝侯"一场的表演。镜头以全景和中景为主,将重逢的二人展示在相对广阔的空间中,表演主要是以唱词和简单的动作为主,没有细腻的表情刻画和内心展示。因此,粤剧《李香君》以戏曲保存为目的,最大可能地展示了红线女、罗家宝的粤剧表演美,但在电影化的程度上还有很大的提升空间。

图2-7 电影《桃花扇》截图 侯朝宗在"绝侯"一场的表情变化

可见,电影《桃花扇》省略了戏曲的唱腔和夸张的舞台动作，以细腻的表情刻画呈现丰富的内心体验。冯喆、王丹凤将自身的表演才能和电影镜相结合，创造出表演细腻、情感丰富的电影形象。

第三节　电影传播效果

一　电影媒介与艺术形态

电影媒介是一种艺术载体。从剧本故事到电影，或者从戏剧到电影，载体在转换。载体的变化也是媒介形态的变化，媒介形态改变了艺术的存在方式。剧本在借助电影媒介的传播过程中，一般是舞台剧的记录，或者拍成戏曲艺术片和电影故事片的形式。

电影媒介经历了从舞台剧和电影之间的过渡，到完全的电影艺术形态的过程。

舞台戏曲记录形态的电影是中国电影发展的最初传播形式，谭鑫培的《定军山》是典型代表。《桃花扇》故事并没有出现舞台记录形态的电影。戏曲进入电影，首先是以舞台记录的方式存在的。舞台戏曲本身并没有改变，电影只是舞台记录的工具，戏曲借助电影的传播是本位传播，舞台戏曲信息基本上得以完整保存。电影进入中国，最初发挥其记录功能。"电影最先导源于机械地记录实际事件的愿望。直到电影成为一种艺术之后，人们的兴趣才从单纯的题材转移到形式的各个方面。"[①] 在 20 世纪的 20—30 年代，电影成为舞台记录的手段，戏曲是电影主要的传播内容。

《桃花扇》借助电影媒介进行传播，主要形成了以下形态。

（一）《桃花扇》的戏曲艺术片。戏曲进入电影，还有一种方

---

① ［德］鲁道夫·爱因汉姆：《电影作为艺术》，邵牧君译，中国电影出版社 2003 年版，第 44 页。

式即离开了舞台，进入电影中，借用了电影媒介的传播、表现手段。20世纪60年代，香港出品的黄梅戏电影《梁山伯与祝英台》的化蝶的一幕再现了舞台难以呈现蝴蝶满天飞的景象。戏曲借助电影传播，离开了舞台空间载体，其他的元素都没有发生变化，同时吸收了电影表现手段，开拓了戏曲的表现空间。粤剧电影《李香君》是典型的戏曲艺术片形态。粤剧《李香君》是由著名粤剧编剧莫汝诚根据欧阳予倩的话剧《桃花扇》改编而成。1962年由红线女和罗品超首演。原作40余出戏被压缩成7场，保留了"却奁""守楼""骂筵""题扇"等重要的情节。1962年，著名导演阿甲排演了粤剧《李香君》。1989年，珠江电影制片厂和香港华雅公司拍摄了粤剧彩色艺术片《李香君》。崔嵬在《拍摄戏曲片的体会》中说："戏曲片是戏曲与电影这两种不同艺术形式的结合，这种结合不是谁代替谁的问题，而是互相依存、互相适应的关系。但这二者的结合，总应有主次之分。这个位置如何摆法呢？是电影服从戏曲呢，还是戏曲服从电影？我认为主要的应该是电影服从戏曲。"[①] 可以这样说，戏曲片是戏曲借助电影传播自身的一种艺术形式，电影是戏曲传播手段，处于辅助的地位。粤剧电影《李香君》就是以戏曲为内容、以电影为载体的戏曲电影形式。作为一种传播形式，粤剧电影《李香君》不仅是对《桃花扇》故事的传播，也是对粤剧的传播。粤剧电影《李香君》仍是戏曲电影化的浅层次，并没有充分发挥电影的特点。

（二）《桃花扇》的电影故事片。《桃花扇》故事在电影媒介中的传播，也是戏曲和电影的过程，戏曲与电影之间存在相互融合、相互渗透的关系。与戏曲艺术片不同，梅阡、孙敬的《桃花

[①] 崔嵬：《拍摄戏曲电影的体会》，《崔嵬的艺术世界》，中国电影出版社1982年版，第86页。

扇》是电影故事片。在戏曲与电影结合的方式上，戏曲作为元素融入电影中，提升了电影的质量，因此孙敬的《桃花扇》是电影故事而不是戏曲片。孙敬的《桃花扇》取材于欧阳予倩的话剧《桃花扇》，基本上承袭了话剧《桃花扇》的结构模式。与话剧《桃花扇》不同，电影《桃花扇》融入了改造后的昆曲音乐和戏曲表演的精神。

与孔尚任的《桃花扇》相比，电影《桃花扇》保留了"访翠""却奁""守楼""寄扇""题画"等章节，创造性地改造了原著的唱词和昆曲音乐。可以说，名著、昆曲、电影三者的完美融合保证了电影《桃花扇》的艺术质量。导演苏舟执导的长篇电视电影《桃花扇》由绍兴电视台、浙江长城影视有限公司拍摄。这是《桃花扇》故事传播的又一艺术形式。考虑到电视电影是以电视为媒介传播，我们将其划归下一章。

（三）《桃花扇》的动画电影。电影媒介不仅与舞台媒介之间存在间性联系，在电影技术之间也存在关联。随着电影技术和方式的变化，《桃花扇》故事传播的形式也在不断变化。常州卡龙影视动画产业有限公司创作了动画短片《桃花扇》。此片荣获2006中国国际动漫作品比赛电视片类特别荣誉奖和中国动画学会奖的优秀奖。以动画电影的形式传播戏曲故事，中国电影早已有之。直至21世纪，中国艺术研究院、中国戏曲学院等部分开始研发戏曲动画，启动了中国戏曲经典原创动画工程。目前看来，动画传播《桃花扇》等经典故事，是戏曲传播的一条途径。从《桃花扇》的动画来看，其内容相对单薄，戏曲特征的展现还不够丰富。如何将舞台戏曲的精髓和动画本身的特质结合起来，创造出受观众欢迎的新形式，还有待深入思考。

因此，《桃花扇》故事在电影中的传播，出现了戏曲艺术片和电影故事片等形式。这些艺术形式代表着戏曲和电影结合的不同方式，或者说戏曲电影化的不同程度。《桃花扇》故事在艺术形式转换中都不同程度地保留着传统元素，传播着传统文化的信息，这是《桃花扇》故事成功传播的原因之一。

二 机械复制与大众传播

《桃花扇》故事在电影媒介中的传播，不仅形成了新的艺术形态，而且扩展了其传播范围。电影不仅是载体，也是媒体，是一种大众传播媒介。《桃花扇》借助电影媒介传播，从而获得了纸质印刷和舞台戏曲《桃花扇》难以比拟的传播范围，赢得了更多的观众。

（一）机械复制与传播范围

《桃花扇》剧本可以印刷复制，《桃花扇》的舞台剧表演的不可复制性造成了传播的局限。电影是机械复制的产物，《桃花扇》故事借助电影媒介，获得固态的可复制的制品形态，扩大了《桃花扇》故事的传播范围。

早期的复制是手工复制，而后印刷术的发明成就了机械复制。照相术、摄影术的发明，使人们真正进入了机械复制的时代，开启了新的传播时代。电影是机械复制的产物。在机械复制时代，艺术原作可以复制并批量生产。电影艺术本身具有可复制性，复制品和原作具有同样的意义。可以说，电影的可复制性消解了艺术的独一无二性，开启了艺术传播的特性。电影媒介建立在技术的基础上，呈现为记录性和复制性。随着机械复制的进步，电影可以被大量复制和被广泛传播，并且保存。

《桃花扇》故事的电影传播为其提供了艺术信息的可能。剧本具有信息保存功能，但局限于文字信息。舞台戏曲转瞬即逝，自身难以保存；电影复制功能提供了信息保存的功能。文字保存相对稳定却缺乏视听信息，唱片贮存的物质性导致其信息的耗损，且缺乏视觉信息，电影的信息保存相对完整，因此戏曲常选择电影为保存信息的手段。京昆合演《桃花扇》拍成了电影，京剧《桃花扇》也出现了音配像的形式。粤剧《李香君》是粤剧中的经典剧目，被拍成了彩色粤剧片。电影的完整信息保存的功能促进了艺术的传承保护。孙敬的《桃花扇》"文化大革命"中受到批判，长期不能公映。"文化大革命"解禁后，电影再度公映。我们依然能通过胶片电影或者DVD看到这部电影。现实中的冯喆在"文化大革命"中被迫害致死，然而冯喆的银幕形象却被保留了下来。今天我们依然能看到冯喆的音容笑貌，这不得不说是电影复制的功劳。孙敬的《桃花扇》在当时没有公映就被打成了"毒草"，其发行受到限制，解冻之后的放映依然能看到原样。粤剧电影《李香君》在近20年来几乎就没有公映过，2008年在红线女艺术中心举行了彩色粤剧艺术片《李香君》的观摩会。电影媒介能够克服时间局限，做到艺术信息的完整保存。

《桃花扇》故事的制品形态是以胶卷、录像带、光碟等存在的实物形态。和物质性的书本一样，胶片形态的电影《桃花扇》携带和移动方便，而且可以复制，这为《桃花扇》的广泛传播提供了可能。电影可以通过拷贝的成批量生产和复制迅速传送到世界各地。本雅明也说："技术复制能把原作的摹本带到原作本身无法抵达的境地。"[1]

胶片的局限在于磨损可能影响视觉效果。胶转磁技术，打破了电影媒介对胶片的依赖，复制更为方便快捷，将胶片电影转换

---

[1] ［德］本雅明：《摄影小史+机械复制时代的艺术作品》，王才勇译，江苏人民出版社2006年版，第50页。

为 DVD 大大拓展了电影本身的传播范围。孙敬的《桃花扇》目前在电影院也较少播放，我们很难看到胶片电影，却能看到 DVD 形态的电影。笔者买到一部 DVD，由俏佳人公司出品。它是中影音像出版社出版发行的《中国电影百年经典（1905—2005）》系列的一部。从胶片到 DVD，不仅是技术的进步，也是观赏环境从影院到家庭的转变。录像带、DVD 等新兴技术在一定程度上延伸了电影，改变了电影对技术的依赖。

不仅是复制技术，电影《桃花扇》昂贵的制作经费迫使其大量传播。据《桃花扇》的专题片中介绍，1962 年梅阡、孙敬电影《桃花扇》的制作花费了大约 4 万元人民币，在当时是相当昂贵的。由于社会环境等原因，电影《桃花扇》在"文化大革命"期间被批为大"毒草"，"文化大革命"后解禁。

粤剧电影《李香君》传播范围较小。粤剧电影《李香君》在香港放映时，票房收益很好。粤剧电影《李香君》之所以受到香港观众的喜爱，其原因在于："香港人在文化意识层次上从来没有感觉自己不是中国人，这种现象除了地缘和人缘的关系之外，粤剧电影的流行，也是另一居功至伟的本地文化产物和媒介之一。"[①] 粤剧电影逐渐式微，粤剧电影《李香君》成为 20 世纪最后一部粤剧电影，在拍摄后的 20 多年里，粤剧电影《李香君》只进行过数场的内部演出，很少公开放映。粤剧电影《李香君》无法做到广泛传播的原因还在于粤剧本身的衰落。粤剧在 20 世纪 50 年代曾经辉煌。"1956 年全省完成职业剧团登记后，广州市区（不含市属郊县）当年演出粤剧约 7200 场，观众达 600 万人次。实行改革开放后，粤剧演出场次和观众人次逐年急剧下降，到

---

① 陆润棠：《越剧戏曲电影及粤剧戏曲艺术：题材和媒介的香港意义》，《中华戏曲》2002 年第 2 期。

1995年，市区只演出了202场，观众13.8万次。数字表明，广州市在40年里，粤剧的演出场次和观众人次减少了接近99.8%。"①随着粤剧的衰落，作为传播形式的粤剧电影也逐渐衰落。此外，语言因素也是限制粤剧电影传播范围的原因。粤剧电影是粤语，在非粤语区粤剧电影的接受相对困难。黄梅戏的方言和普通话相对比较接近，比之粤剧，可以为更多的观众所接受。据统计，自1956年拍摄《天仙配》电影后，"截至1959年底，短短的4年时间，便放映154108场次，观众高达143049434人次，创下了国产影片在海内外的最高卖座纪录"②。黄梅戏电影之所以拥有更多的受众，语言上的通俗易懂是重要的原因之一，粤剧的交流障碍造成粤剧电影传播的限制。当然，倘若抹杀了戏曲电影的地方语言特色，也就抹杀了地方剧种的特色，戏曲电影对戏曲的传播也会大打折扣。因此，既能最大限度地保存地方戏曲特色，又能充分利用现代媒介表现手段的电影形式才能收到更好的传播效果。

（二）机械复制与大众传播

《桃花扇》故事电影传播的效果，不仅是扩大传播范围，而且是受众面的扩大。

电影媒介作为机械复制的产物，改变了艺术与大众的关系。印刷复制造就了书籍的共享，形成了知识的普及，出现了文化精英；机械复制则造就了电影视听影像的共享，弥合了文化差异，造就了视听大众。文字印刷媒介的欣赏，需要一定的阅读能力，电影老幼皆宜、雅俗共赏，比之文字印刷媒介，电影是更为大众化的媒介。

---

① 黎田：《关于粤剧衰落问题的思考》，见粤剧论坛第三届羊城国际粤剧学术研讨会文集《罗铭恩·澳门》，澳门出版社2001年版，第150—151页。
② 胡亏生：《黄梅戏风貌》，安徽人民出版社2008年版，第203页。

第二章 《桃花扇》的电影传播

《桃花扇》电影传播的受众群是剧本的读者和舞台戏曲观众的整合和拓展。电影《桃花扇》依然引发知识分子的关注。知识分子一直是《桃花扇》故事特殊的受众群，清代的文人士大夫特别青睐《桃花扇》，"五四"以来的新文化人也是《桃花扇》的传播主体。可见，新媒介受众在一定意义上是在旧媒介受众吸纳基础上的扩展。知识分子对于《桃花扇》的关注可以从众多的观影诗中体现出来。

《桃花扇》的观影诗体现知识分子对于电影《桃花扇》的接受特点。首先，知识分子对《桃花扇》的接受主要表现在思想内容层面。观影诗中的内容多是对李香君的赞扬，对侯朝宗的评判。施中旦在《观电影〈桃花扇〉赋李香君》中赞扬李香君"虽是青楼女，壮哉巾帼英"，"难成人杰愿、且作鬼雄名"。[①] 段超的《观电影〈桃花扇〉有感》："古往今来多烈女，香君浴血最深情。兽衣田仰无廉耻，白面朝宗太瘦生。"[②] 当代的知识分子从道德的角度赞扬李香君而贬低侯朝宗。一些观影诗中体现了知识分子的兴亡的感叹。徐凯的《沁园春·电影〈桃花扇〉观后》："一树新梅，竟惨换了，南朝梧桐。念西楚楼头，公子初遇；莫愁湖上，仕女多情。妓馆哀弦，酒旗遗泪，瘦损桃花隔年红。更何堪，曾烟尘烟雨，总自凋零？兴亡事业谁评？恨高歌凄婉唱后庭。叹莲花身世，悲酬故国；胭脂魂香，徊吊金陵！半壁江山，千古奇耻。翻作夜夜怒潮声。哭流水，只琵琶三弄，已黯愁凝。"[③]

一些知识分子从历史的角度指出了电影和史实的不符。如李独清先生的《观电影桃花扇三首》其二指出了《李姬传》中为阮

---

① 施中旦：《无为园诗草》，光明日报出版社 2006 年版，第 114 页。
② 匡一点：《中华当代律诗精选》，中国文联出版社 1999 年版，第 695 页。
③ 本溪市诗词学会编印：《本溪诗词：庆祝建国五十周年和澳门回归诗词专集》，1999 年第 12 期。

大铖送侯李二人妆奁不是杨龙友而是王将军。从对电影《桃花扇》的传播来看，观影诗以诗歌的感性形式传达出对电影《桃花扇》的理解和批评，或者说这是电影《桃花扇》的延伸传播形式。从对《桃花扇》故事的传播来看，观影诗和观剧诗如出一辙，基本上没有跳出欧阳予倩《桃花扇》的思想，主要是从道德的角度来评判人物，缺乏对《桃花扇》故事的人物、内蕴的深刻思考。此外，当代知识分子的观影诗主要以思想内容为主，缺乏从电影媒介形式本身对《桃花扇》故事的思考，反映出当代知识分子媒介素养的不足。

《桃花扇》的电影受众不仅是知识分子，还有普通观众。电影《桃花扇》在"文化大革命"中遭受政治的阻碍。1966年前后，随着文艺界政治气氛的紧张，许多作品被定为大"毒草"。《桃花扇》被批判为反革命复辟的宣言书，于是人人开始批判《桃花扇》。一时间，报纸上、内部发行的批判刊物上都出现了批判《桃花扇》的文章。此外，苏逢湘的《撕碎电影〈桃花扇〉这把"变天扇"》（《文汇报》1966年第7期）、孔宪明的《电影〈桃花扇〉为反革命复辟摇旗呐喊（附编者按）》（《文汇报》1966年第16期）、北京大学中文系二年级影评小组编的《电影〈桃花扇〉露骨地煽动反革命复辟》（《中国青年报》1966年第16期）、董亦钟的《电影〈桃花扇〉是反革命的大黑扇——从一把"桃花扇"几次在银幕上出现来剖析影片的反动本质》（《新民晚报》1996年第6期）等。王建中、胡福祥的《〈桃花扇〉煽的是反党反社会主义的黑风》[①] 在这种强烈的政治话语的介入中，电影《桃花扇》被反复提及。

[①] 《批判毒草电影集》编辑组：《批判毒草电影集》第2集，上海人民出版社1971年版，第167页。

第二章 《桃花扇》的电影传播

从传播的角度看,"文化大革命"时期对电影《桃花扇》批判,是对其传播渠道的堵塞;但是,大量的批判文章和批判活动,却又宣传了电影《桃花扇》,激起观众的好奇心。在中国艺术史上,禁毁对于艺术传播具有双重作用,一方面阻隔了其传播渠道,另一方面调动了受众的强烈的阅读期待。《水浒传》《西厢记》《金瓶梅》《拍案惊奇》等都曾视为禁书,却在民间广为流传,翻刻者众多。电影《桃花扇》在"文化大革命"时遭遇大批判,反而为其铺上了一层神秘色彩,许多人通过内部放映或借批判的名义欣赏电影《桃花扇》。电影中杨龙友的扮演者郑大年说:"上面要组织批判,可《桃花扇》压根没放映,怎么批判?于是开始'内部放映',一时间,人们为看这个电影'简直挤破了头'。为了能看到这部电影,各单位也纷纷主动要求'批判《桃花扇》'。'当时电影都干巴巴的,这部电影好看哪,有歌有舞,还有爱情故事,谁不愿意去看?'时隔多年,75岁的郑大年笑着说。"[①] 从郑大年的描述中我们可以了解到两点:一是内部放映方式是"文化大革命"时期电影《桃花扇》的主要传播方式。"文化大革命"期间,许多的"毒草"电影通过公开反映的方式进行批判。许多的"毒草"电影以批判的名义组织放映,其受众相对广泛,不仅有机关单位、高校学生,还有工厂工人等。可以说,内部放映的传播方式在公映之外打开了特殊时期电影传播的渠道,任何的阻力无法阻止优秀艺术的传播。二是普通民众对于电影《桃花扇》的关注点是爱情,爱情是其能够赢得普通民众的原因之一。"十七年"电影普遍存在为政治服务的倾向,缺乏爱情的描写。《红色娘子军》中在后半部曾拍摄了吴琼花和洪常青的

---

① 《陕西记忆之一1980年"摘帽"后的第一个春天》,http://news.hsw.cn/2008-05/10/content_6954323.htm。

爱情，但是在审查时被删掉了。电影《桃花扇》不仅有爱情的描写，还有丰富的内心刻画，因而能够受到普通观众的欢迎。

不仅如此，少年儿童也成为电影《桃花扇》的受众。电影《桃花扇》（见图2-8）向少年儿童群体的延伸是借助电影连环画这种艺术形式来实现的。电影连环画是电影传播的一种特殊方式。电影连环画是连环画的一种，是以电影内容为传播对象，印在纸上的连环画，也被称为纸上电影。可以说，电影连环画是电影媒介和纸质媒介结合而成的，电影和连环画互为传播的一种艺术形式。电影连环画产生于20世纪20年代，随着电影的产生而产生，20世纪50—60年代是电影连环画的鼎盛时期，80年代其出版发行量逐渐增大。沙鸥的《桃花扇》电影连环画由中国电影出版社1979年出版，人民美术出版社印刷，新华书店北京发行所发行，印数是47万—165万册，定价0.30元。我们以此本的连环画为例，分析一下电影连环画的传播特点：一是从电影到电影连环画，电影的视觉造型性得以凸显。电影《桃花扇》是动态构图，连环画则抓住了电影的一个瞬间静态地呈现出来，或者说，电影《桃花扇》的唯美的瞬间定格在电影连环画中。电影连环画中的一页页的《桃花扇》图片，都具有视觉造型的美。电影连环画的第57页（见图2-9），柳敬亭等人共同观看侯朝宗的扇上题诗，整幅画面以柳敬亭为中心，周围的人情态各异，位置、色调等都显示出画面造型的美。电影中这一片段占据时间很少，可能会在瞬间闪过，连环画中的读者可以欣赏画面构图和人物情态的美。所以，《桃花扇》从电影到电影连环画，凸显了视觉造型的美。二是电影连环画是静态的图文传播。电影连环画主要是由连贯的剧照和文字脚本组成。和普通连环画的区别在于其连环画是文学和美术的结合形式，而电影连环画则是文学与摄影的结合。

图 2-8　《桃花扇》电影连环画封面

57 郑妥娘把已写上诗的扇子递给柳敬亭。柳敬亭朗诵扇上的诗句道："夹道朱楼一径斜，王孙初御富平车，清溪尽是辛夷树，不及东风桃李花。"

图 2-9　《桃花扇》电影连环画

每一幅图片下面都有简单文字说明,用以补充画面信息的不足,图与文之间形成互文关系。《桃花扇》电影连环画的第 6 页中(见图 2-10),三个人回头望,在望什么,为什么回头呢?文字脚本以简洁的文字来说明:柳敬亭谦虚地说:"过奖!过奖!"这时有人向陈定生打招呼,侯朝宗和陈定生不约而同地回过头来。文字对图画的信息进行了说明,图画弥补了文字信息没有的姿态、深情和摄影构图的美,缺少任何一项都不是连环画。电影画面的运动性让观众很少有时间思索,电影连环画《桃花扇》的出现使少年儿童在接受方式上由看电影转换为读电影。观看是视觉接受,读图不仅是视觉,还有阅读和思考。少年儿童从电影《桃花扇》中看到的是故事,从电影连环画中不仅看到图画的美,还可以阅读画面和文字,提升思考能力。三是电影连环画的连续性传播。电影是运动的声像,是连续性传播。电影连环画的连续性是静态画面的连续性,连环画的单幅画面具有独立性,多幅画面构成一个连续的有机整体。电影连环画则体现了受众的主动性,可以反复阅读。四是电影连环画携带方便,被称为"口袋里的电影"。看《桃花扇》电影要去影院,一本《桃花扇》的电影连环画可以随时随地翻看阅读,满足了少年儿童的个人阅读的需求。虽然如此,电影连环画对电影《桃花扇》的传播是有限的,省略了电影的视听信息和运动感。对于《桃花扇》故事而言,电影连环画是其向少年儿童群体传播的手段,不可避免地存在简单化的倾向。

三 影院传播与接受效果

《桃花扇》故事从书本、剧场到影院,传统的观剧方式发生了变化。传统观剧方式的改变,必然影响艺术的接受效果,引发

6 柳敬亭谦逊地拱手答道:"过奖、过奖!"这时听见有人在远处向陈定生打招呼,侯朝宗和陈定生不约而同地回过头来。

图 2-10 《桃花扇》电影连环画

不同的审美效应。影院是电影接受的场所,也是其传媒介质。这里影院既包含普通的影剧院,也包括露天的放映场所。影院作为设施媒介,制约着电影传播的效果。

(一)电影银幕与在场感的弱化

在舞台戏曲《桃花扇》中,观众的接受是一种在场感、互动感、集体共感效应。那么,在电影《桃花扇》中,是否还有这种在场感呢?

电影《桃花扇》的观赏是在影院(或露天影院)。影院和剧场都是固定的空间,都是在场的观看。影院观影和剧场看戏的明显区别在于:影院观影是借助银幕中介的交流,剧场看戏则是面对面的互动交流。剧本交流中的文字媒介、电影交流中的银幕媒介、电视交流中的荧屏媒介、网络交流中的电脑屏幕等都是艺术交流的中介。从剧场到影院,虽然都是在场的观看,但是剧场效应在逐渐减少。舞台剧是面对面的互动交流,电影银幕则隔离了观众和演员,观与演呈现出异步性。导演和演员似乎在场,但实际并不在场,在场的只是影像。电影中演员和观众的交流只能借助电影媒介或其他媒介。粤剧《李香君》中李香君的扮演者是红线女,剧场观看戏曲是面对的红线女本人,而在影院中观看粤剧电影《李香君》则是面对着红线女的影像,一个已经固定下来的形象。在舞台剧的演出中,演员可以根据观众的现场反应调整自己,在电影中则是不可以的。反过来,舞台的观众可以通过自身的反应来影响舞台表演行为,可是无法影响电影中的表演行为。所以,周宪教授指出,"作为中介的媒介技术的进步和发展,导致了一种不在场的交流形式的出现。与面对面的交流不同,电子媒介为代表的大众传播是不在场的交流。这就形成了交流者之间的断裂,导致了一种间接的有距离的'准主体间性'的出现。一方面,是传播者对受众的各种状况和状态的不确定性;另一方面,是受众对传播过程干预和影响能力的事实上的限制和削弱"。[1] 这都是由于媒介技术的发展而产生的。电影作为视觉传播媒介,在延伸人的视觉的同时,也在削弱人的心灵交流。因为媒介的隔膜,受众的选择能力进一步削弱,呈现出接受的被动性。

舞台剧是面对面的双向互动,电影的传播是点对面的单向传播。从艺术交流的角度看,舞台剧比电影乃至以后的音像制品都有着艺术魅力。电影的出现进一步推动了剧场的魅力。安德烈·塔可夫斯基说:"影院中演员和观众之间没有直接互动的魔力,在剧场中却很强,所以电影永远无法取代舞台剧。"[2] 电影媒介的

---

[1] 周宪:《中国当代审美文化研究》,北京大学出版社1997年版,第283页。
[2] [苏]安德烈·塔可夫斯基:《雕刻时光》,陈丽贵、李泳泉译,人民文学出版社2003年版,第158页。

第二章 《桃花扇》的电影传播

单向电影媒介的单向传播体现出对观众注意力的操纵和控制。单向传播突出了导演的作用、摄影机的引导作用，削弱了受众的主观能动性。电影接受中，受众随着镜头的移动、切换进入电影空间。电影采用影像造型等手段，吸引和掌握观众的注意力。《桃花扇》的舞台观演中，观众和演员相互呼应，《桃花扇》的电影接受中，屏幕阻隔了相互的交流，呈现出交流的被动性。因此，《桃花扇》故事的电影传播弱化了审美场效应。

（二）《桃花扇》的视觉梦幻感

《桃花扇》故事从书本、剧院到影院，带给观众不同的审美体验。虽然影院削弱了剧场观看的场效应，但是影院却提供给观众特有的梦幻感，这是电影独特的魅力。正如舞台戏曲的剧场一样，特定的环境给受众设置了特定的信息传播情境，形成了电影接受的梦幻感。《桃花扇》剧本面对的书本，是凝固在文字中的世界；《桃花扇》舞台戏曲面对的是演员真人，观众意识到那是演员在表演。《桃花扇》电影构建了一个梦幻的世界。

粤剧电影《李香君》来源于同名戏曲，梅阡、孙敬的电影《桃花扇》则源于同名话剧。无论是粤剧《李香君》，还是话剧《桃花扇》，都难以获得视觉的梦幻感，只有转换成电影才有可能。如果说舞台剧是与日常生活拉开距离，那么影院观影则是与现实生活拉开距离。许多的学者分析了影院观影的梦幻感。麦克卢汉将其与认知联系起来，认知提供的是心智，电影提供的则是梦幻，梦幻是对现实的替代。"机械媒介给我们提供的，往往仅仅是一个梦的世界。这个梦境取代了现实，而不是证明了现实。"[①] 胶片作为电影的质料介质，具有感光性，能够重构日光的世界。在

---

① ［加］秦格龙：《麦克卢汉精粹》，何道宽译，南京大学出版社2000年版，第434页。

电影院里,明暗的分明、黑暗的情境、放映机的光束、银幕上的光亮,增加了电影的幻觉。文字媒介带给人想象,舞台表演是虚拟的,但人是真实的。电视处在家庭中,不仅不是梦幻的,而且更具现实性。电影院的媒介环境,提供了造梦的空间,带给受众以梦幻体验。"这种体验有着浪漫和魅力,温暖和颜色。这就与去看电影的整体'时光'的现象学有关——'入口隔栏、门庭大堂、收款台、楼梯、走廊、进入电影院、过道、座椅、音乐、暗下来的灯光、黑暗、银幕、丝绸大幕拉开后银幕开始发光。'"[①]粤剧电影《李香君》色彩斑斓,意境深远,视觉性很强,具有强烈的浪漫主义色彩。影院的体验和电影内容相结合,更容易营造一种梦境。

随着时间的流逝,老电影的接受产生了怀旧感。苏联导演塔可夫斯基的名作《雕刻时光》,法国哲学家德勒兹有一本《影像——时间》,可以说电影是时间的艺术。无论是粤剧电影《李香君》还是电影《桃花扇》,这些老电影在当前的观影中无疑是一场怀旧的梦。观看电影《桃花扇》,无疑让人回到那个年代,回到那些激动人心但又不堪回首的往事。2012年2月12日,中央电视台怀旧剧场播出孙敬的电影《桃花扇》。电影的怀旧感源自电影媒介的复制性、时间偏倚性,让人能够重新在时间的记忆中寻找曾经的感觉。《桃花扇》电影穿越半个世纪再次走进观众的视野,唤起人们对这部电影、对那个时代的回忆。虽然经历了"文化大革命"的禁演和时间的磨砺,《桃花扇》电影的艺术质量时至今日依然熠熠生辉,所以艺术质量是其长期传播效果的保证。

[①] [英]戴维·莫利:《电视、受众与文化研究》,史安斌主译,新华出版社2005年版,第181页。

(三) 电影《桃花扇》的韵味

从现有的两部《桃花扇》故事的电影中，观众感受到的可能并非新奇感，还有电影的韵味感。

本雅明指出了现代艺术尤其是电影造成的光韵的消失。光韵主要指艺术作品的独一无二性。"那么，究竟什么是光韵呢？从时空角度看对此所作的描述是：在一定距离之外但感觉上如此贴近之物的独一无二的显现。"[①] 机械复制的光韵主要是指复制艺术所带来的那种独一无二性的消失。紧接着，本雅明指出了电影的技术复制所产生的传播效应："一方面，艺术复制品消解了被复制艺术原作的独一无二性，抹去了绘画、表演艺术原作中的原真性或'灵韵'；另一方面，艺术复制品能使成品类和仿像类艺术原作复制多份，使表演艺术原作固定并储存起来，进而获得更大的传播空间。"[②] 从上面的文字中我们可以看出，本雅明认为电影消失了艺术原作的独一无二性，这是事实。从电影《桃花扇》来看，其复制品和原作的区别不是很大，电影不具备戏曲原作的那种独一无二性。

不同于西方学者眼中的"光韵"，中国美学体现出对"韵味"的追寻。什么是艺术韵味呢？唐代的司空图在《与李生论诗书》中说："辨于味而后言诗"，"近而不浮，远而不尽，然后可以言韵外之致耳"。司空图的韵味强调的是诗歌的朦胧、含蓄之美。或者说，韵味乃是诗歌给人留下的那种审美想象的空间，是一种象外之象、味外之味。中国美学的韵味和西方的光韵并不相同。

[①] [德] 本雅明：《摄影小史+机械复制时代的艺术作品》，王才勇译，江苏人民出版社2006年版，第55页。

[②] 陈鸣：《艺术传播原理》，上海交通大学出版社2009年版，第198页。

不同的韵味源于不同的媒介特性。不同媒介的特性产生了不同的审美信息。文学中的韵味源于言外之意、韵外之致。无论是言外，还是韵外，都是想象的韵味。因为文学符号的能指和所指之间的距离更远，只能调动心灵的想象方能达到，所以文学符号提供的是想象空间的延伸。舞台表演以有限为无限，以能指想象所指，以念白和身段来指示景物，给观众留下了想象的空间。电影是人与物的视觉呈现，能指和所指几乎无距离。电影媒介则充分运用影像符号的魅力来传达其韵味。

不同的媒介赋予《桃花扇》故事不同的意味。孔尚任的《桃花扇》展现出文辞之美。舞台剧的《桃花扇》，如石小梅的《题画》、柯军的《沉江》等展现的是身段、表情、唱腔等形式的意蕴。电影《桃花扇》则是电影影像的魅力。梅阡、孙敬的《桃花扇》里的光影呈现出婚礼的梦幻，表情的特写细腻呈现人物的内心。楚原的粤剧电影《李香君》则展现出瑰丽的色彩，呈现了一个美丽的爱情故事。导演善于大全景的表现，人物的表演和电影中的景物相配合创造出情景交融、虚实相生的韵味。因为和舞台剧的密切联系，两部电影都直接或间接地借鉴了舞台剧的表现手段，因而充满了戏曲味。

《桃花扇》故事从中国戏曲中吸收营养，增添了电影的韵味。电影与舞台戏剧之间总是存在剪不断的关联，电影中也有韵味。很多电影演员将戏曲动作融合到电影表演中。王丹凤、冯喆等人在排演电影《桃花扇》其间向昆曲演员学习，使电影充满了戏曲韵味。冯喆在排演《桃花扇》时，向当时的昆曲演员学习小生的走步、甩袖、捻扇等形体动作。电影《桃花扇》的扇子塑造了侯朝宗风流倜傥、优雅从容的性格。他时而和众人一起，指点江山；时而和秀才一道，背身拿扇，怒斥奸党；时而将扇子拿在中间,悠闲中访翠听曲。不同的扇子赋予侯朝宗不同的性格、气质。可以说,《桃花扇》的审美传播效应是电影和戏曲融合的结果。正是电影中融入的戏曲化表演元素,才使这部电影既具有电影本身的新奇感,又具有传统艺术的韵味和节奏。因此,既发挥电影的优势,又吸收传统艺术的神韵,是这部电影质量提高的原因,也是其传播价值实现的保证。

图2-11 电影《桃花扇》截图 侯朝宗拿扇子的姿势

电影技术的发展为《桃花扇》故事形式的再创造提供了可能。当代,电影技术发展迅猛。3D电影是随着电影技术的发展而产生的新的电影形式。据说,《牡丹亭》将要拍成3D立体电影。

《桃花扇》作为中国经典的戏曲故事，也可以在未来拍成 3D 电影，成为《桃花扇》故事传播的又一形式。

总之，《桃花扇》故事的电影传播创造了新的视觉艺术形式，体现了戏曲与电影间的矛盾和调和。《桃花扇》故事的电影传播扩大了受众面，形成了独特的接受体验。

《桃花扇》电影并不能取代同题材的戏曲，更不能代替原著，而应该在互相参照、互相传播中共生。

第三章 《桃花扇》的电视传播

《桃花扇》的电视剧主要有：黄梅戏音乐电视剧《桃花扇》、台湾歌仔戏电视剧《秦淮烟雨》和电视剧《桃花扇传奇》。黄梅戏音乐电视剧《桃花扇》由安徽电视台、玉溪卷烟厂于1991年联合录制。根据清孔尚任同名剧本改编。王冠亚为编剧，王季思为文学顾问，导演是胡连翠，主演是韩再芬和侯长荣。《桃花扇传奇》摄制于2000年，导演是鲁晓威，共29集，其中曹颖饰李香君，周杰饰侯朝宗。从改编传播的角度看，其在一定程度上背离了原著的精神。这部电视剧自创了很多的情节，比如在爱情线索中呈现了李香君与侯朝宗，董小宛与冒辟疆、金九铃等多种的三角关系，淡化了李香君与侯朝宗的爱情关系，其深沉的历史感也随之慢慢消解。台湾歌仔戏《秦淮烟雨》由台湾的公共卫视制作，由叶青歌仔戏团演出，叶青饰演侯朝宗、林美照饰演李香君。"2001年公视又邀请'叶青歌仔戏团'出演'文学歌仔戏'《秦淮烟雨》（据《桃花扇》改编）成就了戏界盛事。"[①] 胡连翠的黄梅戏音乐电视剧《桃花扇》并没有对《桃花扇》故事进行过多的改编，在故事情节上基本保留了《桃花扇》原著故事。五集的标题为《相识》《泣别》《遥思》《血溅》《碎扇》。

电视产生于1930年，英国的BBC广播公司以现场直播的方

---

① 刘徐州：《戏曲电视传播研究》，中国书籍出版社2008年版，第217页。

式播出了第一部电视剧。1958年，北京电视台也是用现场直播的方式播出了中国第一部电视剧。20世纪80年代以后，录播逐渐成为电视剧制作的主流形态。电视在英语中是 television，tele 在希腊文是从远处的意思。Visio 在拉丁文是看或景象的意思。简单来说，电视的意思是远距离地传送画面。朱汉生的《电视美学》中将电视定义为"一门兼大规模交流思想的工具"①。叶家铮在《电视传播艺术》中将电视定义为"运用日新月异的电子技术手段，通过连续运动的图像、声音和文字等元素，构成以具有实况和擅长交流为主要特色的各类节目，凭借荧屏按时间流程有序地传播给千家万户的观众"②。从上面的定义中我们可以发现电视包含影像、荧屏、家庭等要素，具有连续性的特点，其实电视的要素还包括摄像机、磁带和发射装置等。正是这些要素构成了电视与其他媒介尤其是电影媒介的区别，形成了电视媒介的特性。

第一节 电视传播动机

《桃花扇》为什么会借助电视媒介传播呢？一方面源于电视媒介的优势和20世纪80年代电视发展带来的对于戏曲等传统艺术的需求；另一方面源于电视传播主体的愿望。

一　电视媒介的诉求

（一）电视的媒介优势

一些学者论及电视的媒介优势。张国良先生指出了电视媒介

---

① 朱汉生：《电视美学》，重庆出版社1988年版，第19页。
② 石长顺：《电视传播学》，华中理工大学出版社2000年版，第19—20页。

"声像并茂""视听兼容"的特点。① 孙宜君在《文艺传播学》中谈到了电视的媒介特性：第一，高时效性和现场传真性；第二，容量大；第三，用途广泛；第四，家庭化和日常化。电视的媒介局限：一是观众选择性较低；二是电视传播的文艺信息迅速，消失也快，观众不能重复观看，记录、复制、保存较为困难。②

总结起来，电视媒介有以下优势。

第一，声像一体、视听兼容。文字是静态的抽象的，电视是动态的声像的。广播艺术是听觉艺术，以声音塑造形象，电视是是视听一体的综合艺术，以画面和声音传递信息。电视传播是视听的全方位传播。电视消解了接受障碍，从儿童到老人，不同年龄段的人都可以看电视，电视的受众非常广泛。第二，电视的家庭化、日常化特征。电视机主要存在于家庭中，看电视是人们日常生活的一部分。剧院看戏、影院观影都不是天天如此的行为，而且与日常生活有距离的娱乐行为。电视媒介具有吸引观众、面对面交流的特征，具有亲切感。第三，信息传播的高速度和高保真性。电视已经实现了信息传播的实时同步传播。电视的现场直播能够将事件的发生和传播放置于同一时间。第四，电视传播的连续性。不同于电影的时间限制，电视节目、电视剧则是分期、分集的连续播放，满足大众的日常接受习惯。电视成为受欢迎的大众传播媒介，奠定了其强势媒体的地位。

（二）电视传播的需要

20世纪80年代以来，电视在中国普及。据调查显示，1985年，中国电视人口覆盖率占总人口的68.4%，1991年上升到80.5%，1999年已经达到91.7%。据有关资料，1983年，我国每百人就

---

① 张国良：《传播学原理》，复旦大学出版社2009年版，第78页。
② 孙宜君：《文艺传播学》，济南出版社1993年版，第241页。

有3.5台电视机，1992年每百人中电视机的数量增为19.5台，已经超越了收音机，成为首位的大众传播媒介。1992年，电视在人们接触的各种传播媒介中占据首要地位。[①] 电视的普及使其占据了中国大众传媒的首要地位。1980年，中国广播电视工作会议提出了重点发展电视的方针。1982年，中国广播电视局成立。电视在中国的发展非常迅猛，逐渐成为普通的家庭日用品。随着中国电视机的普及率越来越高，人们对电视节目的需求越来越多。作为大众传播媒介，电视必然要求丰富多彩的文艺节目来满足人们的需求。以《桃花扇》为代表的中国传统艺术有着丰富的资源，深受民众的喜爱。传统艺术的吸纳成为电视提升品位，增强媒介竞争力的手段。从中国电视的发展来看，电视不仅仅是一种新闻传播工具，它更是一种生活的娱乐方式。传统艺术丰富了电视，给电视提供了更多的观众，增强了电视的吸引力。因此，电视需要戏曲、电影等传统媒介艺术来增强其传播力。电视需要戏曲来增强表现力。

电视媒介的出现为艺术提供了新的存在方式，艺术可以借助电视媒介来传播自身。电视媒介具有很强的兼容性，它可以将传统艺术作为内容吸收进来，也可以吸收传统艺术的表现手法，甚至可以和其他的文学艺术样式结合，生成新的艺术形式，如电视散文、电视小说等。

（三）传统艺术传播的诉求

现代传媒语境中，传统艺术面临着生存的危机。传统艺术需要新的传播手段来走进受众的视野，而作为20世纪80年代兴起的大众传播媒介，电视必然成为传统艺术的媒介选择。

---

① 中国广播电视年鉴编委会编：《中国广播电视年鉴（1994）》，北京广播学院出版社1994年版，第429页。

其一,传统艺术需要新媒介来扩展其传播空间。傅谨先生在《大众传媒时代的传统艺术》一文中谈到了传统艺术的传播在一定程度上得益于大众传媒。他举了余叔岩的例子。舞台戏曲上的表演并不多却可以在京剧界有很高的地位,其主要的原因来自百代公司等录制推出的他的唱片。他的远远超出舞台戏曲演出的影响主要来自于大众传媒。[①] 同唱片相似,以戏曲为代表的中国传统艺术需要借助电视来实现大众化的传播,求得自身的生存。台湾著名戏剧专家曾永义也谈到了歌仔戏与电视的结合的必然性。在时代变迁、社会转型的历史背景下,歌仔戏必然要借助电视传播媒介。电视歌仔戏确实赢得了收视率,争取了诸多观众。"益利市场调查公司的收视率统计,《莲花铁三郎》的收视率高达百分之五十,收视层面则由中等学历以下居住乡村的中年本省籍家庭主妇,扩展到从儿童到三十五岁外省籍男女观众。"[②] 从这里我们可以发现电视传播对于戏曲的影响。电视观众对戏曲观众具有整合作用,扩展了戏曲的受众群,从而扩展了传统戏曲的传播空间。1979 年上海电视台摄制的《孟丽君》和浙江电视台的《桃子风波》标志着戏曲电视剧开始进入人们的视野。1988 年,胡连翠导演了黄梅戏音乐电视剧《西厢记》,受到观众的普遍欢迎,这为后来黄梅戏音乐电视剧《桃花扇》的诞生奠定了基础。所以,随着电视媒介的发展,《桃花扇》必然需要借助新的媒介来扩展自身的传播空间,寻求新的形式变革。

其二,《桃花扇》厚重的文化积淀为电视提供了滋养。传统艺术已经非常成熟,产生了优秀的艺术品,积累了众多的艺术经典。戏曲艺术作为一门古老的艺术,经历了长期的发展历程,积

[①] 傅谨:《大众传媒时代的传统艺术》,《天津社会科学》2008 年第 1 期。
[②] 曾永义:《台湾歌仔戏的发展与变迁》,联经出版事业公司 1988 年版,第 92—93 页。

累了丰富的素材。清代的《桃花扇》无论是剧本还是演出都取得了成功,抗战时期欧阳予倩的话剧《桃花扇》轰动一时,新中国成立后的《桃花扇》成为各剧团、剧院的保留剧目轮番上演。可以说,《桃花扇》具备了优秀的文学质量,取得了很好的舞台演出成就,有着一定数量的观众群。《桃花扇》为中国四大名剧之一,具有很高的文学地位。清代曾经出现过演出的繁荣,现代京剧、话剧也有改编和演出。戏曲经典为胡连翠的艺术实验提供了很好的基础。余秋雨在谈到胡连翠导演成功经验的时候也说,选择名作进行改编是其聪明的选择之一。"除此之外,胡连翠导演还有两项聪明的选择。一是她选择黄梅戏作为她创作的基点,这不仅因为她本身是安徽人,而且还因为她深知黄梅戏在全国各地受欢迎的程度;二是她喜欢选择名作进行改编,使她的实验先期获得了一个良好的文学格局,以免分散实验的重点。这两项聪明的选择,是她持续成功的重要保证。"[①]

民众有传统艺术的需求。民间有许多的戏曲受众,年轻人又是电影的受众群体。受众的需求需要电视增加戏曲、电影等节目来丰富自身,提高收视率。传统艺术的传承、普及需要电视传播媒介。目前,借助电视传播接受经典,已经成为一种现象。电视通过生动的、生活化、趣味性、平民的讲述方式展示经典,使艺术经典进入寻常的家庭,成为普通大众共享的艺术。以《桃花扇》为代表的传统艺术与电视媒介有共同的需求。

二 电视传播主体的动机

(一) 电视机构的需求

各地的电视传媒机构构成了《桃花扇》故事传播的机构。它

[①] 毛小雨:《胡连翠导演艺术》,中国戏剧出版社1995年版,第2页。

们为什么要传播《桃花扇》故事呢？主要有以下几个原因。

首先，电视品牌建设的需要。电视机构，尤其是地方电视台一般都有自身的品牌。黄梅戏音乐电视剧《桃花扇》的制作方是安徽电视台。安徽电视台的黄梅戏电视剧和黄梅戏电视戏曲栏目在国内有着广泛的影响。黄梅戏是安徽、湖北等地的地方戏，在当地具有广泛的影响。借助于电影《天仙配》《女驸马》等，黄梅戏的影响遍布全国和东南亚地区。可以说，黄梅戏具有很好的传播价值。1982年，安徽电视台拍摄了第一部黄梅戏电视剧《双莲记》，开创了黄梅戏和电视剧结合的先例。此后，安徽电视台以大约每年一部的产量制作了黄梅戏电视剧，黄梅戏电视剧成为安徽乃至全国的品牌。

其次，盈利动机。电视台作为一个商业运营的机构，必然追寻商业利益。传统艺术的电视传播可以获得可观的商业利益，可观的商业利益是其拍摄古典戏曲故事的一个重要原因。以电视电影《桃花扇》为代表的《中国传世经典名剧》系列的制作就有市场的考虑。长篇系列电视电影《中国传世经典名剧》是由浙江长城影视公司、绍兴电视台投资拍摄的。据《浙江日报》报道："该剧尚未摄制完成，《人民日报》、《文汇报》、《北京晚报》等全国100多家报刊相继作了报道。而捷足先登的广东音像公司最近以每集4.2万元、共计150多万元的高价买走了该剧的VCD光碟版权。另外，香港、台湾以及北京、湖南、湖北等地的电视播映权也在洽谈之中。"[①] 从这段文字中我们发现两点：一是报纸传媒对电视艺术的传播作用；二是中国戏曲经典和电视的结合而成的电视电影艺术具有巨大的市场价值和广阔的利润空间。《桃花

[①] 刘慧：《〈中国传世经典名剧〉未播先热》，《浙江日报》2002年11月22日。

扇》等经典名著在电视传播中显示出商品价值。

（二）传播者的动机

电视片的拍摄中，导演或演员等传播者的愿望和需求不断制约着电视的拍摄。艺术的生存是传播者的动机之一。黄梅戏音乐电视剧导演胡连翠谈到她拍黄梅戏音乐电视剧的目的是给黄梅戏的生存寻找一条出路。[①]

在黄梅戏的发展史上，黄梅戏的命运一度和现代传媒联系在一起。第一部黄梅戏电影《天仙配》产生了轰动效应，使黄梅戏从一个小剧种成为国内有广泛影响的剧种。《天仙配》在香港上映时反响十分强烈。香港的黄梅调电影一度引发了热潮。邵氏公司拍摄了《江山美人》《梁山伯与祝英台》等黄梅调电影。20世纪50—60年代，《女驸马》《牛郎织女》等被拍成黄梅戏电影，产生了很大的影响，在放映场次、观众人次等方面都达到了高峰。20世纪80年代，《杜鹃女》《龙女》《孟姜女》《香魂》等黄梅戏电影纷纷上映，开创了黄梅戏的新局面。随着戏曲电影的整体式微，黄梅戏电影的产量逐渐减少。1982年，安徽电视台拍摄了黄梅戏电视剧《双莲记》，掀起了黄梅戏电视剧拍摄的热潮。据许公炳先生在《建国六十年来黄梅戏电影电视剧要目》一文中的统计，自1949年到2009年，共有19部黄梅戏电影和41部黄梅戏电视剧问世。借助影视媒介传播，黄梅戏由一个地方小剧种一跃成为全国乃至世界皆知的剧种。可以说，黄梅戏的生存与发展与影视媒介有着密不可分的关系。

《桃花扇》在黄梅戏中的传播始于抗日战争初期。孔尚任的《桃花扇》被改编成四本的黄梅戏。史可法沉江一折在上演时感

[①] 龚燕：《当黄梅戏遇到电视剧》，见杨燕主编《电视戏曲文化名家纵横谈》，中国传媒大学出版社2009年版，第155页。

动了许多人。黄梅戏《桃花扇》还将结尾的双双入道改为投奔义军。[①] 后来，陆洪非根据欧阳予倩的《桃花扇》改编成了黄梅戏《桃花扇》，1959 年演出时由严凤英扮演李香君。黄梅戏是地方戏，20 世纪 80 年代之前，黄梅戏中以名著故事为题材的剧目并不多见。胡连翠将群众喜闻乐见的黄梅戏和电视媒介、名著故事结合起来，产生了新的艺术样式。黄梅戏音乐电视剧《西厢记》的成功，特别是群众的喜爱为《桃花扇》故事电视剧改编积累了经验。黄梅戏音乐电视剧《桃花扇》以爱情串联故事，展示国家兴亡之际的爱情命运。这不仅保持了原著以离合之情写兴亡之感的主题，而且满足了当代观众对于爱情叙事的浓厚兴趣。

可以说，导演的传播动机将《桃花扇》故事、黄梅戏和电视媒介联系在了一起，不但传播了《桃花扇》故事，而且提升了电视剧的品格，在一定程度上改变了黄梅戏的生存处境。

总之，戏曲生存与电视传播的双重需要成为《桃花扇》电视传播的动机。

第二节　电视传播方法

一　活动电子影像

《桃花扇》故事借助电视媒介传播中，首先改变的是活动电子影像。《桃花扇》舞台戏曲以表演为核心，《桃花扇》电影以活动光影影像为核心，而电视媒介则是以活动电子影像为核心。

电视媒介以视听符号为主。活动的视听影像成为电视剧传播的符号。剧本以文字语言为本体，舞台戏曲是以表演为本体，那

---

① 陆洪非：《黄梅戏源流》，安徽文艺出版社 1985 年版，第 192—193 页。

么电视剧则是以动态影像为本体。作为电视戏曲的一种，影像是戏曲电视剧的符号体系。

（一）《桃花扇》景物造型的虚实

《桃花扇》故事在电视中，和舞台戏曲、电影有所不同。黄梅戏电视音乐剧《桃花扇》是戏曲电视剧，在戏曲与电视剧之间必然存在矛盾和融合的关系。

黄梅戏音乐电视剧《桃花扇》里的景物具有写实性特征。电视剧的实景建立在摄像机的基础上，一种逼近生活细节的真实，甚至类似于生活场景的复现。毛小雨在谈到戏曲电视剧时，强调了其纪实的特点。"戏曲电视剧作为屏幕艺术，其根本的艺术特点是制造生活的幻觉。这种生活幻觉较之舞台剧来讲是一种写实的生活幻觉。"① 制造生活幻觉其实并非戏曲电视剧所独有，而是戏曲、话剧、电影、电视剧的共同艺术特征，由于各种艺术的表现手段的不同，在制造生活幻觉上有各自的不同特点。相比较而言，电影、电视比之戏曲，与生活的距离更近，更加写实一些；电视比之电影，写实性又更强一些。因此，《桃花扇》故事的景物造型在从戏曲到电影再到电视剧的媒介转化中其写实性是逐步增强的。《桃花扇》的"访翠"讲述侯朝宗和杨龙友等人在春日游玩，寻访佳丽。孔尚任《桃花扇》中有一段十分精彩的描绘：〔锦缠道〕"望平康，凤城东，千门绿杨。一路紫丝缰，引游郎，谁家乳燕双双？"〔懒画眉〕"乍暖风烟满江乡，花里行厨携着玉缸；笛声吹乱客中肠，莫过乌衣巷，是别姓人家新画梁。"很短的一段，却是《桃花扇》的精粹，情境交融，意境深远，生动表现了侯朝宗等人的游春途径。几个年轻人走在南京的城东，看到

---

① 毛小雨：《胡连翠导演艺术》，中国戏剧出版社1995年版，第26页。

千门绿杨、乳燕双双。舞台戏曲的自然美景蕴含在唱腔、唱词和虚拟的动作中。舞台的《访翠》中，我们无法真实看到"凤城东，千门绿杨"的场景，我们只能从演员的表演中去想象。黄梅戏音乐剧《桃花扇》则将虚拟的景、想象的景变成了摄像机展示的实景。三人行舟荡漾于绿水中，画外是千门绿杨，乳燕双双。

秦淮河是实景拍摄。黄梅戏音乐电视剧《桃花扇》的编剧王冠亚在谈到秦淮河的环境时说："（胡连翠）为了展现三百多年前秦淮河这个特定环境，她又根据史料记载，看了现代化了的广告牌、霓虹灯密布而不便拍摄的真秦淮河，找到了一个保留明代特色的小秦淮河。"[①] 电视剧中，秦淮河畔波光灯影，到处是笙歌艳舞。声音符号和镜头语言勾勒了南明小朝廷在亡国前的情景，展现了当时的历史环境。舞台戏曲的景物造型以虚为主，戏曲电影则迈出了由虚到实的一步，黄梅戏音乐剧的景物造型遵循着电视媒介的真实。

黄梅戏音乐电视剧《桃花扇》并非一味写实，在有戏曲抒情唱段时，将电视的写实和戏曲的写意相配合。在黄梅戏电视剧中，"洞房"的景物设置是舞台戏曲和电视结合的典型范例。王冠亚先生在谈到导演胡连翠在处理"洞房"一场的写意与写实的时候说："《西厢记》里'酬简'张生和莺莺在不宽敞的西厢房里拿一匹绸子舞来舞去，不知他们为什么不珍惜春宵一刻值千金，浪费时间啊，原来是用了戏曲程式，动作虚了，背景实了。《桃花扇》的洞房是一大飞跃，洞房虚到无限大，遍烧红烛，如众星捧月环绕新人，新人坐在一轮大月亮前，尽情陶醉在这燕尔

[①] 王冠亚：《漫谈胡连翠》，毛小雨《胡连翠导演艺术》，中国戏剧出版社1995年版，第210页。

新婚之中，观众也得到满足。"① 从王冠亚先生的分析中，我们可以看到黄梅戏音乐电视剧对虚与实、写意与写实关系的处理。可以说，虚景提供了舞台动作表演的空间，淡化的背景在电视实景中打开了虚拟的一扇窗子，月亮的深远、洞房的广阔与舞台戏曲的适当虚拟相互融合，将电视与戏曲统一在一起。

戏曲电视剧中虚拟背景的设置丰富了戏曲表现的空间。电视的写实不是绝对的，在表现唱段时，电视中可以出现类似画布的月亮背景。为什么我们不觉得假呢？因为这是和戏曲表演紧密结合在一起的。倘若在没有戏曲唱段的电视场景中，那么这个虚拟的月亮背景便不可避免地和电视的写实产生冲突。可见，电视媒介的写实不是绝对的。电视可以实中求虚，舞台戏曲也可以虚中求实，关键是二者能较好地融合。黄梅戏音乐电视剧《桃花扇》的景物造型则是以实为主，实中求虚，较好地融合了二者的规定性。

（二）《桃花扇》构图的电视化

《桃花扇》在从舞台戏曲到戏曲电视剧的过程中，其构图方式产生了变化。

《桃花扇》电视剧中的构图比之舞台戏曲更具纵深感。舞台戏曲的调度局限在舞台空间之内，无论是史可法在扬州城的战斗，还是栖霞山的相遇，都只能在一方舞台上来传播。杨桦说："……戏曲舞台的构图乃是一种画框式平面构图，缺乏三维立体的透视效果。实际上，几乎所有演员都将他们的正面朝向观众进行表演，我们看到的乃是一幅近似于浮雕式的二维画面。"②

---

① 王冠亚：《漫谈胡连翠》，毛小雨《胡连翠导演艺术》，中国戏剧出版社1995年版，第210页。
② 杨桦：《戏曲电视剧美学》，四川大学出版社2004年版，第14页。

第三章 《桃花扇》的电视传播

这种二维画面的构图可以引发想象,却无以展现更为宽广的空间。《桃花扇》在戏曲电视剧中的构图更为开放,更为立体和具有纵深感。黄梅戏音乐电视剧中,秦淮河的杨柳、画舫、游人都呈现在立体的荧屏空间;扬州城内,南明士兵和清兵的厮杀,比之舞台戏曲更为丰富;侯朝宗到栖霞山寻访李香君,栖霞山上的风景一一呈现在电视中,比舞台戏曲的景物空间要更加宽广。《桃花扇》舞台构图和电视构图的不同在于舞台的时空和电视摄像机的自由时空的不同。比之舞台媒介,摄像机的拍摄更加自由。"电视画面所表现的空间,不同于舞台框框那种深度有限的扁方形空间。它表现的空间范围是前窄后宽,向远方扩展的倒三角空间。"① 正是这种倒三角空间,使《桃花扇》在电视中比在舞台上能够呈现更多的场景,更为立体的空间。

图 3-1 昆曲《1699·桃花扇》的"洞房"

《桃花扇》电视剧的构图和电影构图有什么不同呢?影视构图的共同性在于二者都具有立体感和纵深感,但是电影媒介和电

---

① 王维超:《电视剧初探》,宝文堂书店1983年版,第59页。

图3-2　黄梅戏音乐电视剧《桃花扇》的"洞房"

视媒介之间有所区别，构图上也呈现出不同的立体和纵深感。我们从粤剧电影《李香君》和黄梅戏音乐电视剧《桃花扇》的具体情节来看。"辞院"是一场离别戏，迫于阮大铖的报复，侯朝宗要去投奔史可法，和李香君依依惜别。粤剧电影《李香君》多用全景镜头，月亮、小桥、离人构成一个大的图画，展现了宽广的视域。离人只是其中的一部分，月亮、小桥等无不浸染着离别之情，这是一幅情境交融的图画。同样表现离别之情，黄梅戏音乐电视剧的"辞院"放在了室内（见图3-3），电视中多用中景、近景和大量的唱段来表现二人的依依惜别之情。电视剧的画面空间布局以人物为主，人物的前景和后景之间并没有虚实的映衬。因此，同样是表现"辞院"的情节，电影重视视觉造型、全景造型，善于营造美的意境；电视剧则善于利用中、近景的构图，展现人物的面相、细节特征。如果说电影侧重于表现场景和事件，那么电视剧则善于刻画人物。电视是"缩小"的艺术，电视屏幕面积较小，清晰度低，不适宜表现全景和远景，所以要以小见大，多用近景和特写；电影是"放大"的艺术，银幕的面积比较大，清晰度高，比较适宜用全景和远景展现场景。物质媒介的差异造成了电视剧和电影构图的差别。从传播技巧说，《桃花扇》电影的构图是审美化的传播，电视构图则是生活化的传播。

图 3-3　黄梅戏音乐电视剧《桃花扇》中侯朝宗辞别
李香君的情景，环境在室内

色彩是传递信息的符号。舞台戏曲的色彩更多依赖人物服装造型。黄梅戏音乐电视剧《桃花扇》的序幕呈现的是秦淮河的景象，画面是彩色，波光粼粼，色彩斑斓，传达出秦淮河的繁华和南明的没落。梅阡、孙敬《桃花扇》中的秦淮河水用黑白色呈现一片黯淡，黯淡的秦淮河水是黯淡的南明的象征符号。电视剧倾向于用现实的影像，营造出逼近生活真实的影像。同样表现为侯李结婚的一场戏，电影《桃花扇》是用黑白色彩的明暗对比，光影的焦点集中在侯、李二人身上，从侯、李二人到众姐妹，再到近景的杨龙友，明暗富有层次感；黄梅戏音乐剧《桃花扇》中的洞房用大红的蜡烛，红色传达出喜庆的气息，电视则更接近生活真实。

二 音乐的电视化

《桃花扇》故事借助电视传播的过程，也是其音乐形式电视化的过程。黄梅戏音乐如何适应电视的传播的特性，进行电视化的处理呢？

无论是在戏曲还是电视剧中，音乐都具有举足轻重的作用。舞台戏曲的唱、念、做、打中，唱是核心。钟艺兵从三个方面指出了戏曲音乐的重要性。"首先是在戏曲艺术诸要素的构成之中，戏曲音乐处于最关键的地位，因为它最能体现这种艺术的审美价值；其次，戏曲音乐是戏曲艺术区别于其他艺术的最主要标志；再次，在戏曲艺术内部的分野中，戏曲音乐是划分声腔剧种的主要标志。"[①]戏曲音乐可以说是戏曲的核心元素。戏曲电视剧是戏曲传播的一种类型，那么戏曲音乐的保留和传播是其艺术的标志。

戏曲电视剧中的音乐如何电视化？一般说来有两种方式：一是保留戏曲的唱腔和程式，例如台湾的歌仔戏电视剧《秦淮烟雨》中保留了大段的歌仔戏的唱段。二是对戏曲音乐进行加工和改造。胡连翠选择的是第二条途径，对黄梅戏音乐进行了大胆的创新。胡连翠在谈到黄梅戏如何融入电视媒介中时，讲到了两个方面：一是努力吸收其他剧种唱腔的优点。"黄梅戏曲调、旋律虽然婉转优美，但是过于单薄，难以面对复杂的人物表现。所以，我在用音乐塑造人物、表现故事情节时候就努力吸收其他剧种唱腔的优点，为黄梅戏所用、丰富黄梅戏的艺术表现力。"[②] 善于吸收其他剧种的长处，是黄梅戏的优点。二是运用现代音乐的表现方式。在黄梅戏音乐的电视化改造中，胡连翠"改用电声音

---

① 钟艺兵：《中国电视艺术发展史》，浙江人民出版社1994年版，第286页。
② 杨燕：《电视戏曲文化名家纵横谈》，中国传媒大学出版社2009年版，第159—160页。

乐伴奏代替传统戏曲乐队。音乐表现手段的丰富不仅有利于人物塑造，而且能够满足不同层次的观众审美需求"[1]。电声音乐伴奏方式的运用，是黄梅戏音乐现代化的重要一步。在这里，我们发现了电影《桃花扇》和黄梅戏音乐电视剧《桃花扇》在音乐创造上的共同之处，即将古老的戏曲唱腔和现代音乐形式相结合，创造出既具有传统美学韵味又具备现代特点的音乐形式。《桃花扇》在影视剧中的革新是基于传统，又不拘泥于传统；趋向现代，又不完全现代的艺术创造策略。可以说，胡连翠在舞台戏曲与电视媒介之间，发挥了各自的长处将其融合，在传统与现代之间找到了一条戏曲和电视结合的新路。

具体在黄梅戏音乐电视剧《桃花扇》中，音乐是如何和电视媒介特性结合的呢？

首先，以黄梅戏音乐为基础，整合传统唱腔、民族音乐和时尚音乐的元素，使其在传统和现代之间找到一个结合点。黄梅戏是安徽地区流行的曲调，通俗好懂，也称为黄梅歌。音乐唱腔行云流水，语言朴实、生活化，和电视媒介的生活化追求不谋而合。黄梅戏广受普通观众的喜爱，具有突出的传播优势。在香港，黄梅调电影曾经风靡一时；在台湾，黄梅调电影也一度引发热映。《桃花扇》融合其他剧种的唱腔和时尚的音乐元素，结合西方器乐与民族器乐。黄梅戏音乐剧《桃花扇》主题曲、背景音乐一般用流行、时尚的音乐来铺垫，烘托氛围。"秦淮无语送斜阳，家家临水映红妆。春风不知人事改，依旧吹歌绕画舫，绕画舫。谁来叹兴亡？谁来叹兴亡？青楼名花恨偏长，感时忧国欲断肠。点点碧血洒白扇，芳心一片徒悲壮。空留桃花香，空留桃花香。"《桃花扇》背景音乐采取

---

[1] 胡连翠：《探索戏曲电视剧新路子》，《中国广播电视年鉴》编辑委员会编《中国广播电视年鉴1989》，北京广播学院出版社1989年版，第248页。

合唱、伴唱等多种方式。第四集的李贞丽代嫁,"匆匆夜去代娥眉,一曲歌同易水悲。秦淮河水血泪染,媚香楼外月痕低,月痕低"。这一段以合唱的方式烘托氛围。第五集中史可法自刎,"数点梅花亡国泪,二分明月故臣心",在合唱与文字、画面的配合中,传达出悲壮的信息。笔者于2012年1月14日采访了《桃花扇》的编剧王冠亚先生,王先生谈到《桃花扇》中的音乐并非传统的黄梅戏,许多是新作的曲。《桃花扇》的音乐吸收了黄梅戏小调、扬州小调等多种形式。《桃花扇》在电视剧中具有乡土气息。"今日嫁了你,神仙都不想当,一年两年,生个小儿郎。叫你爹呀,叫我一声娘,气得那法海一命见阎王。"这样的民歌、民调深受普通观众的喜爱。在音乐改造上,黄梅戏音乐电视剧《桃花扇》做到了传统与现代、文雅与通俗的融合。

其次,《桃花扇》音乐电视剧的声画结合。《桃花扇》的电视化也是音乐的电视化,音乐的电视化就是将音乐和电视画面有机结合。《桃花扇》的声画结合应该遵循什么原则呢?胡连翠的戏曲电视剧不仅是利用音乐形式,而且以音乐精神贯穿在电视剧中。音乐的精神即节奏化的、韵律化的和谐的精神。黄在敏在谈到舞台戏曲和电视镜头语言相结合的时候,认为胡连翠的音乐电视剧明显具有音乐感特征。中国意境讲究韵外之致,韵即一种音乐精神的体现,也是一种生命的律动感,是一种外在节奏和内在节奏的统一。宗白华先生说:"中国的绘画、戏剧和中国另一特殊艺术——书法,具有共同的特点,这就是它们里面都贯穿着舞蹈精神(也就是音乐精神),由舞蹈动作显示虚灵的空间。"[1] 在宗白华先生看来,绘画、戏曲、书法都具有舞蹈精神或音乐精

---

[1] 宗白华:《宗白华全集》第3卷,安徽教育出版社1994年版,第389页。

神,或者说都具有生命的节奏感、韵律感,那么,电视的画面和戏曲音乐、优美的舞姿等的共同性即在音乐精神,因而胡连翠将电视剧的声画结合以音乐引领贯穿是符合艺术共同的音乐精神的。"洞房"一场是全剧中表现新婚喜悦的唱段。根据唱段的节奏来把握电视镜头的运用。长镜头的运用使节奏更加舒缓,避免了电影般快速的镜头切换,加强了电视的抒情色彩。画面造型紧密配合唱词,成为听觉符号的视觉直观诠释。当唱到"秦淮烟月堪不透,几番梦里绕画楼,前日堂前看不够……"的时候,运用了闪回、叠化镜头,在李香君虚幻的扇面上呈现了前日两人相见,相互深情对视的情景,画面加深了"梦里绕画楼"的信息。在唱至"谢卿赠我双红豆"时,镜头给了一个红豆的特写。红豆是中国文化中爱情的象征,这里成为二人爱情的象征符号。可以说,声音符号、画面符号、镜头运动、演员动作等都统一在韵律节奏中。

黄梅戏音乐电视剧《桃花扇》将电视的蒙太奇和黄梅戏的对唱巧妙结合,营造出新颖的形式。电视剧通过分割镜头画面空间的方法传递不同空间场景的人物信息。第三集《遥思》一场中,集中运用了黄梅戏的对唱。黄梅戏的对唱也称"对板",是指在黄梅戏唱腔中有两个或两个以上角色形成的唱法。对板有男女各唱一句、男女各唱两句等多种形式。黄梅戏的"对板"是黄梅戏音乐的特色,具有对话性特征,适于表达男女相思之情。侯朝宗和李香君分别后,从此天各一方。在滔滔的黄河边侯朝宗思念李香君,媚香楼里李香君想念侯朝宗。电视的同一个画面被分割成两个部分,不同场景的人与物被处理在了同一场景中。镜头的分割、组接配合了黄梅戏对唱的特点,声画融合,富有新意。

《桃花扇》中声画之间常常形成互文关系。声音符号和周围

图 3-4　黄梅戏音乐电视剧《桃花扇》中
不同空间的侯李对唱

人的表情紧密结合，声音、文字和画面构成相互参照的关系。舞台演出距离观众较远，演员的表情无法一一细致地呈现。戏曲电视剧则可以利用摄像机的眼睛，一一呈现众人的表情。电影《桃花扇》的《骂筵》一场，采用流动的快速切换镜头，再现了现场众人的表情和内心。黄梅戏音乐电视剧《桃花扇》中的《琵琶行》唱段相对舒缓，剧中以李香君手部的局部特写开始，然后镜头移动到李香君的近景，全景镜头将在场众人一一呈现，推镜头到李香君的近景，呈现出表情，镜头推到李贞丽、卞玉京的近景，李贞丽流泪，卞玉京沉默。然后镜头拉至全景，全场默然。移动镜头犹如人的眼睛，在音乐的节奏中将目光一一投射到众人的表情上，让我们从《琵琶行》的词意表层进入众人内在心理。《琵琶行》唱的是琵琶女的身世，这和众人的处境形成了互文见义的关系，琵琶女的命运和众人的命运何其相似。众人感同身受落下了眼泪。声音符号、文字符号和众人的表情符号，相互参照，互相指涉，构成电视文本丰富的意义。

从黄梅戏音乐电视剧《桃花扇》中，我们可以认识到戏曲电视化的音乐处理方式。在黄梅戏音乐的基础上进行综合创新，既发挥电视传播的特点，又具有黄梅戏的神韵。这种方式既在一定程度上保留了戏曲的韵味，又适应了当代观众的审美需求。戏曲与电视之间存在差异，也存在相互补充、异质融合的空间。

三 表演的电视化

《桃花扇》故事在舞台戏曲中呈现了其表演形式，在电影传播中，体现了戏曲表演向电影表演形式的变化；《桃花扇》故事在戏曲电视剧中必然寻求这种转化。

电视表演不同于舞台戏曲表演和电影表演，它有自身的媒介特性。电视表演接近生活真实。黄会林教授说："电视剧杜绝演员的'话剧腔'和虚拟性表演，演员的一言一行，一招一式都必须向生活真实感靠拢。"[1] 电视媒介的特点要求演员的选择、表演的语汇更加符合日常生活的、大众化的要求。那么，戏曲表演、电影表演、舞台表演之间究竟有何关系呢？

（一）演员选择

在演员选择上，《桃花扇》的电视剧体现了与舞台戏曲、电影的不同。孔尚任剧本《桃花扇》中李香君的实际年龄也只有十六七岁。戏曲舞台上的李香君普遍年龄偏大。昆曲中李香君的扮演者胡锦芳、京剧《桃花扇》中李香君的扮演者杜近芳，乃至京昆合演《桃花扇》中李香君的扮演者杨春霞，甚至龚隐雷扮演的李香君与角色的年龄也相差较远。《1699·桃花扇》中常出现师

---

[1] 黄会林：《电视文本写作学》，北京广播学院出版社2000年版，第24页。

傅龚隐雷扮演李香君，其弟子徐思佳扮演李香君母亲的情况。这对舞台戏曲影响不大，因为舞台本身就是假定性的，却不符合电影、电视逼真性的要求。粤剧电影《李香君》中，李香君的扮演者红线女当时已经60岁。梅阡、孙敬的电影《桃花扇》中，冯喆有40岁左右，王丹凤也在36岁左右。黄梅戏音乐电视剧《桃花扇》中的李香君扮演者韩再芬在20岁左右，与孔尚任《桃花扇》中李香君的实际年龄比较符合。摄像机的高度还原性要求演员表演逼真性，年龄、气质、性别的差异造成演员与角色之间的间离感。舞台戏曲中常有男旦、女小生，扮演侯朝宗的石小梅是女小生。性别的差异在电视剧中将会破坏人物的真实性，从而带来电视传播的局限。以越剧为例，女子越剧是越剧的传统，越剧《红楼梦》《梁祝》中的贾宝玉、梁山伯等都是女性扮演，女性扮演给男性角色带来了清秀、书卷的气息，但是性别的差异在电视镜头前展露无遗。这也是越剧电视剧《红楼梦》没有产生明显的传播效果的原因。台湾歌仔戏《秦淮烟雨》中，女演员叶青扮演侯朝宗；在歌仔戏观众群中无可厚非，却很难受到其他地域或年轻观众的喜爱。

　　黄梅戏音乐电视剧《桃花扇》的演员选择兼顾了舞台戏曲和电视的要求。韩再芬、侯长荣在气质、年龄、性格等方面均最大限度地接近了角色。导演胡连翠依据电视媒介对于真实性的要求来选择演员。胡连翠在谈到选择演员的标准时说："根据剧作中描写的人物性格和形象，以及音乐唱腔的要求来选择气质相当的演员是我在创作时坚持的原则。"[①] 对于气质和形象的要求是电影和电视选择演员的共同点。我们说，电视剧在演员选择上和戏曲

---

　　① 龚燕：《当黄梅戏遇到电视剧——采访胡连翠》，见杨燕《电视戏曲文化名家纵横谈》，中国传媒大学出版社2009年版，第161页。

舞台剧有很大不同。舞台距离观众较远，经过化妆的演员让观众从远处看不出太大的变化。电视是近距离观看，又常用特写镜头，任何的虚假在它面前都是不合适的。胡连翠考虑到音乐唱腔的要求，选择的又大多是戏曲演员。其中，李香君的扮演者韩再芬是黄梅戏演员，在《桃花扇》之前，韩再芬已在《郑小娇》《小辞店》等多部黄梅戏电视剧中担任主角，其清新、自然的气质和表演风格为观众所熟悉。侯长荣是扬剧的演员，扮演李贞丽的是黄梅戏演员丁同，扮演杨文聪的是话剧演员朱起。可见，胡连翠在选择演员时兼顾了电视媒介的要求和舞台媒介的特性，这是《桃花扇》故事在电视剧传播中成功的原因之一。

（二）《桃花扇》的生活化表演

《桃花扇》的电视剧表演是生活化的表演。电视的媒介特性要求表演语汇的生活化，要求自然、真实，贴近生活。戏曲表演的特征是程式化、虚拟化，这和电视剧的生活化之间产生了冲突。那么如何处理电视表演和舞台表演的矛盾呢？黄梅戏音乐电视剧的导演胡连翠说："戏曲表演程式化极浓，在电视剧中往往与电视要求产生矛盾，为了形式上的风格统一，表演上要求演员淡化舞台戏曲程式，力求生活化和写实性，让人看起来既是戏曲，又像故事片。"[①] 淡化戏曲程式是戏曲在电视剧中的策略选择，或者说是戏曲为融入电视而对自身特点的部分扬弃。淡化戏曲程式、保持戏曲的核心元素，同时和电视的生活化、写实化相结合，是戏曲借助电视剧传播自身的一条途径。

黄梅戏音乐电视剧《桃花扇》的表演包含语言和动作两个方面。语言上，除了保留戏曲唱腔外，戏曲的对白采用普通话。黄

[①] 胡连翠：《探索戏曲电视剧新路子》，《中国广播电视年鉴》编辑委员会编《中国广播电视年鉴1989》，北京广播学院出版社1989年版，第248页。

梅戏音乐剧则以安徽地区流行的方言代替了戏曲的念白，这虽然在一定程度上消解了黄梅戏的地方色彩，但为《桃花扇》消除了语言传播障碍。在动作呈现上，黄梅戏音乐电视剧《桃花扇》摈弃了舞台戏曲的程式。对史可法战死的艺术呈现体现了舞台戏曲和电视戏曲的不同。史可法的"摔僵尸"动作表明其沉江而亡，幕布随即拉下。戏曲电视剧中，史可法挥剑自刎，电视给出了一个慢镜头，定格特写，配合音乐合唱。慢镜头减慢了运动的速率，呈现了史可法的决绝；定格的特写具有造型性，展示了英雄之死的瞬间；配合以合唱音乐的烘托，传达出史可法的忠烈信息。舞台戏曲的动作夸张，电视剧的动作更真实。同样是"却奁"的动作，舞台戏曲中以"摘翠脱衣"的简单动作来传达信息；黄梅戏音乐剧电视剧《桃花扇》中则是摄像机跟拍李香君生气、上楼、脱衣等一系列动作，展现了其行动和面部的细节。舞台剧的表演相对简洁，电视剧则穿插了柳敬亭讲述文庙前痛打阮大铖的故事，为李香君的却奁作了层层的铺垫，过程琐碎细腻，叙事更为合理。此外，戏曲电视剧的服装没有运用水袖等，较少写意、象征。黄梅戏音乐电视剧《桃花扇》服装缺少变化，却更生活化。

　　作为戏曲和电视结合的产物，黄梅戏音乐电视剧《桃花扇》并没有因为二者严格的界限而偏执一方，而是两者有机的结合。电视剧的生活化动作并不是要求演员的动作表演一味写实，电视中动作往往配合唱段的节奏，体现了一定的虚拟化倾向。比如，韩再芬在"洞房"一场中用扇子遮挡脸部，这是戏曲中小旦常用的扇子动作；二人在洞房内的圆舞体现了戏曲的舞蹈性，和唱段、虚拟布景相配合，并没有虚假的感觉。上述动作是带有节律感的动作，不同于舞台的虚拟表演，却保持了戏曲的节律，保持了内在和外在的和谐，因而符合生活的真实。可见，电视剧的生活化、写实的表演不是绝对的，而是要在戏曲特性和电视特性之间寻找到合适的结合点。当然，由于电视剧中多数是戏曲演员，在没有唱段时的戏曲夸张动作也比较明显。李香君"却奁"的一场戏中，韩再芬听了柳敬亭的说书，生气地上楼，边走边脱下衣服和首饰，演员此刻走的是戏曲的台步。李香君在与侯朝宗分别、在守楼一场中面临着离别的痛苦时，常常夸张地向后倾倒，这是戏曲常用的动作，在电视表演中有些不合适。真正做到戏曲表演和电视表演的融合还有待探索。

（三）《桃花扇》的微相表演

为适应电视媒介的特征，《桃花扇》的电视剧表演是微相表演。电视剧表演是微相表演，电视剧也被称为微相艺术。巴拉兹在《电影美学》中这样解释微相表演："根据细微的面部表情变化来体验和了解人物内心活动的细微变化。"[①] 欧泽纯在《影视微相艺术论》一书中这样解释微相艺术："通过演员的面部表情和形体动作，刻画剧中人物的性格特征和内心活动的细微变化。除语言（语言是表演艺术的重要组成部分）以外的面部表情和形体动作，都可涵盖在'微相艺术'的范畴之内，在细腻之处做到纤毫毕露和变化无穷。"[②] 综合两人的说法，笔者认为微相表演是影视剧，尤其是电视剧中的面部表情、形体动作等细微刻画和内心体验的展示。

黄梅戏音乐电视剧《桃花扇》中有多处微相表演的案例。戏曲中在表现一见钟情的时候，往往将内心的情感化为夸张化的形体动作，《1699·桃花扇》中侯朝宗和李香君一见倾心，侯朝宗推开杨文聪的扇子、做出眉目传情的动作来表达爱意，李香君则

---

① ［匈］贝拉·巴拉兹：《电影美学》，何力译，中国电影出版社1959年版，第57页。
② 欧泽纯：《影视微相艺术论》，中国广播电视出版社1997年版，第5页。

以扇子来遮蔽害羞的神色。而在电视剧中，侯朝宗和李香君在媚香楼初次见面，深情对视，镜头给了双方特写，两人的表情、眼神延伸充满整个屏幕，将两人的一见钟情毫无保留地、细腻地呈现于观众面前。在胡连翠的黄梅戏电视剧《春》中，蕙的出现也是一组面部特写，在唱段中采用了慢动作的处理。特写不仅是在展示其姣好的面容，还在眼睛中察觉出其欲平又难平的心绪。侯朝宗和李香君在寺庙相见，李香君遁入空门，侯朝宗悲恸欲绝。画面上出现了李香君的面部特写，呈现了她哀怨而又无奈、欲断还留的复杂心态。可以说电视的特写赋予演员微相表演的特征，借助表情的放大来传达内心的情感信息。可见，微相表演能够传达复杂的内心世界。

舞台剧中无法展示演员细微的面部表情。电影银幕大，近景即可以展现微相表演，特写则表现震惊效果；电视屏幕小，多用特写传达微相表演。相对而言，电视的特写镜头更多。关于电影和电视中特写镜头的不同效果，麦克卢汉说："特写镜头在电影里用来取得使人震撼的效果，可是它用到电视上却成了家常便饭。"[1] 特写镜头是电视剧中常用的手段，所以电视剧中的微相表演更多。戏曲演员的表演一旦呈现于电视剧中，细微的动作和表情便会展露无遗，观众可以从中体会到在剧场中难以觉察到的细节。因此，戏曲与电视剧的表演虽有不同，但是二者的结合可以互相弥补对方的不足。

总之，《桃花扇》的电视传播是其表演的电视化。黄梅戏音乐电视剧《桃花扇》在淡化戏曲表演和遵循电视化中，将二者融合在一起。

---

[1] ［加］麦克卢汉：《理解媒介——论人的延伸》，何道宽译，商务印书馆2000年版，第391页。

第三节 电视传播效果

一 电视媒介与艺术形态

《桃花扇》故事借助电影媒介进行传播的过程，也可以说是戏曲借助电视进行传播的过程。在戏曲借助电视媒介传播的过程中，形成了以下几种类型。

一类是电视戏曲栏目。《桃花扇》出现在电视戏曲栏目中。2007年3月23日中央电视台戏曲频道《名段欣赏》栏目播出福建芳华越剧团的《桃花扇》，导演是包玥，摄像是朱永玖、白坤义、戴光、梁海廷。2004年2月到5月，《名段欣赏》栏目连续播出4场杨春霞、蔡正仁的京剧《桃花扇》选段，2010年2月23日再次播出。2010年4月18日中央电视台戏曲频道的《名段欣赏》栏目播出吴亚玲的黄梅戏《桃花扇》选段、李新花的豫剧《桃花扇》选段等。

《名段欣赏》是中央电视台1996年1月1日开播的戏曲栏目。该栏目主要是选择和拍摄各剧种名家或有一定成就的中青年戏曲演员演唱的名剧名段。2006起每天17：45—18：15首播，次日12：10—12：40重播，节目时长为30分钟。那么，《名段欣赏》对于《桃花扇》故事的传播有哪些特点呢？第一，《桃花扇》在《名段欣赏》中是以片段式的"名段"来传播。越剧《桃花扇》中的《追念》，黄梅戏《桃花扇》中的"阵阵寒风透罗绡"唱段，京剧《桃花扇》中的"才如奔马笔如花"，这些是《桃花扇》的经典唱段。《名段欣赏》中虽不能传播全本的《桃花扇》，但是通过经典唱段的名家演绎，可以欣赏戏曲表演艺术的精髓。整部《桃花扇》可以展示完整的历史和事件，精美的唱段提供给观众的是精致的表演艺术。可以说，《桃花扇》在《名段欣赏》中的传播是形式大于内容的传播。第二，《名段欣赏》中《桃花扇》选段制作精良、细腻。《名段欣赏》中杨春霞的《桃花扇》选段和杜近芳的京剧《桃花扇》音配像相互对比。京剧《桃花扇》音配像中录音是杜近芳、叶盛兰，配像是杜近芳、叶少兰。录音与配像之间有时候存在偏差，配像的演员叶少兰和当年的叶盛兰的演唱有不小的差距，这些在音配像这种形式中是难免的。《名段欣赏》中的杨春霞的《桃花扇》唱段"才如奔马笔如花"时间短，布景制作精良，摄像机的镜头让观众在听的同时能够不漏过杨春霞的细微的表情、动作和姿态。《名段欣赏》相对精致和细腻。第三，《桃花扇》在《名段欣赏》中可以重复录制。舞台戏曲演出中，表演是不可重复的，但是在《名段欣赏》的录制过程中，按照导演的意图可以反复调整、纠正失误，最后呈现在观众面前的是精雕细刻的唱段。从《桃花扇》戏曲传播的角度看，《名段欣赏》中的唱段的艺术水准、制作水平是戏曲形式的本位传播，对于戏曲的记录、保存无疑具有重要的意义。第四，《桃花扇》在《名段欣赏》中的局限。《名段欣赏》是片段式传播，而不能涵盖《桃花扇》故事，完整展现全剧的风貌；名段是名家的传播，如杨春霞、王君安等，缺乏对年轻新秀的扶持；名段重点展示的是唱段，而对于舞台动作展示相对较少等。

河南电视台的《梨园春》、安徽电视台的《相约花戏楼》等戏曲栏目成为戏曲电视传播的重镇。电视可以记录戏曲活动的流程，将现场的戏曲节目信息清晰完整地传递给观众。比如，一些戏曲栏目中有一些演员教戏的活动。中央电视台戏曲频道做了王君安对越剧《桃花扇》的经典折子戏《追念》的分析和讲解。通过电视，观众和演员可以面对面交流，了解戏曲知识，激发戏曲兴趣。可以说，电视戏曲栏目是普及戏曲知识，是对戏曲文化的传播。

一类是电视艺术片。电视作为载体和传播手段来直播或转播艺术表演。2006年《苏州电视剧场》制作和播出《桃花扇》的电视评弹艺术片。《桃花扇》故事很少有评弹作品。这次创作的弹词系列开篇《桃花扇》有《李香君》《相见恨晚》《赠扇定情》《百年好合》《血溅桃花扇》《画扇》《贞丽代嫁》《撕扇》等。《桃花扇》故事在评弹中以非连续、碎片化的方式传播，选择了表现侯、李爱情的部分尽情渲染，突出了爱情主题淡化了兴亡之感。《桃花扇》故事的系列开篇借助电视传播，将书场搬到了荧屏，改变了艺术的存在方式。在传播方式上，《桃花扇》评弹的电视传播并没有充分发掘电视的声画结合的特点，我们经常看到相声艺术在电视传播中，常将声音和画面情境结合起来。

电视评弹艺术《桃花扇》在声画结合的电视传播手段上略显不足。2007年3月10日央视戏曲频道空中剧院播出昆剧《1699·桃花扇》的传承版。虽然电视以直播、录播的方式传播舞台戏曲，但是电视依然发挥了镜头再现真切、细腻的特点。在电视中，二者以舞台剧形态出现，并未改变原有艺术的本性，电视手法只是辅助手段。电视以直播、录播的方式传播舞台剧。由于摄像机的特点，受众虽然不能亲身体验现场的感觉，却可以在家庭中身临其境地感受。许多在舞台上无法看清的细节在电视屏幕中非常真切，这是电视的媒介优势。电视传播却也消解了现场观看的亲身体验，这是《桃花扇》电视传播的局限。二者并不能相互取代，而是相互补充。

一类是电视专题片。《桃花扇》故事出现在崔永元的《电影传奇》中。作为一个老电影，梅阡、孙敬的电影《桃花扇》的创作、经历在电视荧屏上讲述出来。《电影传奇》于2004年开播，历时五年多的时间，留下了兼具娱乐性和史料价值的电影资料。《电影传奇》的节目定位为专题节目，观众定位为中老年人，其宣传语为"惊现当年事 情动几代人"，每期节目时长约36分钟，共拍摄和播出了208集。电视专题片《电影传奇》是如何传播电影《桃花扇》的呢？第一，电视专题片《电影传奇》之《良辰美景奈何天》是老电影《桃花扇》的延伸传播形式。《电影传奇》是对电影《桃花扇》的创作过程、演出情形以及与之相关的幕后故事等的呈现，而不是电影《桃花扇》文本本身。或者说，这是电影《桃花扇》的媒介批评形式。电视专题片对于电影《桃花扇》的艺术特征关注较少，而对备受瞩目的冯喆及其悲剧命运用了大量的篇幅去呈现。第二，在传播形式上，《电影传奇》将经典的电影片段、当事人的采访和场景的重现结合起来，使其不仅具有娱乐价值，还具有史料价值。电视专题片的开始是王丹凤2005年的录音采访，引出了电影《桃花扇》的拍摄。导演孙敬筹建摄制组准备拍摄的情形是以现代人扮演的方式来重现的。吴次尾的扮演者丛兆桓、陈定生的扮演者智一桐在回忆中讲述冯喆，电视画面呈现《桃花扇》中情节。冯琳是冯喆的妹妹，在片中回忆当年冯喆的事情。《电影传奇》在轻松娱乐的氛围中记录了一部电影的产生、存在的过程，保存了与电影相关的史料。第三，电影与现实的互文性。《电影传奇》之《良辰美景奈何天》在场景重现、当事人的采访中穿插电影《桃花扇》，冯喆和侯朝宗在电视片中交替出现，使电影与现实之间相互叠应，产生一种梦即现实、现实即梦，以及命运无常的感慨！侯朝宗的结局、冯喆的命运与《桃花扇》似乎有一种相似，联想到孔尚任当年因《桃花扇》被罢官，抗战中《桃花扇》被多次禁演的现实，我们发现历史是惊人的相似，从而使电影《桃花扇》更增添了一层悲剧感。与此类似，《电影传奇》中《早春二月》将作者柔石的命运和主人公萧涧秋相互对比，在二者的互文的阐释中进行了深入的思考。电视专题片《电影传奇》将电影文本与创作史实相互参照，构成丰富的意义。电视专题片《电影传奇》是对电影《桃花扇》的传播和补充。第四，《电影传奇》是电影媒介与电视媒介的整合。当前人们很少会在电影院里看老电影，但是借助电视媒介，《桃花扇》走进家庭，不仅实现了它的大众传播，而且产生了新的节目类型。可以说，《电影传奇》是电影媒介和电视媒介相互融合的结果。

一类是戏曲电视剧。戏曲电视剧是戏曲与电视剧融合的一种新形式。依据戏曲电视化的程度不同，《桃花扇》的戏曲电视剧分成三种形态。一是以电视为载体、以戏曲为本体的戏曲电视剧。台湾歌仔戏电视剧《桃花扇》较大程度地保留了戏曲的成分。也可以说，这是以电视为媒介的歌仔戏盛演。二是以电视为本体的戏曲电视剧。黄梅戏音乐电视剧《桃花扇》在戏曲与电视剧之间必要的增删之后，两者融合，形成为戏曲电视剧的新的艺术形式，而黄梅戏和电视则成为艺术元素。它基本摆脱了舞台的束缚，借助于电视的艺术时空展现戏曲的精神内容，是戏曲特性与电视特性融合的产物。它既不是舞台戏曲，也不同于一般的电视剧，而是两者相互融合的一种新形式。作为一种新的艺术形态，黄梅戏音乐电视剧利用了黄梅戏和电视间的关系，例如黄梅戏和电视剧之间可以互为传播，黄梅戏借助电视媒介得到传播，电视剧以黄梅戏为传播元素。二者具有互补性，电视的时空自由特性弥补了黄梅戏舞台空间的局限，黄梅戏则补充了电视剧的韵味感，黄梅戏音乐电视剧《桃花扇》中的音乐感、抒情性得益于黄梅戏的融入。黄梅戏和电视剧各自的简化却起到了增生的效果，黄梅戏领域出现了电视剧形态的黄梅戏音乐，电视剧领域则出现了黄梅戏音乐电视剧的新形态。虽然在戏曲和电视剧融合中仍有诸多的冲突，艺术形式的创新才是《桃花扇》故事在电视剧中产生轰动的原因之一。三是电视剧形态。鲁晓威导演，曹颖、周杰主演的《桃花扇传奇》作为一部电视剧无论是内容上还是形式上与原著和其他派生艺术文本都有很大的距离，改变了《桃花扇》故事的情节、呈现出娱乐化的倾向，缺少了《桃花扇》的神韵，因而很难产生良好的传播效果。

一类是电视电影。电视电影是《桃花扇》故事电视化过程中形成的一种基本类型。赵小青在文章中提道，"电视电影是由电视台作为电视节目低成本投资拍摄的、在技术和艺术上符合电视播放要求的电影"[①]。其他的定义还有胶片拍摄电视台播放的电影等。电视电影还在发展中，其内涵也在不断变化，我们在这里简要将其定义为依据电影手法以电视为主要播放媒介制作的电影。虽然电视电影是电影的一种艺术样式，但其播放媒介是电视，我们将《桃花扇》的电视电影放在本章中。电视电影体现出了电影电视化的倾向。电视是兼容性很强的传播媒介。尹鸿教授认为电视电影的重要意义在于为电影提供了新的媒介途径，是对电影和电视媒介特性相互结合的探索。从传播的角度看，电影找到了电视作为新的传播载体；从艺术形式看，电视和电影结合的电视电影是一种不同于电视剧的新的艺术形式，能够带给观众不同于电视剧的审美经验。[②] 电视电影《桃花扇》的导演是苏舟，李香君

[①] 赵小青：《中国电视电影的启动和发展》，《艺术评论》2008年第2期。
[②] 尹鸿：《尹鸿自选集　媒介图景·中国影像》，复旦大学出版社2004年版，第378页。

的扮演者是李佳璘,全剧共4集,由浙江长城影视、绍兴电视台共同投资拍摄,2003年在浙江电视台影视文化频道播出。从艺术形式上看,电视电影《桃花扇》比黄梅戏音乐电视剧《桃花扇》的制作形式更加精美,运用了诸多的电影拍摄手法,如苏师傅掉入江中被救起,幸遇李贞丽,二人在江边烤火,这时导演运用的全景,将远山、长江和两个落魄的人共同镶嵌于一幅画中。全剧画面美观、情节紧凑。以电视电影《桃花扇》为代表的《中国传世经典名剧》系列,采取明星化的策略。自2003年起,浙江电视台、武汉电视台新闻经济频道等频道播出。从传播效果来看,这部电视电影远远不如黄梅戏音乐电视剧《桃花扇》,也比不上1962年的电影《桃花扇》所达到的效果,报纸、网络等媒介中的相关报道、评论等很少。作为传世经典名剧,电视电影《桃花扇》可视为对原著的传播,可是原著的曲词的韵味、兴亡的感叹、知识分子的深沉思考等却消失了,只剩下一个故事的躯壳,又何谈传播经典名剧呢?电视电影《桃花扇》也缺乏黄梅戏音乐电视剧《桃花扇》在艺术形式上的再创造,无法达到传播经典名剧的目的。

综上所述,我们认为:第一,《桃花扇》故事在电视传播中形成了多种艺术形态。可以说,电视节目的多样性、丰富性为《桃花扇》的传播提供了诸多的可能性。让戏曲这类传统艺术和电视媒介结合是一条摆脱困境的途径。第二,《桃花扇》电视传播的效果与创新的艺术形式有关,黄梅戏音乐电视剧的形式创新是《桃花扇》电视传播效应。《西厢记》越剧电视剧、黄梅戏电视剧的播出也证明了这样一点。第三,《桃花扇》传播效果不仅与艺术形式相关,还与其历史积淀的传统有关。《桃花扇》故事在电视剧、电视电影中的效果表明,只有能够较好地保存戏曲韵味的现代艺术形式才能和《桃花扇》故事结合，才能实现传播效果的最大化。

二　电视媒介与大众传播

（一）电子通信技术与传播时空

在信息传输方面，电影信号靠可见光传输，电视信号是超高频电磁波，电视的信息传递依赖电子通信传输技术。"从科学技术的角度来看，电影信号的负载手段是与热能有关的电磁波——可见光，它的物理传播距离是受局限的，而以电子学为基础的电视信息的负载手段是超高频、甚高频的电磁波。可见光仅能够覆盖集中于一个密集范围（电影院及一排排座位）内的几千人，而电视的电磁波可以覆盖在一百公里半径以内分散各处的所有电视接收机。"[1] 因此，从媒介技术的角度看，电视比之舞台媒介和电影媒介，有着更为出色的信息传递能力。

依赖电子传输技术，电视可以即时传遍千家万户。通信传输技术扩大了电视的覆盖面。文字传播受到纸张的空间限制；舞台剧受到舞台的时空限制；电影受影院空间的限制，电影的机械复制形成了电影的物质传递特征。广播也要受到自然条件的限制。电视则不受时间、空间等条件的限制，能覆盖所能达到空间的人群，将信息推到观众的面前。电视传播艺术的方式主要有两种：一是直播。借助摄影机的电子复制和电子通信传输，艺术展演可以直观呈现在电视机上，具有实时性和同步性。二是录像。录制的艺术信息借助电视播放。无论是直播还是录像，都具备电视传播面广的特点。

---

[1] 周传基：《电影与以电视为主的其它传播媒介的关系》，《当代电影》1989年第4期。

在信息保存方面，电视的通信传输技术的局限在于信号的瞬间即逝性。电视在重复观看、信息保存方面相对困难。书本可以反复观看，电影也可以重复观看，电视的播放则受制于电视媒介机构。电视剧《西游记》的家喻户晓依赖于其重复播放的次数。黄梅戏音乐电视剧《桃花扇》在1992年前后在央视播出，此后长期没有播放，播放次数限制其传播广度。除了依赖电视播放这一途径外，电视剧还以录像带、DVD等形式传播。安徽音像出版社出版了中国戏曲文化经典系列，借以弘扬戏曲艺术，传承民族文化，其中有《桃花扇》《西厢记》等。

总之，在传播技术层面，《桃花扇》的电视传播比之舞台戏曲、电视等更具传播优势。

（二）电视媒介与大众传播

《桃花扇》故事借助电视媒介进入千家万户，其受众面远远比舞台戏曲、电影等形态的《桃花扇》更为广泛。电视媒介的特性决定了受众的广泛性。通信传输技术使其可以瞬间传遍千家万户。电视机的普及使电视逐渐成为普通家庭的永远客人。电视的免费或低消费更是具有吸引力。杂志、报纸都要花费金钱，电影票价至少20元以上，戏剧、音乐会的票价更高。高昂的价格把普通大众挡在了门外，在普通的中小城市、农村很难欣赏到高雅的文化，电视使受众接受成本降低，可以坐在家里欣赏到艺术表演。随着电视的普及，电视赢得了更为广泛的大众，中央台的春节联欢晚会是电视大众传播的典型案例。

《桃花扇》故事借助电视媒介走进家庭，最明显的变化是受众的增多。严凤英等人曾排演《桃花扇》，但是留下来的仅限于文字记载。人们坐在家里，可以欣赏到黄梅戏音乐电视剧《桃花扇》故事，欣赏到黄梅戏优美的唱腔。黄梅戏走进千家万户，真正实现了大众传播。黄梅戏舞台剧的演出与电视传播的大众化是无法比拟的。黄梅戏的电视传播赢得了自身生存的空间。不仅如此，黄梅戏音乐电视剧的播出还捧红了戏曲演员，产生了明星效应。在谈到以电视、电影为主的传播媒介形成的明星效应的时候，南帆将影视明星与戏曲演员作了对比。"必须看到，电子传播媒介之中的明星与传统舞台上的戏曲演员具有极大的差异。后者更像是传统的手工业者。他们的活动范围仅仅是某一个剧院甚至某一个村庄的舞台；他们依靠每一台演出收取报酬。他们的表演与体力劳动相差无几，以至于'戏子'是一个遭人歧视的职业。相形之下，电子传播媒介之中的明星利用电波和机械复制挣脱了时空的限制。明星的一次表演可以被制作为无数份拷贝或者录像带、光碟，他们的电子形象将通过销售和传播网络扩散到全世界。"[①] 可见，影视明星因电子传播媒介的优势比戏曲演员具有更大的传播效应。戏曲演员因为参演影视剧比其他戏曲演员更容易为普通观众所熟知，拥有更高的身价。李香君的扮演者韩再芬因当年在《郑小姣》中演出郑小姣而引起注目，明星效应反过来推动了舞台戏曲的传播。普通观众对于黄梅戏的认知，许多不是通过舞台媒介，而是通过电视媒介。作为以演技为主的舞台演员，单纯依赖舞台演出很难产生电视明星那样的效应。电视成为电影传播的媒介，电视电影成为一种新的艺术形式。苏舟导演的电视电影《桃花扇》以电视为载体播放，《桃花扇》故事的电影迅速传送到电视信号所能达到的区域，这比单纯的影院传播的传播面要更广。王季思在谈到黄梅戏音乐电视剧《桃花扇》时，肯定了黄梅戏音乐电视剧的探索。他认为

---

① 南帆：《双重视域　当代电子文化分析》，江苏人民出版社2001年版，第23页。

戏曲和电视结合而成的电视片形式，让人们看到民族戏曲和现代影视媒介结合产生的广阔前景。因为影视媒介在收视率、满足海外观众的需求和时空自由上比舞台戏曲的演出更加有优势。[①] 当然，在戏曲和电视结合的程度或者戏曲电视化的程度上也制约着戏曲的传播。

黄梅戏音乐电视剧《桃花扇》成功传播的一个重要因素在于明确的观众定位。黄梅戏音乐电视剧的导演胡连翠将雅俗共赏、满足不同层次的观众需求作为其拍摄的追求，始终将观众的需求放在首位。"戏曲从舞台搬上荧屏，戏曲和电视的双重艺术特点的融合，它的出发点和归宿，当然是为了观众。"[②] 她将雅俗共赏作为艺术成功的标准，显示出强烈的艺术传播意识。胡连翠是从受众的角度来判定艺术的价值。她说："只有获得更多人的认可，一件作品才能成为真正意义上的佳作，也才有成为经典的可能。我一直坚持作品要'好听、好看、好懂'，坚持这个宗旨的目的就是要让黄梅戏艺术获得最大限度的认可。不被观众认可的作品，即使有很高的艺术价值，我个人认为也不能算是佳作。"[③] 这句话体现了胡连翠对于艺术价值的新理解，即艺术的价值在于传播得到观众的认可。在黄梅戏音乐电视剧《桃花扇》的拍摄中，导演胡连翠始终坚守电视的媒介特性，以观众特别是青年观众的认同作为其拍摄戏曲电视剧的出发点。电视传播中的明确的受众意识是黄梅戏音乐电视剧《桃花扇》获得成功

[①] 王季思：《成功的再创造——谈黄梅戏音乐电视剧〈桃花扇〉》，吴仲谟《金鹰展翅 唱黄梅 获奖黄梅戏电视剧导演阐述及其他》，安徽人民出版社1995年版，第79—80页。

[②] 胡连翠：《戏曲电视剧走向的探索》，毛小雨《胡连翠导演艺术》，中国戏剧出版社1995年版，第91—92页。

[③] 龚燕：《当黄梅戏遇到电视剧——采访胡连翠》，杨燕《电视戏曲文化名家纵横谈》，中国传媒大学出版社2009年版，第156页。

的关键。

　　黄梅戏音乐电视剧《桃花扇》得到了多个层次观众的认同。首先是青年观众的认同。

　　黄梅戏音乐电视剧《桃花扇》赢得了青年观众的喜爱。一位青年观众的来信提供了这部电视剧的反馈信息。"去年，我又看了你的力作《桃花扇》，在这部剧中，我更深刻地了解了您那独特的导演风格。画面凝重，使思想内容更为深邃，具有极高的艺术价值。"①

　　由此可见，吸引青年观众的不仅仅是明星和爱情，还有作品本身的艺术价值。王冠亚赞扬了电视媒介推动了黄梅戏在青年观众中的影响，"实事求是地说，'文化大革命'后的青年观众所认识的'黄梅戏'主要是电视屏幕上的黄梅戏电视剧，电视的覆盖面可达全国各地，亿万观众。舞台演出卖座才一千多人，何况现在舞台滑坡，很少演出"。② 人们非常熟悉的《天仙配》《女驸马》等都和它们的影视形式有关，黄梅戏的影响力在很大程度上是现代传媒推动的结果。其次是普通观众。观众的认可还体现在戏曲电视剧的获奖上。《大众电视》金鹰奖是中国唯一的由观众投票来评选的电视奖项。继《西厢记》获得《大众电视》金鹰奖后，黄梅戏音乐电视剧《桃花扇》再次获得1992年第十届《大众电视》金鹰奖优秀戏曲片奖。金鹰奖的获得充分表明了观众对电视剧的喜爱。此后，黄梅戏音乐电视剧还获得1992年全国第十二届电视剧"飞天奖"二等奖（一等奖空缺），1991年全国第七届戏曲电视剧三等奖。再次，赢得

---

　　① 毛小雨：《胡连翠导演艺术》，中国戏剧出版社1995年版，第269页。
　　② 王冠亚：《漫谈胡连翠》，毛小雨《胡连翠导演艺术》，中国戏剧出版社1995年版，第205—206页。

第三章 《桃花扇》的电视传播

了海外观众。荣获美国"南海金猴奖"戏曲片三等奖,美国"南海金猴奖"是美国的观众评选影视剧的活动。美国"南海金猴奖"三等奖的获得,反映了戏曲电视剧在海外观众中的影响力。为什么黄梅戏音乐电视剧《桃花扇》能赢得海外观众呢?笔者认为主要原因在于:第一,电视剧的民族化特色。只有民族的,才是世界的。海外观众看到的是具有民族特色的黄梅戏唱腔,讲述的是一个爱情与兴亡的故事。海外观众的欣赏是对民族文化的认同。电视是媒介手段,民族文化的故事和艺术形式是产生文化认同的基础。第二,电视剧易于接受的特点。相对于昆曲、越剧等剧种唱腔,黄梅戏音乐电视剧《桃花扇》的普通话消除了语言传播障碍,黄梅戏音乐的改造消解了程式化的烦琐,这使传播与接受更为方便。最后,得到学术界的认可。黄梅戏音乐电视剧《桃花扇》获得了来自学术界的认可。中山大学戏曲研究者王季思先生给予此剧高度评价,他指出了《桃花扇》四个方面的成功:一是即"紧紧把握了原著的精神,改变了欧阳予倩话剧本的偏向。二是利用影视艺术,突出全剧的主要内容,把一些次要的人物,情节,或者根本删去,或者在幻影中出现。三是用黄梅戏和地方小曲演唱,受到化雅为俗的效果。四是较大程度上泯去清初民族矛盾的痕迹,特别在对史可法的殉国时的描写上,既有历史根据(史可法与多尔衮的通信),又化用田横自刎的故事,很有些新意"。[①] 学术界关注的是对原著的改编、对历史的尊重,黄梅戏音乐电视剧《桃花扇》在尊重原著、尊重历史的情况下进行了电视化的探索,得到了学术界的认可。可以说,黄梅戏音乐电视剧《桃花扇》是对原著的传

[①] 王季思:《与王冠亚论〈桃花扇〉电视连续剧》,《玉轮轩戏曲新论》,花城出版社1993年版,第177页。

播，只是不是原著信息的完整传递，而是原著精神的保留。黄梅戏电视剧《桃花扇》在剧与诗、雅与俗、传统与现代之间找到了一个平衡点。我们说，黄梅戏音乐电视剧《桃花扇》的成功是舞台与电视的特长融合的结果。

可以说，明确的受众意识是《桃花扇》故事在电视剧中成功传播的原因。

三　家庭传播与接受效果

从剧院、影院到家庭，《桃花扇》故事的媒介场所发生了变化。在电视媒介中，家庭成为《桃花扇》故事新的媒介场所。艺术从舞台到影院、从影院到家庭，与生活的距离越来越近，艺术也逐渐从陌生到熟悉，乃至逐渐融入日常生活。

《桃花扇》故事在家庭接受中其艺术形式、内容也发生了诸多的变化。不同于剧场、影院的观剧方式，家庭接受产生了不同的效果，引发了新的审美特征。

（一）电视交流的荧屏化与场效应的弱化

《桃花扇》从舞台戏曲到电视接受是从剧场到家庭的转换，也是从舞台艺术到荧屏艺术的转换。《桃花扇》的电视接受是面对荧屏的接受。荧屏构成了观众与艺术的界限，我们也称电视艺术为屏幕艺术。荧屏是艺术与观众交流的媒介。从剧场、影院到荧屏，艺术与观众的距离越来越近。

《桃花扇》故事从剧场、影院到家庭中，一方面是接受更为便捷，另一方面是场效应的弱化。《桃花扇》的演出无论是在剧场还是在影院，都有集体的仪式感和场效应。在剧场观看戏剧演出，是百人乃至千人聚集在一个空间内，观众作为一个集体而发出声音。由于集体观看的特点，观众个体的行动也受到集体性的制约。集体欣赏的效果即是能产生场效应，观众的表现能得到集体呼应。影院观影同样也有这种场效应。当《桃花扇》从舞台、影院搬到家庭中，它的存在和辐射的空间在家庭狭窄的范围内。家庭观赏可以是家庭成员，也可以是个人，因此很难形成舞台看戏和影院观影的仪式感。柯军的《桃花扇·沉江》讲述史可法忠心耿耿，面对大厦将倾的沉痛和徘徊，投江而亡。史可法唱："那滚滚雪浪拍天，流不尽湘雷怨。胜黄土，一丈江玉腹展。摘脱下袍靴冠冕死英雄，到此日，看江山换主，无可留恋。"曲文悲壮沉痛，柯军将内心的体验融化于唱词和动作中，让人感受到心灵的震颤。这种忠心和悲壮是一种深沉的集体意识，能够调动起观众内心积淀的心理结构，产生强烈的心理体验。当《桃花扇·沉江》在电视中表演时，面对的是少数人或接受个体，在一个注意力相对分散的家庭环境中，其审美的感染力无疑会受到很大影响。媒介环境的不同导致了电视接受的随意性，缺乏剧场、影院的沉浸感。观众的注意力是分散的，很难进入一种忘我的体验状态。电视传播了剧场艺术，但无法取代剧场艺术，反而凸显了剧场艺术的独特魅力。

（二）面对面交流亲近感

从审美交流的角度看，《桃花扇》在电视传播中体现了部分的面对面交流的特点。电视屏幕与舞台、银幕相比，与观众的距离更近了一步。荧屏与观众的距离正是生活中人与人之间面对面交流的距离，所以电视交流是面对面的交流的部分回归。舞台戏曲传播是面对面的交流，也是最原初的人与人之间的交流行为。此后文字媒介、电影媒介隔断了这种直接的面对面交流，成为借助媒介的交流。电视媒介是对面对面交流的部分回归。戏曲舞台剧的交流虽然是现场的互动交流，直接的交流，但是舞台和观众席的距离造就了演员和观众的距离的疏离。电影只让我们观看，电视却呼唤观众的参与，因而电视的互动性或面对面交流性是其基本特征。按照麦克卢汉的说法，不同于作为"热媒介"的电影，电视正是清晰度低的"冷媒介"，它需要受众广泛参与。刘云舟先生也说："归根结底，电视面对的是我们的世界，电视通过一系列手段，时刻召唤我们的观看、我们的倾听我们的参与。最明显的手段是'看镜头'，即电视里的人直接对我们说话。"① 电视的"看镜头"反映了电视交流的面对面交流特点和参与性。电视的现场访谈节目，好像节目中的人在向观众诉说，和大众交谈一样。2006年5月26日，央视公共频道《鲁豫有约》节目播出关于《1699·桃花扇》背后的故事的访谈。2007年3月9日央视戏曲频道戏曲采风节目播出《桃花扇》的访谈。在访谈节目中，我们像见到石小梅、单雯等演员一样，她们在向我们诉说《桃花扇》的故事，期待观众的认同和理解。电视剧中，剧中的人物好像是家庭成员，以近景或特写的方式向观众袒露内心。黄梅戏音乐电视剧《桃花扇》中，李香君血溅桃花扇，母亲远嫁。画面中李香君在歌唱中向观众倾诉她内心的苦闷。

如果说电影带给我们的是梦幻感，那么电视带给我们的是现实生活的亲近感。为什么会有这种亲近感呢？一是电视的声画的信息和实际的生活流动十分相似。黄梅戏音乐电视剧《桃花扇》的叙事节奏和日常生活的节奏十分接近，舞台戏曲《桃花扇》是舒缓的节奏。二是电视的接受方式是家庭观看。电视在我们家庭中，好似家庭成员。电影的梦幻感是因为电影与生活的疏离感，

---

① 刘云舟：《电视分析框架》，《世界电影》2008年第4期。

第三章 《桃花扇》的电视传播

电视的亲近感源于电视媒介与日常生活的相似性。去影院看电影是偶尔为之的行为；在家里看电视则是日常行为。正如电视研究者胡智锋所说："'电视'看起来它并不是一种我们身外的特殊的媒介传播手段，它本身是我们日常生活中最自然的一部分，成为了现实生活的自然延伸，成为了我们生活中难以分割的构成要素。"① 如同电视机是人们家庭的一部分一样，电视剧也存在于人们的日常生活中，和日常生活保持着亲缘性。我们不能天天去影院看电影，却可以天天打开电视看电视剧，电视进入我们的日常生活。

马丁·艾思林在《戏剧剖析》中谈到了电视接受的亲近感。"在舞台上，观众和演出之间的距离是不变的，而在机械录制的戏剧里这就有变化：用一个特写镜头，或者广播里低声的内心独白，观众会感受到同演出有最大的亲近感和亲切感；在远景里，距离就远了。至于电视，至少在现有的技术条件下荧光屏仍然比较小，因此，远景的一些细节也就大大减少了，所以，最有效地镜头，是特写或中景。因此电视剧的优点；往往就在于它能使为数不多的人物同观众接触的那种亲切感；许多最好的电视剧就是得力于这种接近感和亲切感"②。正是电视的传播，李香君形象才从书本、舞台乃至电影进入普通的家庭生活中，呈现出和家庭观众交流的亲近感。韩再芬扮演的李香君和王丹凤饰演的李香君有所不同。王丹凤饰演的李香君在电影中是一个具有侠气的、决绝的政治色彩浓重的女中丈夫形象，而韩再芬饰演的李香君则是一个柔情似水、相思无限的少女形象，也可以说，电视剧中的李香

---

① 胡智锋：《电视美的探寻》，华中理工大学出版社1998年版，第17页。
② ［英］马丁·艾思林：《戏剧剖析》，罗婉华译，中国戏剧出版社1981年版，第77页。

君是一个生活化的形象而不是理想的形象，更符合当代普通观众的接受心理。

（三）《桃花扇》的日常生活化

《桃花扇》故事的家庭接受给受众带来了方便。从剧场、影院到家庭，是从公共空间到相对私人化的日常生活空间。剧场看戏、影院观影是公共行为，电视观看则是趋向于私人化的行为。电视机存在于客厅、卧室等空间中，和我们的私人生活融为一体。剧场看戏、影院观影是偶尔为之的行为，电视接受则是日常生活或者说天天如此的生活的一部分。从接受方式来看，戏剧、电影的接受是集体性接受，电视的接受更趋向于个人化的接受。"与戏剧、电影欣赏的集体化相比，电视欣赏主要是一种独自的欣赏。"[①] 家庭观赏氛围让观众以一种轻松愉悦的心理去看电视，看电视成为一种日常娱乐形式。

《桃花扇》故事的家庭接受引发了审美的日常生活化。《桃花扇》剧本中很少有日常生活的描述，《桃花扇》的舞台戏曲和电影由于受时间的限制，省略了诸多的日常生活细节，电视剧则可以在更大的篇幅之内展现《桃花扇》，详细地刻画日常生活。黄梅戏音乐电视剧《桃花扇》共五集，采取连续播出的形式。电视剧的连续性是其日常生活化的表现。黄梅戏音乐电视剧《桃花扇》也是相对完整地展示《桃花扇》故事信息的方式。在此之前，清代《桃花扇》的全本戏演出是舞台对原著的传播。抗战时期，谷斯范创作了长篇历史小说《新桃花扇》。这部小说从1946年下半年到1947年年底，在上海的《东南日报》连载，1957年整理成合本的《新桃花扇》。报刊连载和电视剧都是连续性的传

---

① 陈晓云：《电影学导论》，浙江大学出版社2003年版，第71页。

播方式，但是因为纸质媒介和电视媒介的差异，《桃花扇》故事的差别也比较明显。《新桃花扇》增加了钱谦益、黄宗羲等知识分子，深入挖掘了知识分子的心理世界，刻画了明末党争的历史；黄梅戏音乐电视剧《桃花扇》则重点叙述了侯朝宗和李香君的爱情，消解了深沉的历史感。在黄梅戏音乐电视剧《桃花扇》中，编剧抓住了爱情这条主线。从20世纪90年代以来，中国社会生活稳定，人们安居乐业，不再具有清初或者清末的那种兴亡之感，而更青睐于爱情的永恒。可以说，电视剧对原著的阐释符合了当下的观众的审美需求。黄梅戏音乐电视剧《桃花扇》篇幅更长，节奏相对缓慢，内容上注重生活细节。例如第一集中，李贞丽等人赌博斗败赵公子等人，这在孔尚任的原著和舞台戏曲、电影中都没有出现过。盒子会中李香君、卞玉京等人拔兰花的游戏是南京的风俗。李香君房间内的布景都是实物，也可以说电视剧有过多的冗余信息，不如戏剧、电影精粹。艺术的日常生活化导致电视剧的审美效应相对减弱。电视剧《桃花扇传奇》演变成侯朝宗、李香君以及金九龄等人的爱情纠葛。其中没有孔尚任《桃花扇》中"语语可做信史"的历史感，没有昆剧《桃花扇》中的优美的唱腔和舞姿，没有电影《桃花扇》中的光韵，甚至没有黄梅戏音乐电视剧《桃花扇》中音乐的韵味感，成为大众的文化快餐。因此，《桃花扇》故事的日常生活化并不等同于日常生活，也不是用大众化、娱乐化的方式去消解原著的审美意蕴，而是保持日常生活的诗意。黄梅戏音乐电视剧《桃花扇》之所以比电视剧、电视电影《桃花扇》传播和接受效果更为显著，因为它在日常生活的基础上，保持了诗意的审美的元素。

综上所述，电视媒介改变了《桃花扇》故事的存在方式，形成了新的艺术形式，延续了《桃花扇》故事的艺术生命，同时也消解了《桃花扇》故事的审美效应和历史感。因此，电视传播是《桃花扇》故事的剧本、舞台、电影之外的一种传播方式，并不能互相取代，而是在相互传播中走向多元共生。

第四章 《桃花扇》的网络传播

除传统媒介之外,《桃花扇》还在网络媒介中传播。网络媒介被称为第四媒体。"1988年5月,联合国新闻委员会年会上正式提出了'第四媒体'的概念。从此,网络媒介就成为继三大大众传播媒体(19世纪机械纸质复制的报刊、20世纪电子传播媒介的广播和电视)之后的第四大媒体。"① 马克·波斯特将网络媒介时代称为"第二媒介时代"②,以和电影、广播电视为代表的"第一媒介时代"相区分。

网络媒介较之传播媒介有更大的传播优势。《桃花扇》的剧本、舞台剧、影视剧等纷纷选择网络作为其传播媒介。网络媒介改变着《桃花扇》的存在方式,影响着其艺术形式。

第一节 网络传播动机

人们为什么借助网络媒介来传播《桃花扇》呢?我们从网络媒介和网络主体两方面具体谈一下。

---

① 陈鸣:《艺术传播——心灵之谜》,上海交通大学出版社2003年版,第46—47页。
② [美]马克·波斯特:《第二媒介时代》,范静晔译,南京大学出版社2000年版,第3页。

一 网络媒介的诉求

（一）网络媒介的优势

网络媒介比传统媒介有传播优势。主要表现在：首先，相比之与文字印刷媒介的实物传播，网络媒介是无纸化传播，创作和欣赏都在无纸化的状态中进行。无纸化的写作、编辑和保持更为方便、信息传递更为快捷。其次，网络媒介和舞台媒介也有所不同。舞台媒介在时间和空间上都有一定的限制，舞台媒介具有即时即地性、在场性等特征。舞台媒介的传播方式是现场交流的人际传播模式。网络传播能够打破舞台媒介的时空限制，实现远程即时传播。网络是舞台传播空间的延伸，是舞台剧本位传播和延伸传播的集合体。再次，和影视媒介的线性传播相比，网络媒介是非线性传播。它的多媒体、超文本的特点形成了多重的信息网络。网络媒介打破了影视媒介的单向传播的弊端，实现了多向的互动交流。网络媒介还影响着影视媒介的受众，将大众传播转变为点对点的分众传播，实现了传播的个人化。此外，网络传播是全球传播，比传统媒介的传播范围更为宽广。可以说，网络媒介是传统媒介的优势整合。"互联网络是迄今为止所有传媒优点的集大成者：它有广播的速度与方便，有电影、电视的图像与声音的有机合成，有报纸的详尽、深入与可保存之优势，还拥有其他传媒所不具备的即时互动、以受者为中心的全新特点以及一体化的整合能力。"[①] 正是网络媒介所具有的这些媒介优势，《桃花扇》故事的剧本、舞台剧、影视剧等才选择网络媒介作为新的传播手段。

[①] 焦福民：《论文化发展与戏曲传播格局之变》，《齐鲁学刊》2008年第5期。

（二）网络传播的诉求

网络在当前社会中逐渐普及，其功能主要是为受众提供信息。据 CNNIC 发布的《第 28 次中国互联网络发展状况统计报告》显示："截至 2011 年 6 月底，中国网民的规模达到 4.85 亿，较 2010 年底增加 2770 万人；互联网普及率攀升至 36.2%，较 2010 年底提高 1.9 个百分点。我国手机网民规模为 3.18 亿，较 2010 年底增加了 1494 万人。手机网民在总体网民中的比例为 65.5%"；"宽带网民规模为 4.5 亿，有线（固）网用户中的宽带普及率达到 98.3%。农村网民规模达到 1.25 亿，占整体网民的 27.3%，同比增长 16.9%"。[①] 可以说，网络的迅速发展，使其成为这个时代最具有传播力和影响力的媒介之一。网络通过多媒体技术，融合多种媒介形式，使其成为兼容性很强的交互平台。传统艺术有着丰富的资源，可以为网络提供大量的内容材料。网络媒介容纳了众多的《桃花扇》艺术信息，既有文字的、图片的，也有音频的、视频的；既有剧本、舞台剧，也有音乐、影视剧和各种知识、评论、节目等。《桃花扇》的资源分布在戏曲网站、电影网站和综合类的网站以及博客、论坛中，形成为一个立体交叉的传播的信息传播网。笔者在 2012 年 2 月 3 日以"桃花扇"为关键词在百度中搜索到 1640000 个结果，以同样的方式，搜索到"西厢记" 467000 个、"牡丹亭" 3660000 个、"长生殿" 1230000 个。

（三）传统媒介艺术网络传播的诉求

传统艺术的传播是不断寻求传播媒介的过程。每一次的媒介变革带来的是艺术存在方式的变化。网络时代的数字化生存提供给传统艺术形式变化的契机，也由此引发了传统艺术新的传播形

---

① CNNIC 发布《第 28 次中国互联网络发展状况统计报告》，http：//www.cnnic.net.cn/dtygg/dtgg/201107/t20110719_ 22132. html。

态变革。

  传统艺术传播的局限，媒介的局限恰恰为新的媒介选择提供了可能。舞台媒介提供了《桃花扇》的生动虚拟的表演形态，但其现场性决定了其传播的局限。影视媒介提供了《桃花扇》故事的声画，却受制于影视技术的特点，传播时空受到限制。比如，梅阡、孙敬的电影《桃花扇》和粤剧电影《李香君》则很少能看到，黄梅戏音乐电视剧《桃花扇》在很长时间内没有重播，限制了《桃花扇》故事的传播范围。网络媒介传与受的分离提供了共时观看的可能，只要有上传的视频文件，受众便可以在网络中随时随地在线观看。网络艺术为传统艺术提供新的存在方式和传播空间。

  传统艺术需要通过网络媒介来拓展其生存空间。施旭升教授在谈到传播媒介给戏曲造成的影响的时候说："每一次传播媒介的改变都给戏曲向前发展带来了新的契机，提供了新的可能，并且深刻地影响到戏曲的艺术形式。传播媒介的改变、传播媒介的更迭无疑都与戏曲的命运与发展休戚相关。"[①] 不仅仅是戏曲，传播媒介的改变提供了新的发展机遇。电视的出现，使《桃花扇》《西厢记》《牡丹亭》等出现了新的传播方式，从而走入寻常百姓家。网络则将大量的资源呈现在受众的面前，可以面对受众个人，提供了受众自由选择的机会。

  传统艺术选择网络是一种必然。无论是戏曲舞台剧还是影视剧，都具有通俗化、大众化的特征。其实，从剧本到舞台，再到影视，《桃花扇》一直在走一条通俗化、大众化的道路，通俗化、大众化如果说是一种审美特征，还不如说是传播特征。

---

① 施旭升：《中国戏曲审美文化论》，北京广播学院出版社2002年版，第300页。

网络的特性之一是平民化、共享性，它消解了权威和控制，更为通俗化、大众化。除此之外，无论是《桃花扇》的舞台剧还是影视剧，都具有综合性，比如舞台剧是视听手段的综合，更侧重于听觉艺术，影视剧也是机械的视听手段，更侧重于视觉艺术，网络则为《桃花扇》故事提供了多媒体、多感觉的表现手段。

总之，传统艺术的传播诉求提供了《桃花扇》故事网络传播的需要。

二　网络主体的动机

《桃花扇》网络传播的主体一般包含传统媒介的传播机构和众多的网络传播个体。

（一）媒介组织的动机

传统的媒介组织结构在网络传播中依然存在。网络传播中，传统媒介的传播机构同样存在。传播媒介的传播主体是专业的传播机构。《桃花扇》的舞台传播主体就是职业剧团、北方昆剧院、江苏省昆剧院，《桃花扇》影视剧的传播的主体是金星影业公司、西安电影制片厂和安徽电视台等。作为媒介组织，传统的剧院、电影公司、电视台等都建立有官方网站或者剧目网站，用以宣传作品和组织机构。媒介组织需要通过网络来扩大艺术作品的宣传，进而实现其本位传播的价值。媒介组织有通过网络媒介宣传戏曲、扩大影响的需求。作为传播者的江苏省昆剧院建立了昆曲《1699·桃花扇》的网站，发布关于《1699·桃花扇》的各种图片、文字、视频、音频信息。不仅如此，还积极参与各种网络访谈、网络资料的上传等。同时，增加了剧目在搜索引擎中的数量。我们运用各种搜索引擎，几乎都能搜到昆曲《1699·桃花扇》的相关信息。剧目信息的网络化提高了昆曲《1699·桃花扇》的知名度。再一个例子是西部电影集团的官方网站中的电影《桃花扇》。西部电影集团的前身是西安电影制片厂，电影《桃花扇》是由西安电影制片厂摄制，在西部电影集团网站的"西安电影制片厂电影作品"一栏中出现了《桃花扇》，里面有电影《桃花扇》的剧照和剧情简介。西部电影集团通过网络媒介介绍和宣传了自身。借助网络媒介，传统的媒介机构宣传了《桃花扇》。

媒介组织的宣传动机、商业动机在网络传播中也是普遍存在的。对于媒介组织机构而言，网络传播和传统媒介有着同样的动机。

（二）网民的多元诉求

对于网络的兴起，有学者指出："这次传媒革命与历史上所有传媒革命最大的不同在于，个人至少从可能性和发展的趋势来看，真正成为传播的主体。"[①] 网络媒介传播的主体呈现出个体化、个性化的特征。网民不仅是艺术的接受者，还是传播者，传统媒介中的媒介机构演变为个人化的主体，体现出网络艺术的民主化倾向。

由于网民身份的多元化，其传播动机也更加多样。虽然从技术的角度上讲，网络传播还只是一种媒介，但是从社会关系的角度看，传者和受者的关系发生了明显的转换。网民成为网络传播的主体，它们有着不同的文化素质，有着不同的传播需求。《第28次中国互联网络发展状况统计报告》中出现了2010年12月—2011年6月各类网络应用使用率的调查表，从中我们可以看到网络传播的动机。

---

① 赵士林、彭红：《网络传播论》，上海交通大学出版社2002年版，第7页。

第四章 《桃花扇》的网络传播

2010 年 12 月—2011 年 6 月各类网络应用使用率

应用	2011 年 6 月 用户规模（万）	使用率（％）	2010 年 12 月 用户规模（万）	使用率（％）	半年增长率（％）
搜索引擎	38606	79.6	37453	81.9	3.1
即时通信	38509	79.4	35258	77.1	9.2
网络音乐	38170	78.7	36218	79.2	5.4
博客个人空间	31768	65.5	29450	64.4	7.9
网络视频	30119	62.1	28398	62.1	6.1
论坛 BBS	14405	29.7	14817	32.4	-2.8

首先，《桃花扇》信息的获取。搜索引擎是网民使用最多的工具。"搜索引擎（Search Engine）并不是一个实体引擎，它是一个适应客户查询需求，对因特网上的信息资源进行搜集整理，向客户提供他所需要的信息的检索系统；它包括信息搜集、信息整理和用户查询三部分。"[①] 搜索引擎可以按照用户的要求搜索出信息。搜索引擎提高了受众获取信息的主动性。搜索引擎主要依靠关键词来搜索信息，输入"桃花扇"关键词，可以搜索到与之相关的大量信息。笔者在 2011 年 3 月 5 日搜索，"环球昆曲"在线的最新时讯中有"《1699·桃花扇》无伴奏合唱昆曲清唱剧在南京上演""无伴奏合唱昆曲清唱剧《1699·桃花扇》香港演出圆满结束""兰苑版《桃花扇》进入排练最后阶段""《桃花扇》剧组今天彩排""《桃花扇》剧组排练照片先睹为快""昆曲《1699·桃花扇》的第十个版南京首演"、2011 年 3 月 12 日《1699·桃花扇》的演出通知等。通过"环球昆曲在线"网站，我们可以清晰地看到《1699·桃花扇》的演出记录、网络直播和一些昆曲知识。比如"中国戏曲网站""咚咚锵 中华戏曲网"等网站中可

---

① 吴廷俊、屠忠俊：《网络传播概论》，武汉大学出版社 2007 年版，第 134 页。

以搜索到"桃花扇"信息。专业的影视网站也能搜索到《桃花扇》的艺术信息。在"中国影视资料馆"的网页中搜索"桃花扇",共找到四条符合条件的信息,即"桃花扇(1963)、桃花扇(1961)新桃花扇(1935)和血溅桃花扇(1940)"。打开"桃花扇(1963)",有关于这部电影的故事梗概的介绍。还有如下的信息,资料馆收录了《桃花扇》(1963)剧照14张,资料馆收录了《桃花扇》(1963)海报4张。比较知名的搜索引擎有Google(www.google.com)和百度(www.baidu.com)。从搜索引擎的使用来看,信息获取是网络最主要的动机。传统媒介的信息获取是被动的,网络媒介的信息获取不仅及时而且相对全面。

其次,《桃花扇》的娱乐动机。网络集中了娱乐信息。据《第28次中国互联网络发展状况统计报告》统计:"2011年上半年,网络游戏和网络音乐的用户规模分别为3.11亿和3.82亿,使用率较2010年底分别下降2.3个和0.5个百分点。网络视频用户规模为是3.01亿,使用率与去年底持平。"可见,娱乐依然是网民的需求之一。相对于传统媒介,网络的娱乐功能更为显著。传统媒介中,受众面对的是有限资源,可选择性低;网络媒介中,受众面对大量的娱乐信息,可以按自己的意愿选择,极大地满足了个人的娱乐需求。《桃花扇》的电影、电视、音乐等资源成为满足网民娱乐的资源。

再次,《桃花扇》消费动机。网络媒介是消费的场所。网络媒介促进了《桃花扇》消费信息的传播。网络中有许多的购物网站,如"孔夫子旧书网""当当网""淘宝网"等。笔者在2011年10月3日22:35分在"孔夫子旧书网"以"桃花扇"为关键词搜索到图书2537项,几乎集中了目前能见到的"桃花扇"的绝大部分的图书。不仅如此,"孔夫子旧书网"中有大量珍贵的书籍。《桃花扇》书籍有清代线装木刻古旧书，售价3000元；有清代光绪年间博文书局精写白棉纸石印本的《绘图绣像桃花扇》传奇，售价1000元；有江苏广陵古籍刻印社的贵池刘氏暖红室刻本校订重刻的《增图校正桃花扇》。可见，网络书店提供了关于"桃花扇"的图书信息。网络媒介提供了《桃花扇》消费信息的共享平台。

《桃花扇》故事在网络传播中，其信息价值、娱乐价值和消费价值凸显出来。

第二节 网络传播方法

《桃花扇》在网络媒介中主要以网站、网络论坛、博客、播客等方式传播。

一 网站传播

网站是《桃花扇》故事艺术信息的传播方法之一。网站是个人、媒介组织等发布信息的传播平台，是网络大众传播的主要途径。网站在20世纪90年代以来发展迅速。网站是舞台戏曲《1699·桃花扇》的延伸传播形，是舞台戏曲传播局限的补充性媒介。网站中的《桃花扇》呈现出和传统媒介的《桃花扇》不同的传播特征。我们以《1699·桃花扇》为例，具体分析一下《桃花扇》在网站传播中的情形。

首先，《1699·桃花扇》的网站是艺术主题信息的多元汇聚。作为宣传平台，网站集中了多元丰富的《1699·桃花扇》信息。传统的报纸、电视要么是图文信息，要么是动态图像信息，网站则集中了传统媒介的优势，兼具多种文本信息。新浪娱乐网站中

图4-1 《1699·桃花扇》的网站截图

昆曲《1699·桃花扇》的戏曲专题（这个网站包含"新闻动态""曲目介绍""影像记忆"和"发表评论"栏目）。"新闻动态"主要包含媒体对本剧的关注，从中我们可以看出哪些部分成为媒体关注的焦点。在新闻报道中，我们看到"16岁少女出演李香君《桃花扇》再度连演三场""北京国际音乐节青春版《桃花扇》进北大""金童玉女舞动《桃花扇》花季演员与李香君同龄"等标题。可见，"青春"是吸引当代关注的重要策略，也是媒体关注的中心。"曲目介绍"一栏中有中英文唱词对照，制作人、出品人和执导老师、主要演员的详细介绍和照片，以及舞美设计、造型设计、艺术顾问、导演等资料的详细介绍。在"影像记忆"栏目中，配置了139张图片，这里既包括演出的图片资料，也包括相关采访的图文资料。在这个栏目中，接受者可以大略了解这个剧目演出的情形。可见，网站是多元立体的艺术信息的集散地，没有任何一种媒介能像网络媒介一样集中反映一个剧目的立体丰富的信息。

其次,《1699·桃花扇》的网站采取超链接的编排方式。网站中的艺术信息以超链接的方式编排,这是网站传播与传统媒介传播的不同。报纸的编排具备平面性,网站编排是立体的;电视的编排是线性的,网络媒介则是非线性的、可逆的。网站一般由首页和艺术文章组成。超链接的编排方式改变了传统媒介的接受习惯,受众由线性接受转换为非线性的跳跃式的接受方式。在昆曲《1699·桃花扇》的网站中,网络用户根据自己的兴趣点击栏目或文章、图片等,可以自由选择多种方式接受信息。《1699·桃花扇》的超链接编排使《桃花扇》故事各种艺术形式、传播信息之间建立了互文的联系,容纳着更为丰富的信息。

再次,《1699·桃花扇》网站实现了传受双方的互动交流。网站信息宣传中,注重采用互动方式达到传受双方的交流。网站设置有电子邮箱、网上问卷、设立受众论坛等。昆曲《1699·桃花扇》的专题网站中有"发表评论"栏目,传播者为接受者提供了互动平台,接受者可以在这里发表言论,进行互动。在《1699·桃花扇》的报纸传播中,难以实现即时的互动交流;电视传播中,电话交流是一种互动方式,但是也受到多种限制,只有网站中的互动交流更为便捷。《1699·桃花扇》网站不仅是互动交流的平台,还可以提供便捷的消费服务,在线信息提供和售票服务开辟了戏剧舞台传播的新的方式。这个网站上有2006年10月17日的演出通告,地点在北京大学百周年纪念讲堂,下面有票价和订票电话。传受双方可以相互交流,传者可以得到及时反馈,逐渐调整网站编排。

最后,《1699·桃花扇》网站采用了视觉优先的原则。视觉传播相比之文字传播更容易让人印象深刻。"有研究表明,文字传达的信息占总信息量的13%，电影、电视传达的信息只占总信息量的23%，而图像传达的信息占总信息量的52%。"① 因此，视觉图像在信息传播方面具有独特的优势。网站主页中将图片信息置于中心，文字信息放于两侧。图片信息以靓丽、时尚的青年演员、名人名家的照片为主，采取滚动式呈现的方式，这对网络受众主体的年轻人构成吸引力。江苏昆剧院的"环球昆曲在线"可以实现实时的远程观看，极大地满足了受众的视觉观赏需求。

专业的网站中也有大量的艺术相关信息。江苏省昆剧院的《环球昆曲在线》是宣传昆曲的窗口，《桃花扇》的演出信息一般都可以在这里找到。江苏省昆剧院的"环球昆曲在线"不仅适时发布关于昆曲，关于各版本《1699·桃花扇》的演出信息，同时对其演出状况进行现场直播。总体来说，网站中的"桃花扇"故事相关的信息资料普遍相对平面、图文结合，资料丰富。当然，它的缺点是缺乏深度报道。

可以说，网站为网民提供了了解《桃花扇》信息的窗口，调动了网民的期待视野。网站传播促进了《桃花扇》在现实中的传播，却不能代替现实中的传播，二者是相互补充的。

二 网络论坛

如果说网站是信息展示平台的话，网络论坛是《桃花扇》互动交流的平台，是《桃花扇》延伸传播形式。网络论坛的前身是BBS。BBS是Bulletin Board System的缩写形式，它的意思是"电子公告板"。今天的网络论坛不限于发布信息，而且集发

---

① 李益：《现代传媒美学》，四川大学出版社2010年版，第188—189页。

布信息、在线探讨、互动交流等多种功能于一身。如果说网站还主要是单向传播的信息窗口的话，那么网络论坛则是互动交流的公共平台。网络论坛在最大程度上体现了网络媒介的交互性特征。

《桃花扇》分布于各种网络论坛中，集中探讨《桃花扇》的论坛是百度贴吧。什么是贴吧？"'贴吧'是百度网的一个发明，是一种以搜索引擎为内核的网络论坛。"① 与"桃花扇"故事相关的贴吧主要有：《桃花扇》吧、《桃花扇传奇》吧、李香君吧、冯喆吧、王丹凤吧等。"桃花扇"吧分为"精品区""投票区""游戏区""聊聊看"等。在"精品区"又分为"原创诗赋""原创文章""学术论文""文史资料""戏剧相关"等栏目。

网络论坛是《桃花扇》的延伸传播方式。在网络公共空间中，多个虚拟主体就中心议题展开讨论。网络论坛不同于其他传播媒介的艺术讨论，具有独特性。网络论坛作为传播媒介，具有以下特点。

其一，《桃花扇》的传播在一个虚拟公共空间内。与传统媒介、网站、博客等相比，网络论坛是一个虚拟的公共空间，其最大的特点在于公共性。哈贝马斯说："公共性本身表现为一个独立的领域，即公共领域，它和私人领域是相对的。有些时候，公共领域说到底就是公众舆论领域，它和公共权力机关直接相抗衡。"② 在谈到古希腊的公共领域时，哈贝马斯说："在高度发达的古希腊城邦里，自由民所共有的公共领域（koine）和每个人所特有的私人领域（idia）之间泾渭分明。公共生活（政治生活）

---

① 杨谷：《网络文化建设与惯例概论》，国家行政学院出版社2008年版，第153—154页。
② ［德］哈贝马斯：《公共领域的结构转型》，曹卫东译，学林出版社1999年版，第2页。

在广场上进行，但并不固定；公共领域既建立在对谈（lexis）之上——对谈可以分贝采取讨论和诉讼的形式，又建立在共同活动（实践）之上——这种实践可能是战争，也可能是竞技活动。"① 可见，公共领域具有以下特点：一是与私人领域相对；二是建立在交往对话的基础上；三是建立在共同的实践活动上。以《桃花扇》为主题的网络论坛是哈贝马斯公共领域的网络化呈现。"《桃花扇》吧"是一个与私人领域相对的空间，具有开放性。所有的网民可以发言，可以在虚拟空间中进行平等的交往对话。其共同的实践活动表现为对《桃花扇》相关信息的交流。网络论坛与现实的公共领域的不同在于其虚拟性，虚拟性造成了网络交往对话的复调性、狂欢化和无与伦比的开放性。

其二，《桃花扇》的传播主体是多重虚拟传播主体。生活中针对一个剧目的座谈、讨论等人与人之间面对面的交谈，网络论坛的用户都是用代号或者昵称的虚拟身份登录论坛，在网络论坛上，人与人之间的交流是符号与符号的交流。现实生活中的人际互动传播是人与人之间面对面的交流，由于人的身份、地位等条件的限制，人与人的面对面的交流遇到传播的障碍。网络的匿名性形成了网民身份的虚拟性，网民摆脱社会限制成为虚拟主体。网络论坛作为公共话语空间，参与者具有群体性，艺术交流也就成为多个虚拟主体之间的交流。正是这多重的虚拟主体形成了多重交互的主体间性。"由于多极主体的存在，人与人的交往格局由传统的'主体—中介—客体'模式转变为'主体—中介—主体'结构的主体间性模式，主体间性由'主体—客体'对立的状态变为互为主体的状态，交往的方式也由于单向度向多维交叉、

---

① [德]哈贝马斯：《公共领域的结构转型》，曹卫东译，学林出版社1999年版，第3页。

交互性和非中心化转变。"① 网络论坛中的交流是平等的自由的互动交流，各个用户之间没有身份、权利等的障碍，他们的共同性在于对《桃花扇》感兴趣，各自从自身出发谈论看法。

其三，《桃花扇》议题的开放性。虽然网络论坛的主题是虚拟的，话题却有时是开放的。电影《桃花扇》的主演冯喆的贴吧中，网络论坛对某一话题的资料收集更为翔实，现实性、真实性使其成为影迷的交流平台。在冯喆吧的历史资料中，吧主倡导以历史图片、历史资料和当事人的文字中来认识冯喆。冯喆吧聚集了大量的关于冯喆的历史资料，其中有许多关于冯喆的回忆文章、冯喆的生活照、剧照和视频资料等。许多回忆文章可以看到：比如《冯喆：一代明星的人生悲剧》，《不朽的羊城暗哨》，《冯喆：止不住的悲歌》，作者：刘澎《冯喆在抗美援朝时期的详细经历——首次披露》，《另一种人言可畏——上海老影人追忆冯喆之死》摘自《华夏》1999 年第 6 期，《冯琳：回忆二哥冯喆》，《怀念冯喆叔叔》，选自京剧名伶言慧珠之子著《粉墨人生妆泪尽》，《转载黄宗江先生惦念冯喆文章》等文章。贴吧中还有珍贵的海报、图片，如《羊城暗哨》《沙漠追匪记》《一帆风顺》《英雄赶派克》等，吧中呈现的"罕见一组中国早期电影宣传画"、tkwocy 网友从香港查找到 60 年前关于冯喆的剪报等。网络论坛还调动了网民的创作欲望。截至 2011 年 10 月 4 日，《桃花扇》吧共有原创诗赋 8 篇，原创文章 3 篇。可见，网络论坛的交流不是简单、随意的，它包含着网友的创造。可见，网络论坛作为公共话语空间，能够聚合网民，共同为某一个主题或话题进行探讨和研究。

---

① 马万宾：《现代思想政治教育主体间性转向研究》，河南大学出版社 2009 年版，第 8 页。

其四，《桃花扇》传播的多元互动性。网络论坛不同于传统大众传播媒介的单向传播，也不同于网络聊天室的双向互动交流，它是一个多元互动交流空间。它既可以是单向传播，也可以是双向交流；既可以是两人的交流，也可以多对多的异步异时的交流。论坛中有网民的原创文章或者感兴趣的话题，后面是开放式的网友的跟帖。冯喆吧中，在纪念冯喆征文活动中，名为58居士的网友发表了《桃花扇》《胜利重逢》《南征北战》等五篇系列赏析文章，后面是网友们的评价。这里既有58居士与众人的交流，也有众人之间的交流，形成了多重主体间性的交流空间。多元互动交流性提供给艺术全方位的意见，网络论坛往往成为艺术反馈的平台。电视剧《桃花扇传奇》吧超越了电视媒介无法即时反馈的局限，提供了其多元互动交流的平台。2011年10月4日10：14，笔者在《桃花扇传奇》吧中共搜索到主题180个，帖子数1817个，其主要包括电视剧的介绍、演员的相关动态和电视剧本身和演员的评价等。

总之，网络论坛并没有改变艺术形态，而是戏曲艺术信息的延伸传播。影视剧、舞台剧在网络论坛中接受网民的介绍、评说，增强了舞台剧、影视剧自身的影响力，吸引着网络受众参与到《桃花扇》的舞台剧、影视剧传播中。

三 博客传播

博客是《桃花扇》故事互动交流的传播媒介。如果说网络论坛是集体性的杂语空间，那么博客和播客则是个人化的展示空间。博客主要传播的是《桃花扇》的图文信息。

什么是博客？蒋宏在《新媒体导论》中的定义是："英文'Blog'一词的全称是'Weblog'，由'Web'和'Log'两个单词组合而成。Log 在英文中是日志的意思,所以 Weblog 的中文翻译应该是'网络日志'。"[1] 杨谷的定义为:"博客是一种个性化的、成本极低的、按照时间顺序发布信息的网络小众传播方式。"[2] 博客属于自媒体。"美国著名硅谷 IT 专栏作家丹吉默认为,自媒体是私人化、平民化、普泛化、自主化的传播者,以现代化、电子化的手段,向不特定的大多数或者特定的单个人传递规范性及非规范性信息的新媒体的总称。"[3] 因此,博客是一种个性化的、成本低、以网络日志存在的自媒体形式。那么,《桃花扇》的博客传播有什么特点呢?

首先,《桃花扇》传播空间的个性化。个性化信息传达是博客区别于传统媒介的最大特点。博客具有四零优势,即零技术、零成本、零编辑、零形式,传统媒介的"把关人"的限制被取消了,博客实现了个人化的自由表达。

一是博客的传播者是个体性的用户本人。传统媒介的传播者多是媒介组织及其机构,媒介传播有一个流程。博客的管理、发表、运营等没有任何限制,博客是自我传播。网络博客体现了网民的自我表达的愿望和个性化的追求。从传播的意义上来讲,博客中呈现的是个人化的《桃花扇》信息。"一千个读者有一千个哈姆雷特",同样一千个读者也有一千个李香君,博客为《桃花扇》信息的个人化的读解提供了平台。

二是《桃花扇》博客发表和管理的自由化。博客文章的传播是个人化的行为,这和报纸、杂志、期刊等的出版并不相同。学术文章的发表必然要经过编辑的审查,而且从用稿到发行需要很

---

[1] 蒋宏:《新媒体导论》,上海交通大学出版社 2006 年版,第 188 页。
[2] 杨谷:《网络文化建设与管理概论》,国家行政学院出版社 2008 年版,第 48 页。
[3] 李楠:《充分而深度共享——新媒体时代内容生产的变革取向》,《中国传媒科技》2009 年第 11 期。

长的一段时间，发表后文章的版权属于期刊、杂志等印刷媒体所有。博客文章的发表则没有编辑等把关人的限制，博客本身就是媒体，博主可以随时将自己的文章传送到博客中，没有用稿、出版的长期等待，博主有所有权，可以转让或者让别人转载。这里涉及版权的问题。《桃花扇》的研究评论文章发表在报纸、杂志上即具有了版权，如果有复制、抄袭等行为则是违背了法律。网络上的《桃花扇》博客虽有博主个人的声明，但缺乏有效的制度管制，因而相对自由。正是因为管理机制的宽松，博客上的《桃花扇》文章只能作为参考，无法获得权威性。

三是《桃花扇》博客内容的个性化、感性化。博客上的《桃花扇》是《桃花扇》故事的延伸传播形式。如果说办刊上的《桃花扇》上的内容趋于理性化的话，博客中的《桃花扇》信息更为个体化和感性化。博客中《桃花扇》故事主要是故事介绍、评论和抒发自己的感想等。比如：在名为"永远还珠的博客"中，传播者于 2010 年 10 月 8 日发表了名为《桃花扇传奇》的博客文章，这篇文章介绍了电视剧《桃花扇传奇》的内容，并附上相关的图片资料，这是传播者对艺术作品的记录或宣传。在"碧草的博客"中，2010 年 8 月 11 日发表有"观黄梅戏《桃花扇》"的文章，文章的开头写道："2008 年 3 月 5 日晚，我从网页视频上观赏了 5 集黄梅戏音乐片《桃花扇》，被其鲜明的人物性格、曲折的故事情节和厚重的历史兴亡感所深深吸引，故而聊记一番。"这是接受者对接受心绪的记录，是即兴之作。博客也称网络日志，记录日常生活、记录琐碎生活的方式。

四是博客传播采取个性化的形式。博客《桃花扇》往往图文并茂，文质兼美。在"行到水穷处，坐看云起时"的博客中，有一篇"南京记游：为何桃花扇总关情"的文章。行文中插入了南京明故宫金水桥遗址、阮大铖的印章、阮大铖的书法、南京的科举考场、电影《桃花扇》、扬州史可法纪念馆、年画桃花扇、壮悔堂、侯方域文集、秦淮河的黄昏等图片。博客传播兼顾视觉信息和文字信息。博客以图文信息为主,但也有影音信息,博客《桃花扇》中有的配上了《1699·桃花扇》的音乐、电影《桃花扇》的部分或全部的视频。可以说,博客消解了传统媒介批评的理性化、学术化的倾向,打破了纸质媒介建立的文化权力,释放了《桃花扇》受众的个人化、感性化的批评空间。

其次,《桃花扇》博客传播的私人性和共享性。博客是博主个人的思想、情绪的表达或记录,是个性化的私人空间。博客也是公共空间,博文成为公共空间内的共享作品。艺术作品或艺术信息既具有私人性,也兼具公共性。博客《桃花扇》不是完整的作品,而呈现"碎片化"、个人化的状态。正如有的学者说的那样,"从传播学的角度看,博客不仅仅是个人网络日志,博客也不仅仅是个人网站,博客是一个'个人性和公共性的结合体',其精髓主要不在于表达个人思想,也不在于记录个人日常经历,而是以个人的视角,以整个互联网为视野,精选和记录自己在互联网上看到的精彩内容,原创感受自己生活中的点点滴滴,使这些信息具有更高的共享价值"。[①] 从《桃花扇》的博文来看,有《〈桃花扇〉之我见》《冬日忙里偷闲看省昆〈桃花扇〉》《关于〈桃花扇〉的遐想》等,这些都是博主的原创。

再次,《桃花扇》博客传播是人内传播、人际传播和大众传播的统一。博客是自我体验信息的传达,属于人内传播的范畴。人内传播是个体自我的交流行为,博客是网络日志,是博主自我

---

① 杨继红:《新媒体生存》,清华大学出版社2008年版,第154页。

经验的信息传递。当博文发在网上，便具有了公共性和可交流性。《桃花扇》博客还是人际交往行为，留言、回复、评论等行为构成了博主与接受者的人际互动交流。博客《桃花扇》不是精英化、专业化的信息，是体验性的信息。博文进入博客圈，置入网站主页时，具有了大众传播的性质。

总之，《桃花扇》在博客中传递的个人化、感性化的图文信息，呈现出碎片化、随意性的特点。博客传播不能取代传统的媒介批评，但是二者可以相互参照、互为补充。

四 播客传播

什么是播客？"播客，是数字广播技术的一种，即英语的 Podcast 或 Podcasting 的音译，这个词源自'iPod'（美国苹果公司出产的一种便携式音乐播放器）与'广播'（broadcast）的合成词。"[①]"'播客'是博客的视听化延伸，它也是一个外来语……是一种在互联网上发布文件并允许用户自动接收新文件的方法，也指用这种方法制作的视频、音频内容。"[②] 结合前人的理解，我们将播客定义为在互联网上发布和欣赏影音文件的传播媒介。

《桃花扇》是如何借助播客进行传播的呢？播客媒介是怎样改变《桃花扇》的呢？

首先，播客是《桃花扇》影音文件的汇集。笔者在 2011 年 10 月 4 日 21：32 在土豆网以"桃花扇"为关键词共搜索到相关视频 1019 个，其中电视剧 18 个，电影 81 个，原创 28 个，娱乐 337 个，动漫 2 个，音乐 525 个。从数据中可以看出，娱乐、音乐在《桃花扇》的播客传播中占据重要地位，反映了人们对播客

[①] 姚争：《新兴媒体的传播特性研究》，中国广播电视出版社 2008 年版，第 49 页。
[②] 杨谷：《网络文化建设与管理概论》，国家行政学院出版社 2008 年版，第 58 页。

中的《桃花扇》的关注更倾向于其娱乐性。播客集中了《桃花扇》的音频、视频，是传统播放媒介的融合，是视频创造、视频发布和视频评价的平台。从类型上看，播客具有复制型和原创型。"复制型播客通过数字化媒体技术复制传统媒体的音频或视频内容。"① 土豆网的《桃花扇》影音文件中，复制型播客占据了绝大多数，原创性播客相对较少。

它不仅仅具有传播迅速、接受的可移动性、接受方便等特点，还具有传统广播所不具备的自行订阅功能和强大的存储功能。音乐作为传统广播的主要表现对象，数量众多。土豆网的《桃花扇》主题音乐中，戏曲音乐数量最多。标题为"音乐"的内容中，有黄梅戏《桃花扇》中的"黄莺树上声声唱"、越剧《桃花扇》中的"香祭"、昆剧《桃花扇·题画》等名段，也有《桃花扇》系列开篇弹词等篇目，音乐有欧阳青的《桃花扇》和2011年阎琰最新专辑《桃花扇》。

其次，《桃花扇》传播主体的个人化。传统媒介的传播者多是实体性媒介组织结构，比如西安电影制片厂、安徽电视台等，因此传统媒介是组织传播或群体传播。《桃花扇》播客的传播者不再是传媒机构，而是欣赏《桃花扇》艺术的个体。从组织传播到个人传播，播客赋予传播个体极大的自由。土豆网宣称"人人都是生活的导演"。《桃花扇》视频文件的上传者多是匿名用户，如"黄山情""蓝雨可可""秋水一线天"等。有些上传者自演自拍自传，比如名为"程元娜"的传播者于2011年3月24日上传了程元娜主演的《桃花扇·香祭》。《桃花扇·香祭》表演、摄制、上传乃至欣赏，都可以按照传播个体的意愿来完成。在新浪

---

① 王长潇：《新媒体论纲》，中山大学出版社2009年版，第147页。

播客中，有一段黄梅戏《桃花扇》的男女对唱，时长为5分钟，网友将自己制作、个人表演的唱段上传到网络中。个人化、个性化的特征给了播客用户极大的自由，体现了"去中心化"的特点。播客中的《桃花扇》信息，不再是媒介机构制作的影音信息，还有网友制作的相对粗糙，却具有草根色彩的《桃花扇》影音文件。可以说，播客《桃花扇》的传播展现了网友的主体创造能力。

  再次，播客《桃花扇》的传播是多对多、点对点的传播。舞台、影视形态的《桃花扇》是点对面的单向传播。播客是《桃花扇》视频的集合，每一个《桃花扇》视频都将面对众多的公众，播客传播都是多对多的传播方式，多对多的传播方式使受众选择的能动性提高。2012年1月23日，优酷网搜库中，2年前上传的王君安的越剧《桃花扇》播放次数为38433次，3年前上传的黄梅戏电视剧《桃花扇》播放次数为51025次，2年前上传的青春版的昆曲《1699·桃花扇》有30852次。播客的人气值反映出受众的参与的多寡。土豆网的《桃花扇》视频评价中，人气最旺的是音乐MV和电视剧《桃花扇》，韩再芬的黄梅戏电视剧《桃花扇》人气值占到了32992，电视剧《桃花扇传奇》的人气值有19204，《桃花扇》MV《相思风》的人气值19151，戏剧类以昆剧《桃花扇》的人气值为9807，其次越剧《桃花扇》人气值为7358。播客的人气值能反映出《桃花扇》不同艺术形式的接受情形。可见，面对《桃花扇》的多种艺术形式，受众可以选择观看。具体在单个的《桃花扇》视频中，则是点对多的传播，点播次数反映了其关注程度。在每一次的点播与观看行为中，则是点对点的传播，网络观看不同于现场的电影、电视接受，是个人的独享行为。当笔者选择了播客中的黄梅戏《桃花扇》的"黄莺树上声声唱",艺术作品从公众共享成为个人独享。可以说,播客的接受是建立在个人独享基础上的共享。

最后,《桃花扇》传播的参与性。传统影音文件缺乏交互,播客则具备参与性。播客《桃花扇》的每一个视频下,都有播客用户的评论。"播客在评论形式上沿袭了博客等互动舆论媒体模式,受众可以用文字的形式自由地播客作品进行评论,或以链接、转载等形式进行自由传播。"[1] 笔者于 2012 年 1 月 23 日在优酷网的黄梅戏音乐电视剧《桃花扇》中查询到相关的视频 55 条,从相关的视频评论中,我们可以发现年轻人对黄梅戏的喜爱,例如:"我是 89 年的,我喜欢这些戏";"我是 88 年的,我最喜欢黄梅戏,特喜欢韩再芬";"我 21 岁,我喜欢这样的戏曲"等。可见,黄梅戏依然在 20 多岁的年轻人中有一定的吸引力,这部分人是当前网络传播的主要受众。黄梅戏音乐电视剧《桃花扇》的相关评论有"韩再芬黄梅戏电视剧《桃花扇》的主题歌太好听了,可惜网上找不到 MP3 格式的""韩再芬你太漂亮啦!""最喜欢两个人直直的恋爱的感觉!"等。从播客评论中可以看出,黄梅戏音乐电视剧《桃花扇》吸引年轻人的主要元素还是歌唱、明星和爱情。优酷网的青春版《1699·桃花扇》的评论则有 52 条,在同题材的戏曲中最多。在赞扬昆曲之美的同时,网友也提出了尖锐的批评,如结局不完美、编剧对整个剧本的删减不好,主题不突出;剧务人员搬动道具,影响观众欣赏的连贯性;既没有突出爱情,也淡化了兴亡之感等。可见,在《桃花扇》影音文件的精英批评之外,网友的反馈成为《桃花扇》批评的补充形式。播客评论体现了受众的参与意

---

[1] 王长潇:《新媒体论纲》,中山大学出版社 2009 年版,第 149 页。

识。《桃花扇》在影音与文字的双向交流中增强了传播与接受的认知性。

总之,《桃花扇》在播客中传递的是影音信息。比之于《桃花扇》的影视资料,《桃花扇》的播客信息更为丰富、交互更为自由。当然,《桃花扇》的播客传播也具有现场感不足、画面效果不佳等特点,播客和现实中的影音传播是可以相互补充的。

第三节　网络传播效果[①]

《桃花扇》的网络传播使其在艺术形态、传播广度和接受层面都产生了诸多变化。

一　网络载体与艺术形态

网络是《桃花扇》传播的载体媒介。传统媒介的《桃花扇》纷纷选择网络媒介作为存在方式。

《桃花扇》在从传统媒介到网络媒介迁移的过程中,实现了艺术信息从物质化到数字化的转变。数字化源于数字技术的发展。什么是数字技术？"数字技术指的是运用 0 和 1 两位数字编码,通过电子计算机、光缆、通信卫星等设备,来表达、传输和处理所有信息的技术。数字技术一般包括数字编码、数字压缩、数字传输、数字调制与解调等技术。"[②] 数字技术还有三个特点,即传输上的抗干扰性、复制上的无畸变性和存储上的简易性。[③] 可见,数字技术是传统信息编码、传输、处理等技术的整合和统

[①]　此部分在《四川戏剧》(2013 年第 11 期) 发表,特此说明。
[②]　杨光平：《影视技术概论》,西南师范大学出版社 2008 年版,第 129 页。
[③]　同上。

一。传统媒介传播中,《桃花扇》是以物态化的方式存在的,在网络媒介则统一化为由比特构成的、同一化的数字信息。这句话我们可以这样来理解:《桃花扇》剧本中的文字、《桃花扇》电影影像和声音在网络都以比特的编码方式存在,并不是文字、影像、声音之间无法区分,而是传统媒介文本的物质化差别在统一的数字形态中被抹杀了。《桃花扇》剧本出现过手抄、印刷形态,印刷文本又有雕版印刷本、石印本等,材料本身的独特性在统一化的比特中消失了。

《桃花扇》的艺术形态在网络媒介传播的过程中,实现了从单一文本到超文本、从单媒体到多媒体的转换。超文本是由美国学者纳尔逊提出的概念。同纸质媒介的线性文本相区别,超文本是借助关键词,可以进行交互搜索,不按顺序阅读的文本。《桃花扇》借助网络媒介传播,也就具有了超文本性。以"桃花扇"为关键词进行百度搜索,可以找到文本、图像、声音等的多种信息。在"桃花扇"电子书的阅读中,通过点击章节题目进入阅读,以同样的方式点击"孔尚任""李香君"等可以查阅相关的信息。同纸质媒介或影视媒介的《桃花扇》相比,网络媒介中的《桃花扇》是一个非连续的、超链接的文本信息结构。不仅如此,网络媒介中的《桃花扇》还具备了多媒体性,是多重媒介的综合。多媒体技术是一种新型的电子传播技术,它建立在计算机技术的基础上,将图文、影音等多种媒体综合为一体。多媒体技术整合了传统媒介的优势,综合了文字、图片、声音、电视等多种媒体的特征,网络媒介中的《桃花扇》不仅可读而且可视、可听。

《桃花扇》在超强兼容性的网络媒介中,出现了多种艺术形态。关于网络艺术的形态,《网络艺术》一书中区分为三种形态：一是已经存在的艺术作品的网络化存在；二是在网络上首次发表的作品；三是指在网络技术提高的基础上，纯粹为网络创作的作品。① 第一种是网络媒介作为载体的艺术。传统艺术的数字化、网络化呈现属于这种情况。《桃花扇》的各种剧本、舞台剧、电影等都以数字化形态呈现于网站、虚拟图书馆、博物馆等网络平台中，可以说这是传统媒介形态《桃花扇》的网络迁移文本。网络改变了《桃花扇》的制品形态，并没有改变其艺术符号特征，这是《桃花扇》艺术的本位传播方式，最大限度地保留了信息。第二种以网络为平台发表在网络上的艺术。比如痞子蔡的《第一次的亲密接触》。笔者在"红袖添香"网站中找到了殷紫茼创作的网络小说《桃花扇》②。此文除文章名是《桃花扇》外，内容和《桃花扇》完全不同。此类作品还有温叶柳的网络言情小说《桃花扇》、名为"旷兮若谷"的博客中的微型原创小说《桃花扇》。从故事内容上看，以《桃花扇》命名的言情小说和孔尚任的《桃花扇》不能相提并论，思想的深刻性、严肃性都很难同原著相比。第三种是直接为网络创作的作品，比如网络文学、网络戏剧、网络电影等。以《桃花扇》为主题的此类作品目前还没有，这是以网络为本体构成的艺术。从《桃花扇》的戏曲电影、戏曲电视剧、电视电影等形态的出现来看，未来能够创造出《桃花扇》的网络艺术形态。

二　数字复制与分众传播

每一次媒介的更新都是传播的进步，是时空的延展。较之于网络媒介进一步加快了《桃花扇》故事的传播速度，拓展了《桃

---

① 许行明、杜桦、张菁：《网络艺术》，北京广播学院出版社2001年版，第85—86页。
② 殷紫茼：《桃花扇》，http://novel.hongxiu.com/a/39674/。

花扇》故事传播的范围。

（一）数字复制与传播范围

《桃花扇》在网络媒介中是数字复制形态。剧本是印刷复制，电影是机械复制，电视则是电子复制，网络则是数字复制。张耕云在《数字媒介与艺术论析 后媒介文化语境中的艺术理论问题》一书中比较了机械复制与数字复制。在复制规模、复制工序、复制效果、复制方式和复制形态上二者有明显的区别。在复制效果上，数字复制不存在手工复制和机械复制的人工暧昧与物理偏差，是一种完全复制。在复制方式上，"数字复制既不是一对一式的临摹（如传统手工复制），也不是一对多的传播（如机械复制），而是多对多的网络化复制"。[①] 在复制形态，数字复制是比特的数字存在。数字复制的效果提高了传播的保真度，多对多的网络化复制扩大了传播范围。在传播速度上，网络媒介是光缆技术传输，被称为信息高速公路。"信息高速公路的含义是以光速在全球传输没有重量的比特。"[②] 这比机械复制的物质传播和电子复制的信号传播的速度更快、范围更广，实现了即时的全球传播。网络上的《桃花扇》剧本可以瞬间复制，通过电子邮件或其他传送工具即时地传递给一个人或多个人，网络上的电影《桃花扇》等也可以通过在线影音传输向网民发送。

《桃花扇》信息可以在网络中存储。从《桃花扇》的历史发展来看，很多舞台剧因为时代的久远没有被留存下来，只能在书本中寻找其变化的原因。舞台剧的《桃花扇》往往以唱片、磁带、电影为信息贮存工具，网络媒介在信息贮存方面比电影、

---

① 张耕云：《数字媒介与艺术论析 后媒介文化语境中的艺术理论问题》，四川大学出版社2009年版，第140页。
② [美]尼葛洛庞帝：《数字化生存》，胡泳、范海燕译，海南出版社1997年版，第22页。

电视戏曲片等更具有优势。从传统媒介到网络媒介，是从物质贮存到数字贮存的转变。传统媒介的贮存功能是有限的，而网络媒介的贮存功能却是无限的。不仅如此，网络媒介还具有信息提取功能，可以自由地提取信息。从《桃花扇》的网络信息来看，一些罕见的版本、舞台演出录像等都还很缺乏。在各大电子图书馆的搜索中，《桃花扇》的早期版本只有目录而没有全文；早期的演出图像、海报、年画等资料很难在网络中找到。可以说，《桃花扇》的网络信息虽然很多，但仍然有很多的信息没有上传到网络，因而网络存储的《桃花扇》信息不可避免地有局限。网络信息与传统媒介的实物信息相比，缺少把关机制，可能出现不准确的信息；由于技术的原因，网络信息在音画质量上也有差距。与传统媒介不同，网络媒介是一个超容量、高保真的贮存器。网络存储还不能代替实物存储，二者可以相互补充。

从传统媒介到网络媒介，《桃花扇》实现了艺术信息的共时贮存。剧本、舞台、影视等媒介以及人们的接受活动无不受到媒介特定时空的制约，网络媒介具有超时空性。"精骛八极、心游万仞""观古今于须臾，抚四海于一瞬"等心理想象变成了现实。正如柏定国所说："从时间上看，是历时性、实时性和全时性在网络文本中体现出一种共时性存在。所有已成为历史的文本，包括文稿、绘画、雕塑、建筑艺术、文物古迹等等都可以以无差别的形式分别存放成数字化的网络文本形式；从空间上看，超链接让传播的触角无所不至，在网络的时空环境里，任何一点都以被自由介入，自由组合。"[①] 网络《桃花扇》具有共时性特征。《桃

[①] 柏定国：《网络传播与文学》，中国文史出版社2008年版，第84页。

花扇》贴吧中，存在不同时间的按照逆时序排列的《桃花扇》信息文本，接受者可以查看过去、现在不同时间段历时存在的《桃花扇》艺术信息，未来也可以随时浏览发布在网络论坛中的相关信息。播客中不同时段的《桃花扇》呈历时排列。网络媒介克服了传统媒介的时间的不可逆、连续性的特点，具备了时间的可逆性、非连续性和可选择性。

网络媒介实现了全球传播。舞台剧受制于舞台空间，电影在影院中播放，电视信号不能覆盖某些地域。以印刷媒介为载体的《桃花扇》也传播到国外，昆曲《1699·桃花扇》也曾出国演出，电影、电视剧的《桃花扇》也在国外发行，但是它们的传播也仅限于国外的某个地域，无法做到全球共享。借助网络媒介，《桃花扇》做到了全球传播和共享。

（二）数字复制与分众传播

每一次的科技进步都拉近了艺术与大众的距离。数字复制技术促进了信息传播的多样化和受众的泛化，分众传播成为必然。网络媒介有更多的受众群。当前中国网民的规模不断扩大。据CNNIC《第28次中国互联网络发展状况统计报告》中说："《报告》显示，截至2011年底，中国网民规模达到4.85亿，较2010年底增加2770万人；互联网的普及率攀升至36.2%，较2010年提高1.9个百分点。"从网民的构成来看，"2010年，我国网民中初中学历人群增加明显，占比从26.8%提升到32.8%，增加6个百分点。高中学历的网民占比首次下降，从40.2%下降到35.7%，降低了4.5个百分点"（但是仍然是最多的人群）。"互联网进一步向低收入者覆盖。与2009年相比，个人月收入在500元以下的网民占比从18%上升到19.4%，月收入在501—2000元的网民群体占比也从41.7%上升至42.8%。无业、下岗、失业网民占比降低，因此无收入群体网民也从10%降低至4.6%。"① 从以上的数据看出，网民的规模很大，网民也应该成为艺术传播的主要对象。从网民的成分来看，年轻人依然是网络传播的主要受众。网民的成分也更为复杂，这里既有年轻人，也有老年人，但年轻人是网络传播的主要受众群。

《桃花扇》的网络传播呈现出分众化或窄播化的趋势。窄播也被称为小众传播或者分众传播，是网络传媒针对特定的受众的特定传播。窄播中个人的能力得到重视。传统媒介的信息传播的受众覆盖面广但人群不确定，网络媒介信息传播呈现出小众化、分众化趋势。《桃花扇》的传播中，专业的戏曲论文网站针对专业的知识分子；电影、电视剧网站给喜爱《桃花扇》电影、电视剧的年轻人提供了资源。音乐网站的窄播最具典型性。百度MP3作为全球最大的中文音乐搜索平台，集中了桃花扇的音乐信息，例如阎琰、欧阳青的《桃花扇》歌曲、杜近芳、严凤英等的《桃花扇》等。每一首音乐都有在线点播、下载等功能，这是点对点的传播。每个人都可以选择自己喜欢的具体歌曲下载欣赏。虽然，电视频道的多样化体现出分众传播的特点，网络却是为个人服务的传播。因此，正是由于分众传播，《桃花扇》的网络传播展示出比传统媒介更大的传播优势。

受众都是关乎艺术生存的重要因素。网络受众的广泛性和急剧的增长扩大了受众群，提供了艺术摆脱危机的途径。网络媒介融合了《桃花扇》故事的各种信息。作为戏迷、影迷的网民，在网络浏览中会有意或无意地浏览到"桃花扇"故事的艺术信息，从而激发起兴趣，成为网络《桃花扇》的关注者。

---

① 《第28次中国互联网络发展状况统计报告》，http：//tech.hebei.com.cn/876060/961896499031.shtml。

三 在线传播与接受效果

相比于传统形态的《桃花扇》，网络空间的《桃花扇》在接受方式和效果方面发生了诸多的改变。网络传播引发了艺术接受的变化。艺术实现了从在场到在线、从单向传播到双向互动等的变化。

（一）从在场到在线

《桃花扇》的传统媒介传播多是在场传播。受众可以在舞台或剧场中欣赏舞台剧，可以在影院里欣赏电影，在家庭中欣赏电视。随着传播媒介的发展，接受场所或环境逐渐发生变化，舞台剧不再局限于舞台，也可以在电影中或在电视中播放，受众可以在影院或者家庭中欣赏舞台剧。随着网络媒介的出现，《桃花扇》实现了在线传播。《桃花扇》的媒介场所从剧场到影院，又从影院到家庭。网络在线传播则使媒介场所不在固定，只要有一台上网设备和连线网络，人们可以在任何时间、地点接受《桃花扇》的相关信息。

《桃花扇》的媒介接受场所的变化改变了艺术交流的效果。舞台戏曲《桃花扇》的交流是面对面的人际交流；书本、银幕、荧屏等阻碍了面对面的交流。荧屏是面对面交流的部分回归，网络则是即时交互的、面对面的交流。我们从现实剧场和远程剧场、电视访谈和网络访谈的比较中可以看出网络在线接受的效果变化。江苏省昆剧院的"环球昆曲在线"上有兰苑剧场的网络直播。《1699·桃花扇》的现场接受和远程接受至少有两方面的不同：一是在场感和非在场感的不同。兰苑剧场的现场版《1699·桃花扇》有在场的氛围，远程剧场的传播则是现场感的缺失，从而造成了艺术氛围的消失和审美的弱化。现场观看《1699·

桃花扇》，舞台布景、灯光和音乐等都直接冲击观众的感觉器官，形成更好的审美传播效果；远程观看《1699·桃花扇》，舞台布景、灯光和音乐等经过了网络直播程序的再处理，在一定程度上影响了审美信息的准确全面的传达。《1699·桃花扇》中传承版的背景是国宝级的画卷《南都繁会图》，现场的观看能欣赏到其华丽的图画，在网络远程观看的，电脑屏幕上的《南都繁会图》则和现场有着明显的区别，艺术的审美效果大打折扣。二是兰苑剧场的现场版《1699·桃花扇》是集体性的交流，远程剧场的传播是以个体性为主的交流。现场的交流集体共在的交流，观众沉浸于集体性的欣赏中，沉默或共鸣的反应都呈现出集体的特征。远程观看《桃花扇》则是个人面对电脑屏幕的观看，很少有集体面对一台电脑的观看行为。远程剧场有在线讨论的版面，观众观看《1699·桃花扇》时可以和周围的人进行交流。这种交流活动似乎是集体性，但是我们发现，这是建立在个人观看基础上的集体接受。从《1699·桃花扇》的电视访谈和网络访谈来看，电视访谈是演员呼唤电视观众的参与，是以荧屏为介质的面对面交流；网络访谈则是演员和观众的即时在线对话，是更为直接的交互性的面对面的交流。因此，我们说，《桃花扇》的在线接受逐渐削弱了剧场、影院等媒介场所中产生的场效应和集体的共感效应。《桃花扇》的"兴亡之感"在网络在线接受中很难引发更为强烈的共鸣效果，在一定程度上制约了《桃花扇》审美效果的产生。

网络媒介接受从集体性到个人性的转换。网络媒介的互动交流体现了个体的主动性。"总而言之，网络传播实现了个人传播即'点对点'传播方式的回归，传播再次成为个人化的传播。但这种回归不是原来意义上的简单重复，而是沿着否定之否定道路的螺旋形上升,是一种更高级、更完善的个人化传播,是利用先进的传播媒介,超越时空限制的个人化传播。"① 网络解除了传播媒介的种种限制,赋予个体自由选择、自由创造的权利。网络批评从精英化、规范化、理性化到草根性、离散性、感性化。报纸、杂志中的《桃花扇》批评具有学术化、逻辑化等色彩,散落在博客、网络论坛中的《桃花扇》信息则是碎片化的、体验性的。

(二)在线接受的交互效果

《桃花扇》的在线接受具有交互性的特征。艺术接受场所从在场到在线,网络接受方式是双向的互动交流。剧本《桃花扇》的传播是借助纸质印刷媒介的单向传播。电影《桃花扇》是电影媒介在银幕中传达给观众信息,观众只能被动接受信息,观众的观看与演员的表演是分离的,观众无法直接对影像呈现的表演的进行干预。我们无法和电影中的李香君、侯朝宗进行交流。《桃花扇》在网络在线接受中产生了交互的效果。

《桃花扇》网络接受的和舞台现场接受的互动二者有着明显的不同,前者是人与机器的交互,后者则是人与人的互动。我们以舞台戏曲《桃花扇》的现场演出和网络直播比较来看一下二者的区别。舞台戏曲《桃花扇》的交流是观众与演员的面对面交流,观与演有着清晰的界限,观与演的交流是观众与演员眼神、反应等的交流。舞台和观众席隔开了观众与演员,观众与演员的观演行为其实是在观和演之间有界限的、有距离的交流。演员通过观众的反应来判断自身的演出效果,观众对演员的表演给予现场的回应。可以说,舞台戏曲现场的有距离交流是审美的交流。当我们欣赏石小梅的《题画》时,我们倾听于"萧然,美人去

---

① 赵志立:《从大众传播到网络传播:21世纪的网络传媒》,四川大学出版社2001年版,第119页。

远"唱腔，欣赏其在一方舞台上呈现的媚香楼的破败情景，细细品味其一举一动的姿态和侯朝宗的悲伤的心情，观众因侯朝宗的悲伤而悲伤，因表演的妙处而叫好！德国哲学家马丁·布伯提出了"我—你"的关系用以取代"我—它"的关系。"我—你"的关系是一种双向的对话关系，是人与人之间的本来意义上的关系。因为，"在'我—你'的关系中，世界不是作为'它'来认识、被利用，而是化作'你'来相遇、对话。我们不是把他者当作工具而是当目的"。[①] 我们认为，在欣赏石小梅的《题画》时，观众与演员之间是一种"我—你"的对话关系，是一种心与心的体验、审美的交流。当舞台戏曲《桃花扇》在网络直播的时候，观众借助网络来观看舞台演出时，这种"我—你"的审美交流关系成为"我—它"的关系，两者之间无法形成双向的审美交流。网络的交互性赋予受众极大的主动性，受众拥有了关闭、加快、下载和删除的权力。

所以，网络媒介和舞台媒介的交流主要在于人机交互，无法达到面对面的审美交流效果，网络媒介的交流固然可以拉近《桃花扇》与观众的距离，却无法取代舞台戏曲现场的美学传播。

（三）自由的游戏

传统艺术的网络接受是一种游戏性接受。网络充分开放了人的游戏和娱乐的天性。在艺术理论中，艺术被艺术理论家视为游戏，艺术发生学中就有艺术起源于游戏的说法。康德将文艺视为想象力的游戏，他认为艺术是人的精神的自由游戏。德国的席勒将游戏冲动视为人的全面性、完整性的方式。他认为游戏冲动是在感性冲动和形式冲动之间的美的行为，是感性和理性的和谐统

[①] 湖北大学哲学研究所《德国哲学论丛》编委会：《德国哲学论丛》，中国人民大学出版社1999年版，第52—53页。

一。"只有当人在充分意义上是人的时候,他才游戏;只有当人游戏的时候,他才是完整的人。"① 中国古代也有"游"说法,庄子则有"逍遥游"的说法,刘勰在《文心雕龙》讲到艺术构思时也谈到了"神与物游"。以上各种游戏说其实都在倡导艺术交流中的自由性。这种自由和想象、美、人性的完善等联系在一起,而不是和实用性联系在一起。

《桃花扇》的接受是交互性、个体性的游戏。《桃花扇》的剧本在借助舞台、电影和电视传播的过程中,都有特定的时间限制。《1699·桃花扇》的演出只有三个小时的时间,那么接受者必然要在同步的三个小时之内才能看完,不能返回或者重新开始。电视的播放也有时段的规定。网络接受者却可以在视频网站中搜索到《1699·桃花扇》的视频,可以在线观看,可以跳跃观看,可以返回,也可以推进、下载观看。网络媒介提供给个体很大的自由,但这种自由不是艺术之间的审美的自由,而是可操作的、可控制的自由。

网络游戏是传统艺术传播中新的类型。四大名著《三国演义》《水浒传》《西游记》和《红楼梦》都曾被改编成网络游戏。《三国演义》的改编最多,有《QQ三国》《三国群英传》等;《西游记》有《反斗西游》《米格——西游记》;《水浒传》中有《幻想水浒》《新热力——水浒战纪》等。从传播的角度看,传统艺术改编的网络游戏的确在一定程度上为"90后"或"00后"的年轻人提供了获取艺术知识的方式,但是网络游戏对名著的戏拟化的改编有时却歪曲历史,误导年轻的受众。有的网络游戏中关羽成了美少女,荆轲刺杀吕不韦等恶搞名著的行为无疑对传统

---

① [德]席勒:《美育书简》,徐恒醇译,中国文联出版公司1984年版,第90页。

艺术的传播产生了负面影响。网络提供给受众极大的自由，但也释放了人的主体欲望，恶搞、参与网络游戏本身是人的感性力量、人的控制欲的体现，而不是平等的对话、审美的交流。《桃花扇》尚没有出现网络游戏，也许不久的将来，人人可以参与游戏，成为侯朝宗与李香君，但游戏性接受对审美交流的消解同样是应该在未来引起注意的。

  剧本的接受带来的是凝神观照的审美体验，舞台剧的观演交流是现场直接交流的沉浸感，影院观剧是仪式感和梦幻感，电视则是面对面交流的亲切感。网络则消解了审美的距离，成为交互的游戏。网络传播带给艺术新的传播空间，但是它却不能代替原真性的、审美的体验。虽然，网络在传播《桃花扇》时体现出更多的优势，但是网络媒介作为传播手段，还不能代替传播媒介的交流。《桃花扇》的各种媒介文本应该扬长避短，共同促进《桃花扇》的传播。

第五章 《桃花扇》传播的思考

从《桃花扇》传播来看,《桃花扇》故事在借助媒介进行传播的过程中,形成不同媒介的形式。可见,艺术存在呈现出媒介化的特点。不仅如此,从《桃花扇》传播中,我们能够看到艺术形式、艺术生存与媒介之间的种种关系的思考。

第一节 艺术形式与媒介

艺术形式是艺术的本体因素。西方艺术理论家也提出了艺术形式的观点。19世纪,西方哲学家、艺术家认为美在表现。克莱夫·贝尔提出了"艺术是有意味的形式",他认为不同作品中,线条、色彩的形式组合关系能够激发起人的审美情感。所有的作品其实都是有意味的形式。苏珊·朗格提出"艺术是人类情感的符号形式的创造"①,可见,西方理论中的艺术形式是线条、色彩等的组织结构。蔡仪在《美学原理提纲》中说:"艺术形式就是艺术内容的组织结构,并用一定的物质材料表现出的外在形态。"② 他说的艺术形式有两个要素,一是内容的组织和结构,

---

① [美] 苏珊·朗格:《情感与形式》,刘大基译,中国社会科学出版社1986年版,第51页。
② 蔡仪:《美学原理提纲》,广西人民出版社1982年版,第63页。

二是外在的物质化的外在形态。可以说，内容的组织和结构是其内形式，外在物质化形态是其外形式。童庆炳谈到艺术形式，他说："所谓艺术形式，在质的规定性上，是指文学作品内容的存在方式。具体来说，它包括两个层次，一是内容的内在组织构造，二是由话语材料与各种文学表现手法组成的体现内容及其内在结构的外部形态。艺术形式就是内容的内在组织构造与外部表现形态的统一。"① 童庆炳先生这里讲的艺术形式包含内形式和外形式两个方面。

因此，我们在这里将艺术形式理解为由艺术的内在组织形式和外在表现形态组成的形式。我们将艺术结构组成简单分为媒介、形式和意蕴三个层面。作为和媒介最近的一个层面，艺术形式和媒介之间又存在什么样的关系呢？

一 艺术形式与媒介

《桃花扇》故事之所以能流传至今，并不仅仅因为是孔尚任《桃花扇》突出的艺术成就和多年来文学创作者的研究，还在于其在不断的发展中获得的新颖的艺术形式。本书并非在做《桃花扇》的传播史，而是想通过《桃花扇》故事在不同媒介途径中的渗透和变化，揭示中国传统的故事如何通过不同的途径传播，取得现在的艺术形式，进而获得其传播效果。思考媒介如何影响艺术形式的变化和形成的原因，进而思考当代艺术的生存策略。

任何的艺术都不是单一的艺术形式，而是在传播中不断丰富自身，寻找适合自己的新的艺术表现形式，实现其本位传播和延

---

① 童庆炳：《文学理论教程 修订版 教学参考书》，高等教育出版社1999年版，第158页。

伸传播的目的。无论是《牡丹亭》《西厢记》还是花木兰、梁祝故事、白蛇故事,都是在不同时期和不同的艺术媒介相结合,进而获得其传播形态和新的艺术形态。梁祝故事之所以流传至今,是因为梁祝故事和不同的艺术形式相结合演绎、传播的结果。在媒介不断发展的今天,人们对传统艺术作品的接受可能并非来自原著,而是来自不同媒介建构的延伸形式。

我们说,不同的媒介形成不同的艺术形式。《桃花扇》故事在发展中形成了剧本、舞台戏曲、电影艺术、电视剧艺术等多种艺术形式。《桃花扇》故事不是一个单一文学文本,而是在衍生发展中不断生成新的艺术形式。以此类推,《牡丹亭》《西厢记》《长生殿》乃至白蛇故事、梁祝故事、花木兰故事、红楼故事、三国故事等中国传统的故事在借助不同媒介,尤其是现代传播媒介传播的过程中,出现了不同于原著的新形式。

麦克卢汉将媒介视为艺术形式:"自此以降,我们经历了许多的革命,深知每一种传播媒介都是一种独特的艺术形式;它突出人的一套潜力,同时又牺牲另一套潜力。每一种表达媒介都深刻地修正人的感知,主要是以一种无意识和难以预料的方式发挥作用。"[1] 麦克卢汉的说法并不是将媒介等同于艺术形式,在我们的理解中,电视、网络是媒介但不是艺术,但是电视、网络却提供了艺术生成的很大可能。蒋晓丽教授说:"一种新的艺术媒介的产生,往往也会带来新的艺术表现形式,并最终形成现代社会形形色色的新媒介艺术。"[2] 这句话是说,艺术和媒介的结合是艺术形式变革的关键因素。不同的媒介有其不同的特性,不同的特

---

[1] [加]麦克卢汉:《麦克卢汉精粹》,何道宽译,南京大学出版社2000年版,第96页。

[2] 蒋晓丽:《传媒文化与媒介影响研究》,四川大学出版社2009年版,第352页。

性构成不同的艺术形式。那么，媒介形态的演化在分化、组合中生成新的艺术形式。

艺术传播媒介之间区别在于媒介特性，不同的媒介有不同的媒介特性，不同媒介的特性在于媒介要素的不同。因此，艺术的形式的不同可以从媒介要素中找到根源。我们具体看一下各媒介要素对媒介特性、形式生成的影响。

质料介质是传播媒介之形式介质的基础。陈鸣在《艺术传播原理》中对质料介质的解释是这样的："质料介质，是艺术作品中所使用的艺术符号的物理介质，是承载、显现和储存、传输艺术符号的物质材料……"[①] 陈鸣教授在介绍质料介质的时候，一方面强调了其物质性，另一方面强调了其传播性。在不同的质料之间，不仅是物质性的不同，还有其作为媒介材料的传播特性。质料不是媒介，但是构成了艺术形式创造的潜能。质料与形式的关系是潜能与现实的关系。潜能是一种能力，也是一种可能。人体、胶片等质料介质提供了艺术形式创造的潜能。胶卷的特性为电影蒙太奇的出现提供了可能，从而形成了电影艺术的独特性。电影胶片本身具有剪辑和粘解的特性，这构成了电影蒙太奇的基础。质料介质对于艺术形式创造具有重要的意义。钟大丰先生说："电影电视的记录及其所提供的基本系统是光波和声波这两个元素所形成的声画系统以及由声画所体现的时间和空间所形成的时空系统，电影电视艺术的任何主义、对电影和现实的关系的任何认识都离不开这些基本成分，这才是本体，而本体是由媒材决定的。"[②] 钟先生的这句话指出了艺术符号形式与艺术的质料介质之间的关系，质料介质构成了艺术形式创

[①] 陈鸣：《艺术传播原理》，上海交通大学出版社2009年版，第164页。
[②] 钟大丰：《电影理论：新的诠释与话语》，中国电影出版社2002年版，第24页。

造的基础。不同的质料介质构成不同的艺术形式,艺术形式的创造是不断寻求质料介质的过程。舞台戏曲的质料介质是演员的人体,电影则是胶片、电视则是磁带,不同的质料介质是艺术形式之间区别的重要标志。

媒介的不同还在于工具介质的不同,不同的工具介质是艺术创造、生产的不同方式。笔墨和照相机构成了绘画和摄影的不同,摄影机与摄像机的不同构成了电影与电视的区别之一。虽然工具介质并不呈现在艺术形式中,但它是艺术形式创造的重要元素。在传统的艺术创造中,笔是主要的工具。在电影中,摄影机成为创造的工具;网络中,键盘成为创造的工具。工具介质的改变,意味着主体的创造能力的提升,同时也意味着不同工具介质所塑造的艺术形式发生了变化。同样是《桃花扇》故事,用笔书写的《桃花扇》故事和用摄影机拍摄的《桃花扇》故事在艺术形式上有了明显的不同,因而在传播范围和艺术意蕴上有着区别。可见,从笔到摄影机,再到键盘,不仅是主体的创造能力在不断增强,也是艺术形式的再创造过程。技术的进步推动了媒介工具介质的变革,媒介工具的变革改变艺术形式。在媒介工具变革中引发艺术变革的最明显实例是摄影。照相机不同于传播的创作工具,它是对传统绘画艺术形式和艺术观念的颠覆。西方写实主义的绘画在照相机摄像技术记录现实的逼真性面前相形见绌。新的工具介质革新来了艺术形式的变革。

设施媒介或播放场所不是艺术形式变化的根本的因素,但是在艺术形式创造中依然起着重要的作用。剧场是戏剧艺术的媒介场所,影院是电影艺术的接受场所,家庭是电视艺术的接受场所。不仅如此,剧场还在影响艺术形式的变化。中国戏曲的艺术特征形成根源是不是剧场载体的特点决定的,确实还是一个存疑的问题，但是作为媒介设施的剧场特征的确是中国戏曲美学特征形成的因素之一。戏剧和电影艺术特征的不同，在相当程度上是载体的不同造成的。电影的荧屏特性造成了电视剧常以中、近景为主，以近景镜头和特写镜头为多，家庭观影的近距离性决定了电视表演日常生活化的效果，形成了电视剧日常化叙事的特性和连续性的形式特征。

质料介质、工具介质和媒介场所等都是媒介特性的潜在因素，而当这种潜在因素构成艺术符号系统的时候，媒介的形式介质因素才真正凸显。不同的物质媒介手段形成了不同的符号体系。舞台戏曲的符号体系是表演，电影和电视的符合体系是活动影像。正如媒介特性是媒介与媒介之间的区分的标志，语言符号体系是艺术之间区分的标志。表演和影像的差异是戏剧和影视两种艺术形式之间的根本差异。符号体系都可以从质料介质和工具介质中寻找到根源，戏剧表演是人体质料和工具的表演，影像是摄影机（摄像机）、胶片等工具和质料的影像。

当艺术在借助新的媒介进行传播的时候，它便进入了一个不同的符号体系之中，其形式必然发生变化，所以媒介转换是艺术形式创造的动因。从当代艺术的发展来看，我们也会发现这样的事实，即媒介的变化是艺术形式变化的契机。在文学领域，报纸的出现并不仅仅是文学信息的传递，而且形成了报纸和新闻结合的文学样式报刊连载小说、报刊散文等，谷斯范的《新桃花扇》最初是以报刊连载的形式发表在当时的《东南日报》上。《桃花扇》和电影、电视媒介结合，形成了《桃花扇》故事全新的艺术样式，网络、手机等新媒体存在艺术形式创造的潜能。

电影的出现形成了《桃花扇》故事的电影形态。当前，随着技术的发展，新的媒介层出不穷，新媒介必然导致新的艺术形式的出现。在艺术的载体上，从纸质媒体到电影再到电视，再到网络，乃至随身听、MP3，艺术与我们的生活越来越近。所以，新的媒介不仅仅是新的艺术传播方式的革新，还是艺术形式创造的契机。

因此媒介变革是艺术形式变化的契机。艺术在借助媒介传播的过程中，不仅获得了新的传播形态，更是创造了新的艺术形式。当然，不同媒介产生的不同艺术形式还是显在的，艺术的内部形式变革则是要充分考虑媒介与媒介之间的相互关系，因此艺术形式的革新的关键在于处理好媒介间的关系。

二 艺术形式创造与媒介间性

我们说媒介变化是艺术形式变化的关键动因，媒介与媒介之间存在复杂的关系，媒介与媒介之间的转换容易引发艺术形式的变化，能否处理好两者之间的相互关系则是艺术形式创造能否成功的关键。那么，如何在艺术形式的创造中如何处理这种关系的呢？

艺术形式创造的过程并不是艺术之间截然不同的转换，而是充满复杂的融合、拒斥、互渗等关系。这种交叉现象主要表现为两种：一种是交叉型艺术形态的出现。例如：音乐则有电视音乐、电影音乐、网络音乐、手机音乐等。交叉型艺术形态是传统艺术和新媒介结合的结果，新媒介不仅意味着存在方式的变化，而且催生艺术形式的变化。另一种是艺术元素的融入方式，如戏曲元素融入电影、文学、绘画中。梅阡、孙敬的电影《桃花扇》虽然是电影形态，但其中包含很多的戏曲元素，胡连翠的黄梅戏音乐电视剧《桃花扇》虽然是电视剧，但黄梅戏音乐元素在其中占据着重要的位置。

艺术形式之间的区别可以从媒介特性中得到解释，但是艺术形式相互区别的目的还在于如何运用各种媒介的长处和局限进行形式的建构，因而艺术形式的创造往往体现在媒介之间的互动交往关系上。媒介间性主要突出了媒介的三种关系，即互为传播、互补增生、互渗互融关系等，媒介间的互为传播关系是艺术的传播形式产生的基础，媒介间的互渗互融关系则直接参与了新的艺术形式建构。

我们认为，在艺术形式的创造中，应当处理好媒介与媒介之间的关系。

（一）中心与手段的关系

新的艺术形式的创新来自媒介与媒介之间的相互转换、相互渗透关系。艺术媒介之间的相互关系有一个以谁为中心的问题，这是由传播目的决定的。粤剧电影《李香君》是戏曲片，民族戏曲的保护是其目的，电影作为手段起辅助作用。梅阡、孙敬的电影《桃花扇》是电影故事片，名著、戏曲是其提高质量的传播元素。所以，在戏曲的舞台媒介和电影媒介之间存在一个是戏曲服从电影，还是电影服从戏曲的问题。在处理二者之间的关系中，必然首先明确主次从属关系，只有中心和手段明确的情况下，才能具体谈论戏曲和电影的结合问题。当然，优秀的导演能够充分调整二者的关系，拍摄成戏曲和电影结合得很好的戏曲电影形式。因此，在艺术形式的创造过程中，在尊重艺术各自的媒介特性的基础上将两者有机地统一在一起。

（二）符号系统之间的关系

不同的媒介存在不同的符号系统，当两种媒介艺术相互融合的时候，必然存在两者符号系统之间的冲突。艺术形式创造的过程中必然要处理好两种符号系统之间的关系。戏曲、电影、电视剧都是表演艺术，它们之间因为媒介的不同呈现出表演的不同要求和特征。戏曲以演员表演中心，影视剧以动态影像为中心，二者有明显的区别。戏曲、电影、电视之间又存在符号系统间的相互渗透、相互借鉴。戏曲吸收电影、电视的表现方式，电影、电视剧将戏曲的表演融入其中，提升了其艺术品位。艺术形式创造是在明确各符号特性情况下的合理的融合。在戏曲和电影的结合中，就出现了舞台表演和电影表演的冲突和调和，冲突和调和的结果诞生了不同的艺术样式。

三 传统和现代的关系

在艺术形式的创造中，尤其是两种媒介形式相融合的过程中，要正确处理好传统和现代的关系。没有离开传统的现代，现代必然是传统延续基础上的现代；传统也不是僵化的，一成不变的传统，而是在新的时期、新的条件下不断变化的传统。艺术形式的创新必然以尊重传统为基础，《桃花扇》故事传播中的事实证明，完全抛开传统的艺术形式创新是不会受到群众欢迎的。艺术形式创造的历史证明，将古老的传统和现代形式的完美结合，往往能产生独特的效果。青春版《牡丹亭》的成功的要素：一是传统的原汁原味的昆曲，二是现代化的传播手段；可以说，青春版《牡丹亭》的成功是传统与现代结合，是尊故纳新的结果。在梅阡、孙敬的电影《桃花扇》中，音乐形式是在昆曲和现代音乐相互结合的结果，也即将最古老的昆曲和最现代的音乐相结合。黄梅戏音乐电视剧《桃花扇》成功也源自其对黄梅戏音乐形式的改造，将传统的唱腔、民族音乐和时代元素相结合。因此，艺术形式的创新必然要在传统和现代之间寻找一个恰当的结合点。电影、电视是现代传媒，是现代文化的代表，当传统艺术融入现代传媒艺术中的时候，必然要进行改造，增加其现代因素。现代传播媒介因为出现较晚，相对年轻，因此应该更多地从古老的艺术形式中吸取营养。因此，应该正确处理好传统与现代的关系，在传统与现代之间找到一条新路。

那么艺术在借助媒介进行传播的过程中，其形式的创新有何规律呢？

首先，艺术在借助媒介传播的过程中，形成了艺术的传播形式。艺术的传播形式不是艺术形式的创造，但是作为传播形式宣传了艺术。就中国戏曲而言，中国戏曲发展演变的历史是其借助媒介传播的历史。就戏曲与电视的结合来说，就有电视戏曲直播节目、电视栏目、电视专题片等多种形式，严格说来，电视戏曲片、戏曲电视剧等也是艺术的传播形式。舞台戏曲进入电视，借助电视来传播自身。在《名段欣赏》等电视栏目中，电视仅仅作为《桃花扇》故事的载体形式而存在，还没有形成独立的艺术样式。当《桃花扇》故事在借助电视传播的过程中，戏曲与电视的特性的相互融合而以黄梅戏音乐电视剧的艺术样式来呈现的时候，我们说这才是《桃花扇》故事传播中新的艺术形式创造。在这里，电视媒介是载体媒介，是信息传播的渠道。

其次，媒介间的互渗互融原则在形成新的艺术形式。利用媒介之间编码方式的互渗互融关系可以实现艺术形式的创新。现当代艺术形态变化的规律是媒介之间的互渗互融关系。从《桃花扇》故事的传播来看，这种互渗互融主要包含以下几个方面。

一是艺术传播中新的媒介手段的利用。新媒介出现后，旧的媒介艺术逐步调整自身，吸收新媒介的手段。在电影出现后，文学描写中受电影蒙太奇的影响。正如张法说的，"当广播出现后，戏剧、说书、故事都因为进入广播媒介而按照广播的方式进行调整，这一方面形成一种文学样式的两种呈现方式，另一方面广播的要求又暗中影响了戏剧文学与说书文学的写作样式。"① 粤剧《李香君》在借助电影传播的过程中，电影不仅是其传播的载体，更是艺术表现的手段。在以戏曲为中心表现对象的电影中，电影是作为表现手段运用的。在戏曲借助电影传播的过程中，这里便有个戏曲电影化的问题。《杨门女将》《野猪林》《七品芝麻官》等是讲舞台戏曲表演和电影表现手法结合的典范。在戏曲电影《铁弓缘》中，通过不同的电影表现手法、侧面，突出了戏曲本身的韵味。在《闺房待嫁》一场中，导演以全镜头、移动镜头展示妆台、珠翠、镜子等，交代了场景。镜头在全景、中景的不断变化中推向面部特写表现了主人公陈秀英娇羞的情态和内心的喜悦之情。在表现戏曲表演的"花梆子"台步时，导演运用了全景，使戏曲表演获得更大的表现空间。可以说，艺术在保持自身特性的情况下和新的媒介结合，形成了新的艺术形式。

二是艺术作为元素融合新的媒介艺术。我们从《桃花扇》的电影、电视传播来看。在梅阡、孙敬的电影《桃花扇》中，冯喆等人的表演充满浓郁的戏曲味，但又运用得恰到好处，不但没有影响电影表演，而且增添了整部电影的韵味感，并不同于当今以视觉取胜的电影。舞台戏曲在电影中不但成为一种艺术元素，而且是一种美学精神。戏曲融入当代电影，不仅是一种戏曲元素，更是对戏曲精神的挖掘。陈凯歌的《霸王别姬》中插入了诸多的戏曲元素。京剧《霸王别姬》的演出是电影的线索，程蝶衣是"虞姬"，段小楼是"霸王"，电影在舞台戏曲和现实生活之间来回穿插。电影中的一些戏曲名段，如《霸王别姬》《贵妃醉酒》

---

① 张法：《中国文学在电子媒介主潮中已成的新貌和可能的特色》，《天津社会科学》2007年第1期。

《游园》和《思凡》等，既展现了程蝶衣的戏曲表演的功力，也在刻画人物的性格。在戏曲《霸王别姬》和现实生活的相互对比中，在戏曲与人生的互文关系中，揭示了深刻的人性内涵。戏曲中霸王与虞姬分离，虞姬自杀；现实中的段小楼离开了程蝶衣，程蝶衣自杀；演员与角色、戏曲与电影这样融合。《霸王别姬》中的戏曲元素不仅仅增加了电影的韵味，而且成为增加电影内涵的一种方式。因此，戏曲融入电影，是戏曲电影化的过程，戏曲的电影化不仅是戏曲元素的融入，更是戏曲精神真正"化"到电影之中，融合成一种新的艺术样式。同理，戏曲融入电视剧，也不是简单地保留戏曲音乐，而是应该将戏曲精神、韵律感和节奏感等化合到电视剧中。可以说，艺术作为元素或符号融入新的媒介，虽然不是完整的信息传播，但保留了原有媒介艺术的特征，实现了新的意义增值。

　　三是艺术在异变中和新媒介结合。传统艺术与现代媒介的结合，除了以传统艺术为中心，汲取新媒介的手段之外，传统艺术还以艺术元素的方式融入新媒介艺术中。戏曲和新媒介的融合，戏曲不再是表现的中心，而是作为元素融入其中。戏曲在新媒介面前发生了异变，创造了新的形式。从梅阡、孙敬的电影《桃花扇》和黄梅戏音乐电视剧《桃花扇》的创新实践中，我们可以发现艺术创新的规律。昆曲是古老的戏曲形式，当其融入电影中的时候，吸收了古老的梨园戏和现代交响乐的形式，形成了既源于昆曲又不同于昆曲的艺术样式。黄梅戏音乐电视剧《桃花扇》在黄梅戏音乐的基础上吸收了其他剧种的音乐、民歌和现代音乐的成分，创造了新的艺术形式。这两部作品中的音乐已经不是原初的戏曲音乐，而是舞台媒介和影视媒介异质融合中生成的新形式。从现代传播的角度看，它不是昆曲、黄梅戏这些戏曲形式，而是一种新艺术样式；这种艺术样式符合了现代观众的要求，又在一定程度上引发了观众对传统艺术形式的审美期待。所以，传统艺术在保持自身形态的同时，适度的创新不仅可以形成新的艺术样式，而且可以赢得新的受众的喜爱。

森茂芳教授在《戏曲电视的"艺术共生"论》中提出异质综合说。森茂芳教授的异质综合说主要是谈论戏曲电视剧，他认为戏曲电视剧应该以戏曲为主质、以电视为介质的异质综合，从而达到艺术共生的目的。我们认为：第一，艺术共生是建立在媒介间性基础上的共生。艺术共生不仅是戏曲与电视的共生，也是戏曲对于电影、电影与网络等艺术的共生。第二，媒介间的异质综合生成新的艺术形式。新的媒介为艺术提供了异质，提供了新的艺术样式创造的机会。网络、动画、手机等新的媒介正在成为艺术新的载体，提供了艺术形式创新的可能空间。第三，媒介间异质综合的不同程度生成不同的艺术样式。在戏曲与电视剧的结合上，歌仔戏电视剧和黄梅戏音乐电视剧便有所不同。歌仔戏电视剧是森茂芳教授讲的以戏曲为主质、以电视为介质的戏曲电视剧；黄梅戏音乐电视剧的艺术样式既不是戏曲，也不是电视剧，而是一种独立的艺术样式。黄梅戏音乐电视剧中，戏曲的削减很大，电视化的程度更高，二者融合得相对更好。当然，黄梅戏音乐电视剧依然不是戏曲与电视剧结合的最后样式，随着戏曲和电视关系认识的深入，新的艺术样式将在异质综合中诞生。

第二节 艺术生存的媒介视角

如果说艺术的存在方式是艺术本体意义上的思考的话，那么艺术生存的问题是艺术存在的现实问题。

一 艺术危机的思考

当前，生存问题成为艺术，尤其是传统艺术面临的现实问题。以《桃花扇》为代表的昆曲艺术、民间艺术等都面临着生存的危机。

许多的学者、艺术家对艺术的命运问题展开了思考。无论是德国的黑格尔，还是阿瑟·丹托都谈到过艺术终结的问题。黑格尔的艺术终结主要是指艺术最终将终结于或者让位给宗教和哲学。阿瑟·丹托从现代艺术尤其是观念艺术的事实出发，指出了哲学对艺术的剥夺的现实。如果说，黑格尔和阿瑟·丹托等人的思考还在于哲学层面的话，世纪之交对艺术命运的思考引发了对艺术在当代的生存问题的探讨。在各种门类艺术中，艺术危机的问题引发了众多学者和艺术家的思考。文学的生存危机引发了广泛的关注。米勒在《全球化时代文学研究还会继续存在吗？》一文中提出了"文学终结"的论断。[①] 学者们纷纷从文学立场出发参与讨论，作家们也感觉到了文学的危机。米勒的文学的危机是印刷媒介基础的文学在图像冲击下的危机。文学不会消亡，却面临着转型。小说家马原谈到了媒介变革对小说的影响。他指出当代的电子媒介的出现使影像挤压了文学的表述，并对小说的命运深表担忧。"影像将挤压甚至取代文学表述，所以我说'小说死了'，但很多人不同意。今天的生活的确是非常的丰富多彩，人们没有小说也会舒展自在，乐趣多多。小说将永远堕入只有少数人才去关心的万劫不复之中。小说总有一天会成为博物馆艺

[①] ［美］J. 希利斯·米勒：《全球化时代文学研究还会继续存在吗？》，国荣译，《文学评论》2001年第1期。

术。"① 21世纪初，戏剧领域掀起了工业时代戏剧命运的探讨。魏明伦的《当代戏剧命运——在岳麓书院演讲的要点》一文是这一问题的导火索。该文指出，当代戏剧的危机在于观众的减少，观众的减少在于当代人们文化娱乐方式的变化。魏明伦将电视电脑时代称为"居室文娱，斗室文娱"时代。"我们一些专家只看到戏剧与观众直接交流是电视电脑不可取代的特色，却没看到这种特色正是舞台剧难以'拉拢'观众的根本原因。"② 魏明伦将戏剧的危机归结为观众的减少，而观众的减少是电视、电脑等媒介引发的人们生活方式的改变。虽然此种说法仍旧有诸多的争议，但笔者认为媒介变化确实是造成当代戏剧危机的重要原因之一。电影虽然没有提出危机的说法，但是在新的媒介环境中也面临新的挑战。2011年6月，"全媒介语境下的大电影观念研讨会"在中国艺术研究院召开。相关领域的专家就全媒介环境下电影遭遇的挑战和机遇进行了探讨。可见，电影也不得不面对媒介变迁的大环境。新的传播媒介以其媒介优势冲击着旧有的媒介，改变着人们的生活方式、艺术接受方式，也改变着艺术的命运，促使艺术进行调整。

在上述的论述中，许多学者将艺术的危机归结为传播媒介的变迁。我们认为，传播媒介的作用具有两面性，一方面加速了艺术传播，另一方面削弱了艺术的审美性。艺术的传播应该扬长避短，寻找二者的平衡。虽然现代传播媒介影响了艺术生存条件的变化，但这不是艺术产生危机的根本原因，也不会成为艺术消亡的理由。从艺术自身的原因而言，艺术的危机源自自身传播能力的减弱。昆曲这种古老的艺术并不是没有观众，而是缺乏传播的

---

① 《回到生活的常态——格非、马原对谈录》，《社会观察》2005年第8期。
② 魏明伦：《当代戏剧命运——在岳麓书院演讲的要点》，《四川戏剧》2002年第12期。

意识和手段。青春版《牡丹亭》在国内连演500多场，观众多是30岁以下的年轻人。青春版《牡丹亭》成为近年来中国戏剧界的一大现象。此后，青春版《长生殿》、青春版《桃花扇》和《红楼梦》等如雨后春笋般出现，昆曲开始走进大众的视野。昆曲艺术的淡雅、精美深深吸引着年轻的大学生。在昆曲与年轻观众之间并不存在天然的鸿沟，当昆曲在传播中拉近了与年轻观众的距离，同样能产生欣赏的兴趣。许多民间艺术存在于特定的地域、特定的文化中，借助于传播媒介，拉近与普通受众的距离。因为地域、文化、民族、语言等的传播障碍，许多艺术与受众的距离越来越遥远。这不利于艺术的生存。从传播的层面上看，并非艺术没有受众，而是艺术自身传播的局限影响到其生存。在生活方式、娱乐文化日趋多样化的时代，艺术应该提升自身的传播力。一方面提升艺术的质量，另一方面在传播中传承、保护。在现代传媒语境中，当代艺术应该主动寻求与媒介的结合，走与媒介共生的道路。艺术在与媒介的互动中相得益彰，传播彼此。就传统戏曲来说，电视改变了人们的生活，也改变了戏曲的存在方式。戏曲传播者不应该因为电视对戏曲生存的影响而拒绝电视媒介，而是应该充分利用电视媒介的优势，扩大戏曲的影响，走一条和电视共生的道路。传统艺术也不应该拒绝新媒体的介入，新媒体一方面遮蔽了艺术的某些方面，另一方面也可能开放了传统艺术的生存空间。因此，在当前的社会文化语境中，我们应该发挥艺术的变革功能，利用媒介共生的原则，在媒介间性的基础上，走艺术与媒介共生的道路。传统艺术要和媒介相融合，在融合中寻找自身的传播空间。

二 艺术生存的媒介建构——以非物质文化遗产为例

那么，在现代传媒语境中，艺术如何生存呢？我们以非物质文化遗产为例，分析一下当前艺术的应该如何利用传播媒介及其相互的关系实现非物质文化遗产的保护。昆曲作为非物质文化遗产，有其艺术的独特性。昆曲是音乐、舞蹈、诗歌等多种艺术元素的综合。昆曲在长期的发展中，对戏曲的传统特点保留较多。

什么是非物质文化遗产？2003年的《保护非物质文化遗产公约》中规定："非物质文化遗产（intangible cultural herltage），指被各社区、群体，有时是个人，视为其文化遗产组成部分的各种社会实践、观念表达、表现形式、知识、技能以及相关的工具、实物、手工艺品和文化场所。各个群体和团体随着其所处环境、与自然界的相互关系和历史条件的变化不断使这种代代相传的非物质文化遗产得到创新，同时使他们自己具有一种认同感和历史感，从而促进文化多样性和人类的创造力。"[1] 2005年《国务院关于加强文化遗产保护的通知》中是这样界定非物质文化遗产的："非物质文化遗产是指各种以非物质形态存在的与群众生活密切相关、世代相承的传统文化表现形式，包括口头传统、传统表演艺术、民俗活动和礼仪与节庆、有关自然界和宇宙的民间传统知识和实践、传统手工艺技能等以及与上述传统文化表现形式相关的文化空间。"[2] 综合以上的观点，我们所指的非物质文化遗产是以非物质形态存在的传统文化表现形式，它是人类文化生活方式的集中体现，具有民族文化的认同感和历史感。作为遗产，它既是民族传统文化的积淀形式，又是在当前面临生存困境的艺术形式。

怎样保护非物质文化遗产呢？在当前的传媒语境中，我们认为应该充分发挥大众传播媒介的作用。

---

[1] 联合国教科文组织：《保护非物质文化遗产公约》，见张崇高、尚榆民《大理民族文化遗产》，云南出版社2007年版，第524页。

[2] 《国务院关于加强文化遗产保护的通知》，《中国文物年鉴》，国家文物局、科学出版社2007年版，第211页。

（一）非物质文化遗产的保护和传承

传统艺术的传承是传播的基础。当前的非物质文化遗产最主要的是传承。传承是基础，传播的目的也是更好地传承。

传统艺术传承是艺术生存的根本。传承是传统艺术最为迫切的生存需求。传承与传播有区别也有联系。传承意味着传递、承续、保存，一般是富有民族文化的东西，是艺术的根。传播则是传递和播撒。艺术注重传承，是注重民族文化精神的积淀。传承是根，传播是叶；传承是纵向的，立足于时间的延续，而传播则是横向的，立足于空间的拓展。传承需要借助传播，传播中也要注重传承，注重艺术的本位传播。

各门类艺术都有自身的独特性，每一种非物质文化遗产都有其独特性。在现代传媒迅速发展的时代，非物质文化遗产的独特性更为明显。当代传媒语境中，昆曲有自身的价值。昆曲在继承南北曲的优点，形成了中国音乐中的曲牌体的戏曲音乐，吸取了中国文化中的古诗词的精华，而且形成了独具特色的表演体系，成为其他剧种的参照。昆曲史上形成了如《牡丹亭》《桃花扇》《长生殿》等名剧，不仅浸透着"因情成梦，因梦成戏"的情感，浸透着封建社会中的人文主义的光芒，而且倾注了对政治和国家的深沉的兴亡的感叹。正如詹慕陶先生所说，"一曲'水磨调'，包容的是上下千年的南北曲，建立了的是中国曲牌体戏曲音乐的体系，唱出了的是当时中国人们的心声，谱写出了的是十六、七世纪光耀昆曲的人文精神，同时奠定了的还有中国戏曲独具于世的表演艺术体系……"[①] 昆曲是一种文化生活方式的呈现，是古代社会中人们的一种思维和表达的方式。现代社会中，昆曲是我

[①] 詹慕陶：《对于昆曲的价值判断——为庆贺昆曲成为"人类口述和非物质文化遗产代表作"而作》，见沈祖安主编《江戏剧理论集》，中国戏剧出版社2008年版，第488页。

们民族的文化珍品,在和现代文明相碰撞的过程中,今天的昆曲更显示出它独特的价值。

对于非物质文化遗产,传承和保护是第一位的。在非物质文化遗产的传承保护中应该尽量选择具有保真性的方式做到艺术的完整保护。在传承策略中,从非物质文化遗产的特性出发选择传承方式。中国传统戏曲的传承以演员人体为核心介质,那么口传心授是最原始也最适合戏曲,如昆曲、京剧等的特性的传承方式。著名的昆剧艺术家蔡正仁指出,"我想要强调一下,京剧和昆剧要传承,要有好的老师手把手去教,这不是现在那些先进的技术手段所代替得了的"。[①] 口传心授作为一种人际传播方式,能够最大限度地确保信息的准确性和完整性。面对面、手把手的交流缩短了传承者与被传承者之间的距离。长期以来亲身传播造成了障碍。这种场面再一次表明了艺术要传承,需要艺术家放下姿态,打开心胸,亲身培养优秀的传承人。

(二) 非物质文化遗产传播的媒介建构

在现代传媒语境中,非物质文化遗产的传承不仅是依靠政府和社会的保护,那只是僵化的传承,而且要在传播中传承,传承中传播,让非物质文化遗产成为一种活态的存在。当前,传统艺术的发展策略是:充分借助传播媒介的力量,进行媒介运作,扩大艺术影响力;遵循传播媒介的特性,寻找适合艺术自身的传播媒介,充分发挥媒介优势。这是艺术摆脱危机,进行自我调整的出路。

1. 拓展非物质文化遗产传播的渠道

依据媒介间的互为传播原则,非物质文化遗产的传播应该充

[①] 忻颖、胡士嘉:《京昆群英会:对话大师——尚长荣 VS 蔡正仁 戏曲创新切勿"走火入魔"》,《上海戏剧》2010 年第 3 期。

分利用报纸、影视、网络等现代传媒的力量，拓展非物质文化遗产传播的渠道。纪录片是宣传非物质文化遗产的一种方式。中央电视台科教频道制作了纪录片《昆曲六百年》。本片共8集，以纪录片的形式讲述了中国昆曲的历史。许多非物质文化遗产可以采用纪录片的形式保存下来。网络作为传播媒介，比传统媒介显示出巨大的优势。网络媒介在信息储存方面很少占据物理空间，可以方便地进行图像和数字之间的转化，传输和检索等方面比较便捷。例如可以将昆曲、古琴等的程式、表演技法等通过虚拟的创造进行解说和演示，既能生动展示非物质文化遗产的历史，又能让受众身临其境地感受，增加对非物质文化遗产的感知。北京空竹博物馆网站是传播空竹文化一家网站，网址为http：//www.chinakongzhu.com/。这是在实体博物馆的基础上建立的网站。此网站不仅有博物馆概况、空竹知识，而且拥有在VR技术基础上的虚拟体验平台。在网站的虚拟体验部分，可以进行展馆的虚拟游历。打开虚拟游历，三维的博物馆空间一步步呈现在我们面前。可以根据操作进入工艺演示厅、民间藏品厅等，并配有场馆简介、场景提示等。在民间精品展览部分，一幅幅虚拟的空竹场景图像展现在我们面前，仿佛是在真实的博物馆中游历。在制作工艺虚拟部分，网络借助虚拟技术，以虚拟动画的形式一步步展示了空竹制作的流程。背景则是艺人们制作空竹的图片和说明。虚拟技术对空竹制作过程的展示非常直观。在互动游戏部分，网友可以进行象棋游戏、空竹翻牌游戏、接空竹游戏等，将空竹知识和娱乐联系在一起。我们认为，以虚拟仿真技术来生动展示非物质文化遗产的制作、表演等的过程，展示非物质文化遗产的知识，是非物质文化遗产传承和传播的途径。它在非物质文化遗产的信息保存、知识贮备等方面具有突出的优势。当然，网络虚拟传播并不能代替实物传播，二者在互为传播、互为补充中存在。许多民歌的展示、剪纸的制作工艺、戏曲的表演都可以以虚拟仿真的方法保存下来。此外，戏曲保护中音配像模式等也是艺术传承保护的重要策略。音配像则还原了声音信息和图像信息，保证了戏曲表演的完整性。"中国京剧音配像精粹"工程历时17年，共录制京剧355部，制作光盘500多张，保留了大量的京剧名作。京剧音配像《桃花扇》是其中的一部。每一种媒介都有艺术与生活的距离，而每一种媒介所产生的距离其实也是艺术同生活的距离。因此，当前的非物质文化遗产保护应当借助媒介的力量，拉近与日常生活和个体的距离，让非物质文化遗产能够进入日常生活，走进受众的视野。

2. 创建非物质文化遗产的新形式

依据媒介间的互渗互融的原则，创造非物质文化遗产的新形式，是当前非物质文化遗产发展的可行之路。在现代传播中，昆曲和电影、电视结合，拍成昆曲电影、昆曲电视剧等新形式。1986年南京电影制片厂摄制昆曲电影《牡丹亭》，导演是方荧，主演是著名的昆曲表演艺术家张继青。整部电影突出了张继青的表演，电影镜头往往选择最佳的拍摄角度，拍摄出优美的身段表演。随着电影技术的发展，数字电影成为戏曲传播的新选择。中国文联、中国剧协开展了梅花奖数字电影工程，即将舞台戏曲精品拍成数字电影。京剧著名表演艺术家袁慧琴的京剧数字电影《对花枪》在舞台戏曲与电影的融合上又有创新。丁亚平评论说："传统的戏曲电影，一般采取舞台记录式和真实背景两种拍法。电影《对花枪》则另辟蹊径，采用'写意'背景的方式，通过数字技术再造意境，表达人物斗转星移，物是人非的感慨，画面优美，意境幽远。"① 可以说，舞台戏曲与电影媒介间有着丰富的形式创造和传播的空间。在保持非文化遗产基本信息的情况，创新的艺术形式是其传播的手段。

戏曲元素还被植入电影中，《牡丹亭》的精彩唱段在杨凡导演的电影《游园惊梦》中美轮美奂，不仅让观众欣赏到昆曲的美，而且还在昆曲唱段、人物、故事的互相对比和映照中折射出人物的内在精神。不仅如此，昆曲、京剧等和动漫等新兴媒介相结合，是非物质文化遗产传播的一种方式。2007年，中国艺术研究院、湖南省文化厅及中国民主促进会湖南委员会等提出实施"中国戏曲原创动画工程"。戏曲动画可以说是运用现代传媒手段传播戏曲的新形式，这种艺术形式已被证明是可行的。一些优秀的动画片都和戏曲有着不解之缘。1956年特伟、李克弱的《骄傲的将军》借鉴了中国传统京剧的元素，人物造型上采用了京剧脸谱艺术，动画配音上采用更多的京剧音乐内容。动画的开场是将军得胜归来，伴随着锣鼓和节拍，类似于京剧表演中的霸王出场的情形。当前，《牡丹亭》《西厢记》《三岔口》等都被制作成戏曲动画。戏曲和动画的结合，对于二者是双赢的结果，戏曲提升了动画的品位，动画促进了戏曲的传播。

3. 非物质文化遗产的适度市场化

依据媒介间的互补增生原则，非物质文化遗产的传播中可以利用媒介的互补规律，进行适度的产业化。《1699·桃花扇》不仅仅是一个戏曲，还是文化商品。在《1699·桃花扇》演出的同时，江苏省演艺集团还开发了相关的衍生产品，如DVD、印刷品等。

---

① 丁亚平：《纯真之眼：电影与传统戏剧的融合——评数字电影〈对花枪〉及其它》，《艺术评论》2008年第2期。

据报载，扬州集邮公司出版了世界首套多媒体视听邮票《昆曲》。邮票中多是昆曲《浣纱记》《牡丹亭》《长生殿》中的经典人物。这套邮票中植入了隐形数字水印编码，使观众在欣赏邮票美的同时，还能欣赏到昆曲优美的唱腔和身段，此邮票为世界首套多媒体邮票。上昆的《长生殿》采用链式营销的手段，调动了媒介的力量，将唯美的片画呈现在地铁的电视屏幕中，呈现在商业区的户外大屏幕上。通过问卷调查、网络论坛等方式，上昆聚集了精确的观众群。这些观众群成为稳定的昆曲市场营销的对象。市场化要有清晰的观众定位。受众是艺术生存的重要元素，艺术的危机部分缘自受众的稀少。媒介传播以其主动的态势将艺术推到受众的面前，不仅扩大了受众的范围，而且提供了给受众更多的选择。白先勇的青春版《牡丹亭》在保持原汁原味昆曲的情况下，起用了青年演员，发掘了青年演员的形象美和昆曲本身的青春爱情的魅力，是对当代青年观众欣赏和消费心理的契合。在观众定位上，白先勇将青年观众尤其是青年大学生作为首要的观众目标。明确的观众定位，再加上市场化运作造就了青春版《牡丹亭》的市场成就。《1699·桃花扇》《长生殿》等采取了分众传播的策略，具有多个版本满足不同层次不同年龄的需要。我们也要看到昆曲的市场化是一把双刃剑，过度的市场化和商业性的开发将会导致艺术的危机，因此非物质文化遗产需要的是适度的市场化。

三 艺术媒介生存的反思

在传统艺术依赖现代传播媒介摆脱生存困境的同时，我们也要认识到现代传播媒介的缺失。现代传播媒介在推进艺术大众化、平民化的同时，也出现审美趣味日趋扁平化，艺术信息非完整化现象。电视媒介对川剧的传播，往往夸大了其变脸、喷火等技术的东西，使观众对川剧的认识停留在这些单一的层面，缺乏对川剧的整体认识。现代传播媒介关注具有现代传播价值的东西，误导人们对艺术的认识。自青春版《牡丹亭》之后，青春版的《桃花扇》《长生殿》等相继问世，许多的戏剧都冠以青春版的名义。报纸、网络等对戏曲的报道出于注意力经济的需要，关注青春、时尚等具备新闻热点的东西。这给受众造成一个误区，似乎传统艺术都要青春化、现代化，反而缺少对传统足够的尊重、敬仰和学习。

从麦克卢汉媒介是人的延伸的观点中，我们认识到任何的媒介的原点都是人。人可以说是媒介的原点，而依存于媒介的艺术，其根源也是人。只要人存在，表现或再现人的本质，生命的本质，那么艺术就不会消亡。艺术可以形成各种媒介形态的艺术，转换成各种样式，随着媒介技术的发展，艺术形式或形态还会继续形成，但是其原点的人不会消失，那么艺术就不会消亡。归根结底，无论戏曲还是其他艺术形式，都是人的主体性能力的体现。艺术在借助媒介传播的过程中，不仅仅是延伸了艺术，而且还要让艺术真正回归于人的本质，而不是在媒介化或商品化的过程中迷失了自己。

虽然新旧媒介在不断的变化中，但是旧的媒介并没有消亡，而是处在和新媒介的共同演进之中。媒介在人的延伸中，也在逐渐偏离人本身，造成艺术交流的非人化现象。媒介是人的还原是说，在媒介的基点上，我们能看到旧媒介的原始性、人性的魅力。舞台戏曲纵然面临着危机，那种面对面的交流状态、集体性的沉浸、共鸣状态是许多现代媒介艺术无法取代的。在新的媒介艺术迭出的时代，原生态艺术的价值更显得弥足珍贵。

第五章 《桃花扇》传播的思考

艺术传播是有众多的变量组合成的系统。艺术传播的因素不仅有媒介，还有传播者、传播内容、接受者等。艺术的生存还受到以权力为中心的政治、经济、文化、教育等多种因素的制约。例如，艺术与权力密切相关，艺术史上反复出现的禁毁是这一特性的突出反映。《桃花扇》在清代被禁演，孔尚任的罢官也与此有莫大关联。清代的一系列的修改词曲运动，是政治介入艺术的表现。"不过，涉及明季时事的戏，忌讳确乎较多些，《桃花扇》没有得到应有的搬演（音律上的原因不是主要的），特别是雍乾之际，《桃花扇》未闻有演者，黄文旸的《曲海目》中连名目也不著录，可见确实与这次修改词曲运动有关。"① 抗战时期《桃花扇》因其影射现实，演出不久即被禁演。话剧《桃花扇》、桂戏《桃花扇》也都有相同的经历。《桃花扇》电影传播也遭遇了障碍。《桃花扇》故事中蕴含的党派、忠奸之争等与社会现实容易形成鲜明对照的特点，使其屡次遭受劫难。艺术与意识形态之间始终有一种博弈的关系。艺术一方面反映意识形态，另一方面又在与意识形态相疏离中确定自身。艺术和艺术家都有独立性的诉求。"只有在一个达到高度自主的文学和艺术场中，一心想在艺术界不同反俗的人，才执意显示出他们相对外部的、政治的或经济的权力的独立性。"② 穿越政治、意识形态、权力，艺术真正成为艺术。因此，禁演这种权力、意识形态的阻隔反而在另外一个层面加速其传播。文化权力对艺术传播产生影响，也是艺术存在的制约因素。艺术史的写作、艺术选本的选择，乃至教育教科书的选择都与文化权力相关。艺术史的撰写、艺术选本的选择在一

---

① 陆萼庭：《昆剧演出史稿》，上海文艺出版社1980年版，第220页。
② ［法］皮埃尔·布迪厄：《艺术的法则——文学场的生成和结构》，刘晖译，中央编译出版社2001年版，第76页。

定程度上加速或限制了艺术的传播。在中国文学史和艺术史的教材中，孔尚任的《桃花扇》入选的次数非常多，但是京剧《桃花扇》则很少提及。在《桃花扇》的章节中，《却奁》《寄扇》等被经常提到。《桃花扇》之《余韵》中的【哀江南】曲被收入语文课本。

因此，艺术在借助媒介传播的过程中，要避免媒介的负面影响。除了传播媒介，艺术的生存还有其他因素的作用。艺术的生存是媒介与其他元素共同作用的结果。

结　论

本书以《桃花扇》为例，梳理了自孔尚任的《桃花扇》起，《桃花扇》故事在舞台、电影、电视、网络中的传播情形，思考媒介如何影响艺术的问题。

《桃花扇》不仅是孔尚任的《桃花扇》，还包括在此基础上派生出的以《桃花扇》故事题材的各种艺术形式。《桃花扇》故事流传至今，不仅是文本传播，还是舞台、影视、网络等传播的结果，因此《桃花扇》不仅是孔尚任的《桃花扇》，还是以《桃花扇》故事为题材的各种传播形式和艺术形式共同构成的艺术谱系。随着媒介的变革，《桃花扇》还将产生更多的艺术形式。罗兰·巴特提出"可写的文本"，即一种建立在互文性基础上的开放性的文本，可以被再度创造。我们说，任何的艺术形式都是一种可媒介化的文本，它可以在不同的媒介中被媒介化，形成新的艺术形式。

《桃花扇》在借助媒介传播的过程中，遇到媒介与媒介间的矛盾与调和问题。剧本与舞台、戏曲与电影、戏曲与电视、电视与电影等之间存在媒介转换的问题。在媒介化过程中，及时处理好虚与实、传统与现代等之间的关系。《桃花扇》在从舞台、电影到电视的传统中，面临虚与实的关系问题。不同的媒介有不同的虚实关系，例如舞台戏曲以虚为主，影视以实为主，但并非绝对的。在媒介转换中，依据不同的目的，调整虚与实的关系。

《桃花扇》的艺术形式创造是建立在传统与现代相互结合的基础上。电影《桃花扇》的音乐、黄梅戏音乐电视剧的音乐都不是昆曲和黄梅戏音乐，而是它们在艺术媒介化的过程中，在坚守艺术媒介特性的情况下，吸收各种艺术的成分，将传统与现代结合，融合成的一种新形式。所以，在艺术形式的创造中，传统是现代改造的传统，现代则是传统基础上的现代；没有不变的传统，也没有抛弃传统的现代。事实证明，传统和现代的适度融合的艺术形式往往受到欢迎；反之，普遍受欢迎的艺术形式也往往是传统和现代融合较好的艺术形式。

《桃花扇》的传播分为两个层面，一个是传播范围和受众，另一个是艺术的交流层面。我们认为，传播一方面是传递和播撒信息，另一方面是人与人的交流行为，传播的英译 communicationg 也是交流沟通之意。从《桃花扇》的传播来看，传播媒介在一定程度上扩大了其传播范围，扩展了受众面；同时，在艺术交流、审美对话等层面在不同程度上有所削弱。艺术在利用传播媒介扩大影响的同时，也应关注审美交流的状况。虽然，艺术可以借助不同的媒介来传播，但是任何艺术的接受都不能改变它原初形态的魅力。虽然《桃花扇》诞生了多种衍生的艺术文本，却无法改变孔尚任《桃花扇》的经典魅力。

《桃花扇》的各种媒介文本不是相互取代，而是在媒介间的相互参照中接受。

《桃花扇》的舞台传播产生了昆曲、越剧、京剧和话剧等多种艺术形态。《桃花扇》的现代传播在尊重传统的基础上进行了创新。《1699·桃花扇》是传播策略的成功。《桃花扇》在剧场传播中形成了场效应、互动感和集体共感。《桃花扇》的电影传播主要形成了粤剧电影《李香君》和电影故事片《桃花扇》。粤剧电影《李香君》的电影化程度不足，虽然有利于戏曲保存可是传播效果有限。《桃花扇》的电影故事片在充分电影化的同时借鉴吸收了传统戏曲的手段和方法，保留了传统戏曲的神韵，保证了质量和传播效果。《桃花扇》的电视传播改变了其存在方式。音乐、表演等符合电视化的改造、名著效应、鲜明的受众意识是黄梅戏音乐电视剧《桃花扇》传播成功的原因。黄梅戏音乐电视剧是戏曲与电视剧结合产生的一种新的艺术样式。《桃花扇》的电视传播在一定程度上消解了审美的场效应，带来了电视剧日常生活化的倾向。《桃花扇》的网络传播是《桃花扇》故事的传统艺术形式在网络空间的延伸。《桃花扇》的网络资源分布于网站、论坛、博客、播客之中。《桃花扇》在网络传播中并没有产生新的艺术样式，却提供了《桃花扇》传播的空间。《桃花扇》接受的场效应、审美的互动性等在网络中被消解。网络传播并不能代替《桃花扇》的现实传播。

艺术的存在方式呈现出媒介化的特征。物质化的媒介是艺术存在的基础，媒介特性是艺术区分的标准。艺术的媒介化一方面促进了艺术的传播，另一方面改变了艺术的价值观念和艺术交流的特性。艺术还存在媒介间性。媒介间性是在互文性和主体间性的基础上提出的概念，它主要关注的是媒介与媒介之间的关系。笔者认为，媒介与媒介之间的关系在媒介特性的不同造成的彼此区别之外，还存在互为传播、互补增生、互渗互融合，媒介共生的关系。

艺术形式创造和媒介有密切的关联。不同的媒介生成不同的艺术形式，一种艺术形式在媒介迁移中形式会发生变化。可以说，艺术借助媒介传播，艺术在媒介中生成新的艺术形式。媒介间性关系孕育着艺术形式创造的潜能，艺术在媒介转换中生成新的艺术形式，戏曲电影、戏曲电视剧、电视电影等交叉艺术样式是两种媒介艺术间转换、融合的结果。媒介间的互渗互融、异质融合能够创造新的艺术形式。

  艺术的生存与媒介密切相关。艺术危机产生的原因不应简单归结于传播媒介，而应从艺术自身寻找原因。艺术危机的原因在于艺术自身传播力的减弱，因此艺术应该借助媒介提升自身的传播力，求得生存的空间。艺术的生存，特别是非物质文化遗产保护，应该创造新的艺术形式、拓展传播渠道、进行适度的产业化等。传播媒介是影响艺术传播的重要因素，但不是唯一因素。艺术传播还受到艺术的内容、时代背景和地域文化等因素的制约。

参考文献

一 专著类

1. 孔尚任：《桃花扇》，王季思等注，人民文学出版社1959年版。
2. 孔尚任：《桃花扇》，吴书荫校点，辽宁教育出版社1997年版。
3. 徐振贵：《孔尚任评传》，南京大学出版社2000年版。
4. 欧阳予倩：《欧阳予倩全集》，上海文艺出版社1990年版。
5. 苏关鑫：《欧阳予倩研究资料》，中国戏剧出版社1989年版。
6. 本书编委会：《1699·桃花扇：中国传奇巅峰》，江苏美术出版社2007年版。
7. 张庚、郭汉城：《中国戏曲通史》，中国戏曲出版社1992年版。
8. 郭英德：《明清文人传奇研究》，北京师范大学出版社1992年版。
9. 孔尚任：《增图校正桃花扇》（全六册），江苏广陵古籍刻印社1979年版。
10. 李孝悌：《恋恋红尘：中国的城市、欲望和生活》，上海人民出版社2007年版。
11. 阿英：《晚清文学丛钞：小说戏曲研究卷》，中华书局1960年版。
12. 钱理群：《中国现代文学三十年》，北京大学出版社2001年版。

13. 陈白尘、董健：《中国现代戏剧史稿》，中国戏剧出版社 2008 年版。

14. 郭富民：《插图中国话剧史》，济南出版社 2003 年版。

15. 洪子诚：《中国当代文学史》，北京大学出版社 2007 年版。

16. 叶长海：《中国戏剧研究》，福建人民出版社 2006 年版。

17. 谭帆：《中国古代戏剧理论史》，华东师范大学出版社 2005 年版。

18. 焦尚志：《中国现代戏剧美学思想发展史》，东方出版社 1995 年版。

19. 胡星亮：《二十世纪中国戏剧思潮》，江苏文艺出版社 1995 年版。

20. 吕效平、马俊山：《弦歌一堂论戏剧》，南京大学出版社 2005 年版。

21. 董健：《戏剧与时代》，人民文学出版社 2004 年版。

22. 施旭升：《戏剧艺术原理》，中国传媒大学出版社 2006 年版。

23. 徐振贵：《孔尚任与桃花扇》，山东文艺出版社 2004 年版。

24. 徐振贵：《孔尚任全集》，齐鲁书社 2004 年版。

25. 王季思：《中国十大古典悲剧集》，上海文艺出版社 1982 年版。

26. 刘叶秋：《孔尚任和桃花扇》，中州书画社 1982 年版。

27. 王卫民：《吴梅戏曲论文集》，中国戏剧出版社 1983 年版。

28. 余秋雨：《中国戏剧文化史述》，湖南人民出版社 1985 年版。

29. 董健、马俊山：《戏剧艺术十五讲》，北京大学出版社 2004 年版。

30. 田汉：《田汉文集》，中国戏剧出版社 1984 年版。

31. 徐城北：《梨园走马》，中国社会科学出版社 2000 年版。

32. 赵山林：《历代咏剧诗歌选注》，书目文献出版社 1988 年版。

33. 蔡毅：《中国古典戏曲序跋汇编》，齐鲁书社 1989 年版。

34. 周贻白：《中国戏剧史长编》，上海书店出版社 2004 年版。

35. 俞为民：《曲体研究》，中华书局 2005 年版。

36. 郭英德：《明清传奇戏曲文体研究》，商务印书馆 2004 年版。

37. 郭英德：《明清传奇史》，江苏古籍出版社 1999 年版。

38. 胡志毅：《神话与仪式：戏剧的原型阐释》，学林出版社 2001 年版。

39. 张庚、郭汉城：《中国戏曲通史》，中国戏剧出版社 1981 年版。

40. 汪笑侬：《汪笑侬戏曲集》，中国戏剧出版社 1957 年版。

41. 施旭升：《中国戏曲审美文化论》，北京广播学院出版社 2002 年版。

42. 王廷信：《昆曲与民俗文化》，春风文艺出版社 2005 年版。

43. 王政尧：《清代戏剧文化史论》，北京大学出版社 2005 年版。

44. 王蕴明、丛兆桓主编：《新缀白裘》，华龄出版社 1997 年版。

45. 吴新雷：《中国昆剧大辞典》，南京大学出版社 2002 年版。

46. 胡亏生：《黄梅戏风貌》，安徽人民出版社 2008 年版。

47. 安徽省艺术研究所：《黄梅戏通论》，安徽人民出版社 2000 年版。

48. 陆洪非：《黄梅戏源流》，安徽文艺出版社 1985 年版。

49. 赵春宁：《〈西厢记〉传播研究》，厦门大学出版社 2005 年版。

50. 谢彬筹、谢友良：《红线女粤剧艺术》，中国戏剧出版社 2006 年版。

51. 焦菊隐：《焦菊隐文集》，文化艺术出版社 1988 年版。

52. 谢晋：《谢晋谈艺录》，上海文艺出版社 1989 年版。

53. 梅兰芳：《舞台生活四十年》，人民文学出版社 1957 年版。

54. 莫汝诚：《红派艺术浅探》，广州人民出版社 2009 年版。

55. 徐复观：《中国艺术精神》，春风文艺出版社 1987 年版。

56. 胡星亮：《中国话剧与中国戏曲》，学林出版社 1999 年版。

57. 刘静：《幽兰飘香》，紫禁城出版社 2009 年版。

59. 黄鸣奋：《英语世界中中国古典文学之传播》，学林出版社 1997

年版。

60. ［加］麦克卢汉：《理解媒介》，何道宽译，商务印书馆2000年版。

61. ［英］鲍曼：《共同体》，欧阳景根译，江苏人民出版社2007年版。

62. ［美］杜赞奇：《从民族国家拯救历史》，王宪明译，社会科学文献出版社2003年版。

63. ［德］维尔策：《社会记忆：历史、回忆、传承》，季斌译，北京大学出版社2007年版。

64. ［美］本·安德森：《想象的共同体》，吴叡人译，上海人民出版社2005年版。

65. ［法］居伊·德波：《景观社会》，王昭凤译，南京大学出版社2005年版。

66. 吴琼：《视觉文化的奇观：视觉文化总论》，中国人民大学出版社2005年版。

67. ［法］道格拉斯·凯尔纳：《媒体文化》，丁宁译，商务印书馆2004年版。

68. ［美］米尔佐夫：《视觉文化导论》，倪伟译，江苏人民出版社2006年版。

69. ［美］罗杰斯：《传播学史——一种传记的方法》，殷晓蓉译，上海译文出版社2002年版。

70. 郭庆光：《传播学教程》，中国人民大学出版社1999年版。

71. ［美］威尔伯·施拉姆、威廉·波特：《传播学概论》，陈亮等译，新华出版社1984年版。

72. ［美］尼葛洛庞帝：《数字化生存》，胡泳、范海燕译，海南出版社1997年版。

73. ［英］巴特勒：《媒介社会学》，赵伯英译，社会科学文献出版社1989年版。

74. 叶家铮：《电视媒介研究》，北京广播学院出版社1997年版。

75. 张国良：《传播学原理》，复旦大学出版社1996年版。

76. 陈龙：《大众传播学导论》，苏州大学出版社2006年版。

77. 赵建国：《传播学教程》，郑州大学出版社2008年版。

78. 杨燕：《电视戏曲论纲》，中国广播电视出版社2000年版。

79. 赵建国：《传播学教程》，郑州大学出版社2008年版。

80. ［美］尼克·布朗：《电影理论史评》，徐建生译，电影出版社1994年版。

81. ［法］巴赞：《电影是什么》，崔君衍译，中国电影出版社1987年版。

82. ［法］克里斯丁·麦茨：《电影与方法：符号学文选》，李幼蒸译，生活·读书·新知三联书店2002年版。

83. ［美］刘易斯·雅各布斯：《美国电影的兴起》，邢祖文等译，中国电影出版社2000年版。

84. ［匈］贝拉·巴拉兹：《可见的人〈电影精神〉》，安利译，中国电影出版社2000年版。

85. ［德］鲁道夫·爱因海姆：《电影作为艺术》，邵牧君译，中国电影出版社2003年版。

86. ［英］莫利：《电视、受众与文化研究》，史安斌译，新华出版社2005年版。

87. ［匈］贝拉·巴拉兹：《电影美学》，何力译，中国电影出版社1959年版。

88. 李显杰：《电影媒介与艺术》，华中师范大学出版社1994年版。

89. 程季华：《中国电影发展史》，中国电影出版社1998年版。

90. 金天逸：《电影艺术的科学》，中国电影出版社 1997 年版。
91. 韩小磊：《电影导演艺术教程》，中国电影出版社 2009 年版。
92. 陈墨：《中国武侠电影史》，中国电影出版社 2005 年版。
93. 胡安仁：《电影美学》，陕西师范大学出版社 1990 年版。
94. 王桂亭：《电视艺术学论纲》，学林出版社 2008 年版。
95. 周安华：《电影艺术理论》，中国广播电视出版社 2005 年版。
96. 毛小雨：《胡连翠导演艺术》，中国戏剧出版社 1995 年版。
97. 孟繁树：《戏曲电视剧艺术论》，北京广播学院出版社 1999 年版。
98. 杨继红：《新媒体生存》，清华大学出版社 2008 年版。
99. 杨谷：《网络文化建设与管理概论》，国家行政学院出版社 2008 年版。
100. 王长潇：《新媒体论纲》，中山大学出版社 2009 年版。
101. 王岳川：《媒介哲学》，河南大学出版社 2004 年版。
102. 张耕云：《数字媒介与艺术论析　后媒介文化语境中的艺术理论问题》，四川大学出版社 2009 年版。
103. 陈鸣：《艺术传播原理》，上海交通大学出版社 2009 年版。
104. ［俄］托尔斯泰：《托尔斯泰艺术论》，丰陈宝译，人民文学出版社 1958 年版。
105. 黄鸣奋：《数码艺术学》，学林出版社 2004 年版。
106. 夏之放、李衍柱：《当代中西审美文化研究》，山东教育出版社 2005 年版。
107. 屠忠俊：《网络传播概论》，武汉大学出版社 2007 年版。
108. 孟建、祁林：《网络文化论纲》，新华出版社 2002 年版。
109. 胡智锋：《电视美的探寻》，华中理工大学出版社 1998 年版。
110. 黄会林：《电视文本写作学》，北京广播学院出版社 2000 年版。
111. 钟艺兵：《中国电视艺术发展史》，浙江人民出版社 1994 年版。

112. 刘徐州：《戏曲电视传播研究》，中国书籍出版社 2008 年版。

113. 孙宜君：《文艺传播学》，济南出版社 1993 年版。

114. 石长顺：《电视传播学》，华中理工大学出版社 2000 年版。

115. 朱汉生：《电视美学》，重庆出版社 1988 年版。

116. 贾磊磊：《影像的传播》，广西师范大学出版社 2005 年版。

117. 周宪：《中国当代审美文化研究》，北京大学出版社 1997 年版。

二　论文类

1. 井维增：《〈桃花扇〉的政治倾向及其评价问题》，《齐鲁学刊》1985 年第 3 期。

2. 向阳：《灿烂昆剧的"堂吉诃德之舞"——田沁鑫〈1699·桃花扇〉观察》，《艺苑》2006 年第 7 期。

3. 李谷鸣、王伟：《一次成功的改编与创新——评黄梅戏音乐电视连续剧〈桃花扇〉》，《黄梅戏艺术》1994 年第 1 期。

5. 袁世硕：《关于孔尚任和〈桃花扇〉的几个问题》，《山东大学学报》1961 年第 4 期。

6. 张阿利：《〈桃花扇〉不同文本流变之探析》，《人文杂志》2003 年第 4 期。

7. 张阿利：《〈桃花扇〉结构新论》，《西北大学学报》1987 年第 3 期。

8. 梁燕：《〈桃花扇〉改编本的结局模式》，《戏曲艺术》1994 年第 2 期。

9. 陈多：《无情之恋——〈桃花扇〉情爱描写新析》，《戏剧艺术》1990 年第 3 期。

10. 傅继馥：《桃花扇底看左倾——桃花扇的评价问题》，《江淮论坛》1979 年第 1 期。

11. 黄爱华：《一条改编古典名剧的成功之路——评张弘、王海清改编的昆剧〈桃花扇〉》，《艺术百家》1991年第2期。

12. 钟艺兵：《好听、好看、好懂——谈胡连翠的黄梅戏音乐电视剧》，《黄梅戏艺术》1994年第1期。

13. 张弘、王海清：《昆剧〈桃花扇〉改编浅议》，《剧影月报》1991年第11期。

14. 徐学法：《浓缩、润饰、发展：谈昆剧〈桃花扇〉的唱腔音乐》，《剧影月报》1991年第2期。

15. 菁欣：《也谈昆剧〈桃花扇〉的两个效应》，《剧影月报》1996年第6期。

16. 翟波：《昆剧〈桃花扇〉观感》，《文艺报》1997年2月22日。

17. 吴新雷：《优势组合整体好，梅兰紫金满院香——喜看省昆剧院新排名剧〈桃花扇〉》，《剧影月报》1996年第5期。

18. ［美］J.希利斯·米勒：《全球化时代文学研究还会继续存在吗》，国荣译，《文学评论》2001年第1期。

19. ［德］格林伯格：《现代主义绘画》，秦兆凯译，《美术观察》2007年第7期。

20. 杜书瀛：《论媒介及其审美——艺术的意义》，《文学评论》2007年第4期。

21. 杜书瀛：《全球化时代电子媒介的发展及其对文学艺术的影响》，《陕西师范大学学报》2009年第6期。

22. 王一川：《论媒介在文学中的作用》，《广东社会科学》2003年第3期。

23. 傅谨：《大众传媒时代的传统艺术》，《天津社会科学》2008年第1期。

24. 闻娱：《论作为整体的现代媒介艺术》，《安徽师范大学学报》

2009 年第 1 期。

25. 董春晓：《艺术的命运与现代媒介技术的变迁》，《江西社会科学》2007 年第 8 期。

26. 周华斌：《广场戏曲——剧场戏曲——影视戏曲》，《现代传播》1987 年第 1 期。

27. 周华斌：《戏曲的记录、传播与再创》，《现代传播》2003 年第 1 期。

28. 王廷信：《戏曲传播的两个层次——论戏曲的本位传播与延伸传播》，《艺术百家》2006 年第 4 期。

29. 赵景勃：《漫谈戏曲舞台调度》，《戏曲艺术》1998 年第 4 期。

30. 陆润棠：《粤剧电影及粤剧戏曲艺术：题材和媒介的香港意义》，《中华戏曲》2002 年第 2 期。

31. 罗铭恩：《红线女唱腔和表演艺术的精华——评彩色粤剧艺术片〈李香君〉》，《南国红豆》2008 年第 6 期。

32. 盛昔明：《大众传媒与艺术接受方式的嬗变》，《艺术广角》2004 年第 2 期。

33. 赵建国：《论媒介即艺术》，《新闻界》2005 年第 6 期。

34. 章国锋：《文艺媒体学：高科技时代的文艺存在形态》，《外国文学动态》1997 年第 1 期。

35. 张法：《中国文学在电子媒介主潮中已成的新貌和可能的特色》，《天津社会科学》2007 年第 1 期。

三 剧本与曲谱类

1. 赵清阁：《桃花扇：越剧》，上杂出版社 1953 年版。

2. 《1699·桃花扇：中国传奇巅峰》，江苏美术出版社 2006 年版。

3. 郭启宏：《桃花扇》（昆曲），《郭启宏文集 戏剧卷 2》，文化艺术出版社 2006 年版。

4. 郭启宏：《桃花扇》（京昆合演），《郭启宏文集 戏剧卷 2》，文化艺术出版社 2006 年版。

5. 郭启宏：《桃花扇》（京昆梆合演），《郭启宏文集 戏剧卷 2》，文化艺术出版社 2006 年版。

6. 杨毓珉、郭启宏：《桃花扇》，王蕴明、丛兆桓主编《新缀白裘》，华龄出版社 1997 年版。

7. 张弘、王海清：《桃花扇》，刘俊鸿主编《江苏省十年获奖剧本选》，中国戏剧出版社 2008 年版。

8. 李寅、胡仲实、刘斌：《桃花扇》（九场桂剧），蓝怀昌主编《李寅剧作集》，漓江出版社 2008 年版。

9. 曾永义：《桃花扇》（新编昆剧），周秦、汤钰琳主编《中国昆曲论坛 2008》，古吴轩出版社 2009 年版。

10. 杜建春、王明坤、陈道庭、李炳今：《桃花扇》（古装豫剧），《戏剧丛刊》2001 年第 5 期。

11. 李炳今：《孔尚任》（豫剧），《剧本》2003 年第 1 期。

12. 洪隆、丁叔改编：《桃花扇》（越剧），上海文化出版社 1957 年版。

13. 广东粤剧院编：《广东粤剧院演出剧本选集》，1993 年第一集。

14. 欧阳予倩：《桃花扇》，《中国京剧院演出剧本选集》第一集，中国戏剧出版社 1959 年版。

15. 欧阳予倩：《桃花扇》（京剧），《欧阳予倩文集》编撰委员会《欧阳予倩文集》第二卷，中国戏剧出版社 1980 年版。

16. 欧阳予倩：《桃花扇》（三幕话剧），《欧阳予倩全集》第 2 卷，上海文艺出版社 1990 年版。

17. 周彦：《桃花扇》，建国书店 1946 年版。

18. 周贻白：《李香君》，国民书店 1940 年版。

19. 广东省繁荣越剧基金会编：《广东越剧剧本选编 1》，羊城晚报出版社 2007 年版。

20. 纪乃咸：《新桃花扇》，《上海戏剧》2007 年第 3 期。

21. 张惠良：《桃花扇》（楚剧），楚剧艺术研究学会编《湖北戏曲丛书》第 19 辑，长江文艺出版社 1984 年版。

22. 余青峰：《侯朝宗与李香君》（十折古装戏曲），《上海戏剧》2004 年第 8 期。

23. 戈振缨：《桃花扇》（大型戏曲），《山东文学》1962 年第 9 期。

24. 田沁鑫（导演）：《1699·桃花扇》，DVD，江苏文化音像出版社 2006 年版。

四 音像类

1. 《叶盛兰唱段选》，CD，天津市文化艺术音像出版社 2009 年版。

2. 《承上启下：一代传人尹小芳尹派艺术专场》，DVD，浙江音像出版社 2009 年版。

3. 《高山流水·知音同乐：尹小芳艺术集锦》，VCD，浙江音像出版社 2009 年版。

4. 尹小芳：《尹小芳名曲精选：越剧》，CD，中国唱片上海公司 2008 年版。

5. 王一敏：《敏越飞扬 越剧尹派演唱专辑（原唱 伴奏）》，CD，福建省文艺音像出版社 2008 年版。

6. 白雪：《越剧演唱专辑》，CD，浙江文艺音像出版社 2008 年版。

7. 严凤英：《黄梅戏》，CD，中国唱片上海公司 2007 年版。

8. 《彩色连环画珍品集》第一辑，人民美术出版社 2008 年版。

9. 傅全香：《她在丛中笑：傅全香舞台艺术专场》，VCD，江苏文化音像出版社 2007 年版。

10. 孙敬导演，王丹凤、冯喆主演：《桃花扇》，DVD，中影音像出版社 2007 年版。

11. 孟科娟：《孟科娟表演专辑》，VCD，浙江文艺音像出版社 2007 年版。

12. 杜近芳：《杜近芳唱段选》，CD，天津市文化艺术音像出版社 2007 年版。

13. 苏春梅：《粤剧唱腔精选》，CD，广西文化音像出版社 2007 年版。

14. 萧雅：《东方弘韵　越剧：萧雅尹派演唱专场》，VCD，江苏文化音像出版社 2007 年版。

15. 陈丽宇：《淡雅精柔：陈丽宇尹派唱腔专辑》，CD，福建省文艺音像出版社 2007 年版。

16. 《中国越剧流派：周宝奎、吴小楼、竺水招、徐天红、筱丹桂唱腔特辑》，浙江文艺出版社 2007 年版。

17. 江苏省演艺集团江苏省昆剧院：《桃花扇·一六九九》，DVD，江苏文化音像出版社 2006 年版。

18. 崔永元：《电影传奇　良辰美景奈何天：献给中国电影 100 周年 (1905—2005)》，中国文采声像出版公司 2005 年版。

19. 杨春霞、蔡正仁、李长春：《桃花扇：新编古典名剧》，中国文联音像出版社 2005 年版。

20. 杜近芳、叶盛兰录音主演，杜近芳、叶少兰配像：《桃花扇》，VCD，天津市文化艺术音像出版社 2001 年版。

21. 《中国戏宝：黄梅戏越剧豫剧京剧昆剧》，DVD，广东珠江音像出版社 1998 年版。

22. 《黄梅戏珍韵集一》，CD，中国唱片上海公司出版社 1997 年版。

23. 王丹凤：《桃花扇》（录像制品），西安电影制片厂1963年版。
24. 蒋建国、吴亚玲：《黄梅戏〈桃花扇〉》，VCD，2碟装，安徽音像出版社2005年版。
25. 胡连翠：《桃花扇》（电视剧），安徽音像出版社2010年版。

五　外文文献类

1. *Persons, Roles, and Minds: identityin peony pavilion and peach blossom fan*, Tina Lu Stanford University Press, 2001.
2. *The Peach Blossom fan* by Kung Shang-ren; translated by Chen Shih-hsiang and Harold Acton, with the collaboration of Cyril Birch, University of California Press, 1976.
3. *The Use of Literature in Chuanqi Drama*, Jing Shen Ann Arbor, Mich. UMI, 2000. Thesis（Ph. D.）- Washington University, 2000.
4. *Cultural Transformation and the Chinese Idea of a Historical Play: two early Ch'ing plays*, Lai Lin Ho. Thesis（Ph. D.）- Priceton University, 1999.
5. *The Peach Blossom Fan*, translated and abridqed by T. L. Yang. Hong Kong Universit Press, 1998.
6. "*The Peach Blossom Fan*": *personal cultivation in a Chinese drama*, Richard E. Strassberg. Ho. Thesis（Ph. D.）- Priceton University, 1975.

后　记

　　本书稿在 2012 年结束，直到现在拿出来出版已经过了 7 年。依稀记得在那个春寒料峭的时节，窗外的梅花开得正艳。4 月的夜晚，依旧如此清凉。本书的部分章节已经在《四川戏剧》（2013 年第 11 期）、《北京电影学院学报》（2011 年第 6 期）、《中州学刊》（2019 年第 6 期）等刊物发表，特此说明。

　　感谢敬爱的导师王廷信教授。他的严谨、他的勤奋是我值得一生去学习的。他带我走进了艺术学研究的新领域，开启了新的学术思路，使我受益良多。师恩永记！感谢在东大遇到的老师们，他们是我求学路上遇到的美丽风景。

　　感谢北方昆剧院的丛兆桓先生、王焱老师，中央戏剧学院的赵健先生，安徽著名编剧王冠亚先生，江苏省昆剧院的张弘先生、李鸿良副院长，江苏省艺术档案室的何亚峰主任等。四处寻找资料的过程中，遇到了他们的无私帮助，感受到了他们的人格魅力。

　　感谢我的同学和舍友。九龙湖的孤寂丝毫难以抹去曾经的欢声笑语。橘园食堂的欢笑，漫步园中的神侃，宿舍中的嬉戏，都将友谊镌刻在记忆里。

后　记

　　感谢我的姥姥和父母，他们以博大的胸怀支持着我的求学历程。自知亏欠她们太多。感谢我的爱人，共同走过的日子里，更加珍惜彼此。高山流水，知音难觅，一生如此，夫复何求。

2019 年记于蓝庭印象